Future Fiction

A cura di

Francesco Verso

AF364143

Future Tense Fiction
Scenari prossimi venturi

Traduzione di Francesca Secci,
Carlotta Codebò e Federica Bulciolu

Associazione culturale Future Fiction
Via Valentiniano 40 – 00145 Roma
P. IVA 15586791004

Questo libro è stato originariamente pubblicato nel 2019 in Nord America dalla Unnamed Press in collaborazione con Future Tense, un partnerariato tra Slate, New America e l'università statale dell'Arizona. In Italia, è stato pubblicato in accordo con l'agenzia letteraria Otago.
I diritti dei singoli racconti appartengono ai rispettivi autori.

Future Tense Fiction – Scenari prossimi venturi copyright ©2021 Future Fiction Tutti i diritti riservati. Nessuna parte di questa pubblicazione può essere riprodotta, distribuita o trasmessa in qualsiasi forma o con qualsiasi mezzo, comprese fotocopie, registrazioni o altri metodi elettronici o meccanici, senza il previo permesso scritto dell'editore, tranne nel caso di brevi citazioni incorporate in recensioni critiche e alcuni altri usi non commerciali consentiti dalla legge sul copyright.

Titolo *Future Tense Fiction – Scenari prossimi venturi*
© 2021 Future Fiction, Roma
I edizione novembre 2021
info@futurefiction.org
ISBN: 9788832077322

Introduzione: Il futuro è una scelta

traduzione di Francesco Verso

Quando raccontiamo storie sul futuro sembriamo inevitabilmente attratti da due opposti: raggiungeremo finalmente una tecno-utopia razionalista oppure semineremo i semi della nostra stessa distruzione innovando in modo troppo aggressivo? Questi estremi ci tentano perché ci forniscono delle finalità, e quindi ci tolgono la voglia di narrazioni ben confezionate in cui tutte le soluzioni aperte trovano una soluzione adeguata. Tuttavia non riflettono il modo in cui sperimentiamo le tecnologie nella nostra vita quotidiana, né la storia dell'effettivo cambiamento tecnologico, che è sempre eterogeneo, ambivalente, che cresce e si sviluppa a partire dalle nostre strutture e norme sociali esistenti, dalle culture, dai valori e dagli ambienti fisici. Non ci sono nuovi inizi o finali puliti nella vita reale. Non possiamo terraformare il nostro pianeta e ricominciare da capo; le forze del male probabilmente non indosseranno stemmi molto visibili e uniformi abbinate. Invece, tecnologie pervasive come i personal computer, i pannelli solari e i pacemaker, e quelle banali come i tostapane e le cuffie s'insinuano via via nei nostri mercati, nelle nostre relazioni e persino nel nostro senso d'identità.

Vivere con la tecnologia è profondamente strano. Un anno devi guidare fino a un'altra regione o spedire una lettera per parlare con tua sorella o tuo padre, e quello dopo puoi chiamarli in tempo reale con uno squillo di telefono. Alcuni decenni dopo, gli stai inviando un messaggio di testo con l'emoji della palma o della sirena dal sedile posteriore del tuo passaggio in auto come abbreviazione per "buongiorno" o "ti penso". Pochi mesi dopo, scopri che il tuo governo potrebbe monitorare queste comunicazioni. Le tecnologie deformano gli assetti sociali esistenti, senza invalidarli o cancellarli, ma distorcendoli in forme inaspettate, e quindi provocando nuovi sentimenti, consentendo nuove emozioni, suscitando nuove ansie, aprendo nuove vulnerabilità, creando nuove opportunità di auto-espressione, commercio, connessione e conflitto. Ci abituiamo a questi cambiamenti abbastanza rapidamente e – una volta che lo facciamo – diventano insignificanti, persino invisibili. Una buona storia di fantascienza può aiutarci a ritrovare la sensibilità mostrandoci persone che si affacciano su diversi baratri tecnologici, oppure mentre realizzano le loro potenzialità in modi un tempo inimmaginabili.

È la ricerca di questa stranezza, questa sensazione destabilizzante di convivere sul nostro pianeta con una moltitudine di tecnologie visibili e invisibili, che ispira il Future Tense Fiction. Il progetto è nato da Future Tense, una collaborazione tra "Slate", Arizona State University e New America. Dal 2010, pubblichiamo articoli di saggistica e ospitiamo eventi sulle tecnologie emergenti e sui loro effetti trasformativi sulla scena politica, la cultura e la società. Abbiamo iniziato a sperimentare la pubblicazione di narrativa sul canale Future Tense di "Slate" nel 2016, con l'inquietante e incisivo thriller poliziesco *Il modello Mika* di Paolo Bacigalupi e poi, all'inizio del 2017, con *Il signor Giovedì*, malinconico e misterioso viaggio nel tempo di Emily St. John Mandel. Nel 2018, allietati dalle reazioni entusiastiche dei lettori e desiderosi di lavorare con alcuni dei nostri autori preferiti, abbiamo iniziato a pubblicare una storia al mese, accompagnata da un saggio di qualcuno con esperienza in un'area correlata (dalla fisica teorica ai sistemi alimentari) e illustrazioni originali.

Consideriamo il progetto come un importante corollario dei nostri sforzi nella saggistica. La narrativa ha la capacità di trasportarci in una serie di possibili visioni del futuro e di cogliere la stranezza delle nostre interazioni pervasive con la scienza e la tecnologia attraverso gli occhi di persone con identità ed esperienze completamente diverse dalle nostre. Le storie risvegliano la nostra empatia, ci permettono di scavare nella psicologia, nelle emozioni e nella visione del mondo di qualcuno, e di sperimentare in maniera viscerale le conseguenze, desiderate e temute, previste e impreviste, del vivere in un mondo tecnologico in perenne cambiamento.

Il futuro non è un percorso fisso, o uno scivolo attraverso il quale veniamo spinti senza volontà. Noi creiamo il futuro insieme, mediante la somma di scelte piccole e grandi, di poco conto e rilevanti: se e come votare, quali tecnologie acquistare e adottare e quali saltare del tutto, come e dove viviamo, come ci muoviamo, come costruiamo le nostre famiglie, dove lavoriamo e su cosa ci impegniamo. Una serie vertiginosa di fattori sociali influenza queste scelte, ma abbiamo delle decisioni da prendere. E anche non fare nulla di fronte al cambiamento scientifico e tecnologico è una decisione. Speriamo che le storie di Future Tense Fiction ci aiutino a mettere in pratica con fantasia degli scenari futuri possibili e che ci aiutino a riconoscere meglio i luoghi in cui le cose potrebbero essere diverse, anche quando sono difficili da intravedere. Le élite e i leader scientifici e tecnologici spesso presentano il futuro come un fatto compiuto. Una buona storia può darci una mano a trovare un punto di vista diverso, a scovare le svolte decisionali in modo da poter mettere insieme le nostre risorse e agire al momento giusto.

Questo volume raccoglie un anno intero di Future Tense Fiction ed esplora temi trimestrali come *casa, memoria, sport* e *lavoro*. Può essere sia complicato che gratificante – vista una tale gamma di argomenti e un insieme stilisticamente diversificato di autori – tirare fuori i punti in comune che attraversano il primo anno di Future Tense Fiction. Invece di farlo noi stessi adesso, vi invitiamo a procedere in un viaggio di scoperta, per aiutarci a pensare in modo costruttivo al nostro futuro condiviso.

In queste storie, il futuro è un luogo in cui le preoccupazioni dei racconti contano ancora: singole persone che vivono la loro vita non in bianco e nero, ma nella stessa ostinata miscela di grigi che incontriamo oggi. La vita nel futuro, insomma, non sarà così diversa da quella di oggi. Le scelte che faremo saranno influenzate dalla tecnologia, ma alla fine saremo noi a dover convivere con le loro conseguenze. E siamo anche noi che dovremo dare loro un senso, raccontando storie ed esprimendo noi stessi mediante identità, comunità e società che si sentono davvero importanti. Questo è il ruolo essenziale della narrativa: aiutarci ad abitare altri mondi e altre menti, in modo da poter comprendere meglio la nostra.

Gli editori di Future Tense
Kirsten Berg, Torie Bosch, Joey Eschrich, Ed Finn, Andrés Martinez e Juliet Ulman

di Nnedi Okorafor

traduzione di Federica Bulciolu

Nnedi Okorafor è una pluripremiata scrittrice di fantascienza, fantasy e realismo magico di origine africana. Nata negli Stati Uniti da genitori nigeriani, è famosa per l'intreccio di culture africane, scenari creativi e personaggi memorabili. I suoi libri includono Laguna *(finalista del British Science Fiction Association Award),* Who Fears Death *(vincitore del World Fantasy Award),* Kabu Kabu *(miglior libro di Publisher's Weekly per l'autunno 2013),* Zahrah the Windseeker *(vincitore del premio Wole Soyinka per la letteratura africana) e* The Shadow Speaker *(vincitore del CBS Parallax Award). Il suo romanzo del 2016* The Book of Phoenix *è stato finalista all'Arthur C. Clarke Award, mentre il primo libro della trilogia Binti ha vinto sia lo Hugo che il Nebula come miglior novella. Il suo libro per bambini* Chicken in the Kitchen *ha vinto l'Africana Book Award. È professore ordinario alla State University di New York a Buffalo.*

> "Errore, timore e sofferenza sono le
> madri dell' invenzione..
> Ursula K. Le Guin, *Su Altri Piani*

Era una bellissima giornata di sole, tuttavia Anwuli sapeva cosa le avrebbe riservato il tempo.

Si soffermò di fronte a casa sull'erba rigogliosa, calpestando di proposito un fiore. Quando sollevò il piede, quella cosa robusta tornò subito al suo posto rilasciando uno sbuffo di polline, come se stesse facendo una risatina. Anwuli, stringendo con forza le lastre di metallo che stava trasportando, digrignò i denti fissando il vialetto.

Lungo la strada un uomo stava ansimando, sbuffando, sudando. Indossava una tuta sportiva visibilmente fradicia e delle scarpe da corsa bianche che avrebbero voluto sciogliersi nel caldo mezzogiorno nigeriano. Era il suo vicino, Festus Nnaemeka. Nel momento in cui incrociò il suo sguardo, l'uomo iniziò a velocizzare il passo.

Anwuli corrucciò il viso in segno di irritazione, schioccò rumorosamente la lingua sul palato sperando che l'uomo la sentisse. "Comunque, non ho bisogno dell'aiuto di nessuno di voi ipocriti," mormorò a se stessa guardandolo allontanarsi. "Continua a camminare e a rantolare. Deficiente." Sollevò un po' le lastre di metallo, le portò fino alla soglia della porta d'ingresso e le lasciò cadere. "Obi 3 vieni e prendi tutto," disse. Mentre si massaggiava la parte inferiore della pancia per il dolore delle contrazioni di Braxton Hicks, si asciugò il sudore dalla fronte respirando a fatica. "Uh!"

Uno degli eleganti droni in metallo blu di Obi 3 arrivò sfrecciando e, grazie ai propri bracci estendibili, sollevò le lastre da terra. L'aria generata dalle eliche del drone donò una sensazione di benessere sul viso di Anwuli. Sospirò.

"Grazie Anwuli," disse Obi 3 attraverso gli altoparlanti del drone.

Mentre guardava il drone che si allontanava portando le lastre in metallo dalla parte opposta di Obi 3, Anwuli annuì. Chissà a cosa sarebbero servite, Obi 3 aveva sempre qualche richiesta. Obi 3 era una di quelle smart home capaci di cambiare forma, progettata personalmente dal suo attuale ex fidanzato. Ne aveva costruita una per se stesso, una per la sua società e questa, la terza, che era sempre sua ma ci abitava Anwuli. Quest'ultima, che aveva chiamato Obi 3 (non per il classico film di *Star Wars*, ma perché il termine *obi* in *Igbo* significa "casa" e 3 perché era la terza), era la più piccola e più complessa di tutte.

Costruita su un terreno paludoso bonificato, poggiava su tre travi dotate di ammortizzatori automatici che la sollevavano in alto quando voleva ammirare il bel panorama sulla città, altrimenti la tenevano ferma a terra. Inoltre, grazie a una formula matematica, la casa era in grado di ruotare su se stessa per seguire il movimento del sole, trasformare la propria forma da triangolo equilatero a quadrato e di dividersi in quattro moduli ben distinti. E poiché era una smart home, si riparava sempre da sola e qualche volta si autocostruiva.

Negli ultimi cinque mesi Obi 3 aveva richiesto chiodi, ventole, lamiere, assi di legno e tubi. Una volta aveva persino richiesto dei cuscinetti a sfera grandi. Anwuli pagava con la carta di credito del suo ex fidanzato e riceveva la merce direttamente a domicilio, oppure andava a comprarla di persona lasciandola sulla soglia di casa per poi dimenticarsene velocemente. Tutte le volte che usciva di nuovo la roba era sparita, portata via dai droni. Ma a lei non importava niente di tutto ciò perché aveva dei veri problemi da risolvere. Soprattutto negli ultimi otto mesi. Soprattutto tra un'ora.

"Merda," borbottò tenendosi il pancione mentre alzava di nuovo lo sguardo verso il cielo azzurro e limpido. Quelle maledette previsioni non avevano preannunciato nessuna tempesta per le prossime due settimane. Dopo tanto tempo, pensava di essere stata finalmente baciata da un po' di fortuna. Tuttavia, a quanto pareva le previsioni del tempo erano sbagliate. Molto, molto sbagliate. Sentì la pressione dell'aria scivolarle addosso, come un brivido di freddo che le correva lungo la schiena. Soltanto poche ore prima, il dott. Iwuchukwe l'aveva informata che la sensibilità verso la pressione atmosferica faceva parte dell'allergia.

Diverse api stavano ronzando attorno a una delle aiuole che aveva a fianco. I gigli e i crisantemi erano molto più delicati degli informatori imposti dallo stato ma almeno era stata una sua scelta. Proprio come aveva scelto di restare nella *sua* casa. Ascoltò con più attenzione, sforzandosi di percepire in lontananza il rumore delle auto che percorrevano la strada principale a circa un chilometro di distanza. "Maledizione," sussurrò, quando udì un tuono rimbombare in lontananza. Si voltò e si diresse verso casa.

La porta si aprì, la ragazza entrò sbattendosela dietro prima che potesse chiudersi. Rimase ferma per un momento, con le mani tremanti e le lacrime che le rigavano il viso. Grazie al movimento di rotazione delle sezioni triangolari della cucina e del soggiorno, la casa aveva assunto la forma più compatta e sicura: quella di un quadrato. Fuori, dal fondo della strada, la moschea stava annunciando l'ora della preghiera.

"Cazzo!" gridò, dando un pugno al muro. "*Tufiakwa*! No, no, no, *non* è giusto!" Poi arrivarono le contrazioni di Braxton Hicks che la fecero sussultare dal dolore. Si recò in soggiorno, gettò il portafogli sul divano e massaggiandosi i fianchi si lasciò cadere anch'essa.

"Rilassati, oh, rilassati Anwuli. Respira," canticchiò Obi 3 con la sua voce intensa. "Stai bene, il tuo bambino sta bene, andrà tuuuuuutto bene."

Anwuli chiuse gli occhi e ascoltò per un po' la sua casa cantare, presto si calmò e si sentì meglio. "La musica è tutto ciò che abbiamo," cantò di rimando a Obi 3. Il suono della sua voce allontanò il pensiero che entro il giorno seguente lei e il bambino sarebbero probabilmente morti, e sarebbe stata tutta colpa sua. Per un po' non ci pensò.

Musica e Obi 3. Tutto ciò che lei e il suo bambino non ancora nato avevano avuto per nove mesi. Cioè, da quando aveva saputo di essere incinta e lo aveva stupidamente detto al suo fidanzato, il quale un minuto dopo aveva sbottato dicendole che era sposato e aveva già due figli per cui non avrebbe potuto essere anche il padre del suo bambino.

New Delta era una grande città ma, per diversi motivi, il quartiere dove abitava Anwuli era sempre stato "limitato." Uno di questi era l'etichetta di "rovinafamiglie" affibbiata dagli abitanti alle donne che concepivano un bambino con un uomo sposato. Il suo finto fidanzato l'aveva abbandonata con la scusa di non aver potuto resistere al ruolo di seduttrice da lei interpretato. Dopodiché i suoi amici non le avevano più rivolto parola. Persino la sorella e i cugini, che vivevano a pochi chilometri di distanza, l'avevano bloccata su tutti i social network. Quando si recava al supermercato di quartiere nessuno osava guardarla negli occhi.

Solo la sua smart home le parlava (e talvolta cantava). Poi c'era il bambino. Maschio o femmina, si era rifiutata di conoscerne il sesso. Era l'unica cosa bella che il futuro le prospettava. Ma anche il bambino la faceva star male: in pratica era allergica. Il dottor Iwuchukwu le aveva detto già da mesi di lasciare New Delta, ma lei non aveva voluto abbandonare la sua casa. La casa era il suo onore, cos'altro poteva affermare di aver guadagnato dalla relazione con il suo ex? Sapeva che stava assumendo un comportamento irrazionale e forse anche fatale, ma era pronta a correre i propri rischi. Fin qui tutto bene. Finché quel giorno, in ambulatorio, il medico non le dette la diagnosi. E proprio lì, in quella stanza antisettica, il cui odore le dava il voltastomaco, aveva deciso una volta per tutte: non sarebbe andata da nessuna parte. Qualunque cosa fosse accaduta. E ora, come segno di risposta da parte degli spiriti maligni, era in arrivo una tempesta.

"Davvero," mormorò abbandonandosi sul divano, lasciando che i massaggiatori le rilassassero i muscoli tesi del collo. "Sono proprio sfortunata."

"La sfortuna è solo una mancanza d'informazione," disse Obi 3. "Il dott. Iwuchukwu ti ha inviato un messaggio per chiederti di ripassare dal suo ambulatorio."

"L'ho capito fin dalla prima volta," disse. "Semplicemente non mi interessa. Non andrò da nessuna parte. Il deficiente mi ha lasciato. Non riavrà neppure la sua casa."

Prima che Anwuli esplodesse in un vero e proprio sfogo, Obi 3 iniziò a riprodurre il video informativo che il dottore le aveva suggerito di guardare. Appena le apparve la prima immagine, Anwuli sbuffò irritata. Non le importava di sapere più di quanto il dottore non le avesse già detto, ma era stanca per cui lo guardò lo stesso.

L'uomo camminava con l'aiuto di un bastone e indossava un cappello da capo *Igbo* bianco e rosso, come un anziano del villaggio di Arochukwu, quello dal quale proveniva Anwuli. Dal video sembrava che l'uomo entrasse dalla camera da letto, Anwuli alzò gli occhi al cielo. L'entrata voleva essere "piacevole" ma lei la trovò odiosa.

"Ciao, Anwuli," la salutò l'uomo educatamente. "Quindi vivi in Nigeria, a New Delta, il posto più verde del mondo. Una curiosità: 100 anni fa, queste terre erano coperte da paludi e corsi d'acqua, la più importante esportazione era costituita dal petrolio. Le grandi compagnie petrolifere si scontravano violentemente e alcuni gruppi etnici minoritari del Delta del Niger si sentivano sfruttati..."

"Manda avanti," disse Anwuli. L'uomo si bloccò per un attimo e dal soggiorno si ritrovò in piedi, nel bel mezzo del centro di New Delta. Anwuli stava per mandare ancora avanti, ma invece si mise a ridere e continuò a guardare il video.

Gli edifici e le case all'interno dell'area compresa tra i bassi grattacieli di New Delta erano tappezzati dalla splendida e rigogliosa erba della città, famosa in tutto il mondo. Persino le strade ne erano ornate ma in questo quadro l'erba era ricoperta da fiori di pervinca che danzavano mostrando faccine sorridenti. Era una scena ridicola, sembrava una di quelle animazioni di una volta, dei primi anni del '900, o un'allucinazione causata da droghe psichedeliche. L'uomo sorrideva mentre con un largo gesto della mano indicava tutta la vegetazione che lussureggiava intorno a lui.

"Erba!" annunciò. "Che ce ne rendiamo conto oppure no, per la maggior parte di noi l'erba è molto importante. Rappresenta un'enorme fonte di cibo per tutto il mondo. Mais, miglio, avena, zucchero: provengono tutti da piante erbacee. Anche il riso era una pianta erbacea. Le usiamo per fare pane, liquori, plastica e molto altro! Anche il bestiame si nutre principalmente di erba. Talvolta, usiamo le piante erbacee come il bambù per costruire. L'erba aiuta a contenere l'erosione."

L'uomo si avvicinò e si fermò nel centro della piazza cittadina, all'interno della verde rotatoria attorno alla quale circolavano smart car e scooter elettrici. Alle sue spalle si ergeva la statua del presidente della Nigeria, ritratto in piedi accanto a un gigantesco fiore di pervinca. "Oggi la città "post-petrolio" di New Delta è il posto più verde del mondo, grazie all'innovativa super pianta depuratrice conosciuta con il nome di erba pervinca, un tipo di erba OGM creata nei laboratori cinesi dalla scienziata nigeriana Nneka Mgbaramuko.

"Il tappeto dei caratteristici e robusti fiori di pervinca nella città di New Delta rappresenta la bellezza e l'innovazione. Si tratta di un ibrido genetico estratto da una certa varietà di piante tra cui girasoli, erba zoysia, riso e gelsomini. Grazie all'erba pervinca abbiamo potuto avere un perfetto sostituto del riso subito dopo che si era estinto. L'erba produce i semi di pervinca, più comunemente chiamati "peri," è deliziosa, facile da cucinare e veloce da coltivare. Inoltre, può crescere solo qui a New Delta perché il terreno, grazie al fatto che in passato era paludoso, possiede una composizione speciale di minerali. Che risorsa!" L'uomo sollevò una mano e la telecamera ingrandì il morbido fiore violetto che si vedeva al suo interno, quindi guardò Anwuli che intanto stava sorridendo senza motivo. "Le mietitrici escono una settimana all'anno per..."

"Uff, manda avanti," disse Anwuli facendo un cenno con la mano. "Vai a 'New Delta allergie.'" L'uomo si bloccò e riapparve in ciò che sembrava essere la cavità nasale di qualcuno, lo sfondo alle sue spalle era rosso e liscio.

"Allergie," disse l'uomo guardando dritto verso Anwuli con un sorrisetto. Strizzò maliziosamente l'occhio. "Gli esseri umani ne soffrono sin dalla loro apparizione e forse, anche da prima. Uno dei primi incidenti registrati è avvenuto tra il 3640 e il 3300 AC, quando il faraone Menes d'Egitto morì per una puntura di vespa.

"A New Delta le allergie al polline sono comuni. Tra i sintomi più lievi figurano eruzioni cutanee, orticaria, naso che cola, prurito agli occhi, nausea e crampi allo stomaco. I sintomi più gravi sono più estremi. Il gonfiore causato dalla reazione allergica può espandersi fino alla gola e ai polmoni, causando asma allergica o una grave condizione chiamata anafilassi.

"New Delta è un posto meraviglioso, di pura vegetazione, dove si può camminare a piedi nudi sull'erba soffice, respirare un'aria pura e profumata e guidare attraverso le strade più pulite della Nigeria."

Anwuli rise aquelle osservazioni.

"Ma negli ultimi cinque anni, a causa di un inaspettato cambiamento climatico, l'impollinazione è diventata quasi un evento. Ciò significa raccolti più abbondanti di peri. Dal momento che l'erba peri è una pianta anemofila, gli scienziati hanno coniato il termine di 'tsunami di polline'." Il cielo intorno all'uomo si fece scuro e quando le nuvole cariche di pioggia si avvicinarono, la stanza vibrò al rombo del tuono. Anwuli guardò verso la parete in vetro al lato della stanza. Fuori c'era ancora il sole ma non sarebbe durato a lungo.

"Manda avanti fino a Izeuzere," disse.

L'uomo si bloccò e quando il video riprese era seduto dietro una scrivania con indosso un camice da medico. Portava ancora il cappello da capo *Igbo*. "...Ad alcuni cittadini di New Delta fu diagnosticata un'allergia chiamata izeuzere. Il nome in *Igbo* significa 'starnuto', il nome è stato coniato per descrivere questa condizione da un virologo che non parlava inglese e a cui piaceva mantenere la semplicità delle cose. Se la persona che soffre di izeuzere si trovasse coinvolta in uno tsunami di polline, per prima cosa gli occhi le inizierebbero a lacrimare gravemente poi, avrebbe un attacco di starnuti dopodiché si presenterebbe una serie di convulsioni, 'improvvise' eruzioni cutanee e infine il soffocamento. La maggior parte di coloro che ne soffrono iniziano con uno starnuto poi, nel momento in cui lo tsunami di polline satura l'area, manifestano lo spettro completo dei sintomi. Quando uno tsunami colpisce, la morte per esposizione al polline avviene in pochi minuti anche se ci troviamo in un luogo chiuso mentre se siamo all'aperto è istantanea. Il trattamento prevede di lasciare New Delta prima dell'arrivo di uno tsunami di polline e di recarsi in un ambiente arido. Una volta al sicuro, si renderà necessario somministrare una serie di iniezioni di farmaci antiallergici per cinque mesi."

"E se *partendo* perdessi tutto?" chiese Anwuli all'uomo virtuale. "E se lasciare questa casa significasse permettere al padre di mio figlio di sbarazzarsi di me senza muovere un maledetto dito? Ha delle risposte al riguardo nel suo database?" L'uomo alzò le sopracciglia ma, prima che potesse rispondere, Anwuli gridò: "Zitto!" E dette un pugno sul cuscino del divano. "Basta! Spegni!" L'immagine scomparve sostituita da quella che ritraeva il suo luogo preferito: un cottage americano coperto di neve. Il suono del vento era attutito dalla coltre di neve, il fumo si alzava dal camino del cottage. Sapeva ciò che le sarebbe accaduto se non fosse andata via da lì. "Dannazione," esclamò. "Mi rifiuto! Mi *rifiuto*!"

"Sicura che non vuoi che ti compri un biglietto per Abuja?" Le chiese Obi 3. "'C'è un volo che parte tra due ore. Tua zia..."

"No!" Anwuli si distese sul divano e chiuse gli occhi, sentiva le lacrime della frustrazione rigarle entrambe le guance. "Non me ne andrò. Non mi interessa." S'interruppe. "Probabilmente tutti sperano che io muoia. Lo meriterei."

"Cosa vorresti? C'è il crème caramel o il *peri bread* con il miele."

"*Meriterei*," reagì bruscamente Anwuli. "Ho detto *meriterei*, non *vorrei!*"

"Meriteresti felicità, Anwuli."

Anwuli chiuse gli occhi e sospirando mormorò: "Mi hanno lasciato sola per nove mesi, il loro messaggio è chiaro. Bene, anche il mio. Non me ne andrò. Questo è il suo bambino. Non potrà negarlo per sempre." S'interruppe. "Adesso questa stupida tempesta arriva dal nulla proprio quando potrei dare alla luce il mio bambino in qualsiasi momento. È il volere di Dio. Forse vuole liberarmi in fretta da tutti i miei guai."

"Vuoi un po' di stufato e *jollof peri*?" le chiese Obi 3 mentre Anwuli si alzava lentamente. "Non hai mangiato niente da quando sei andata al tuo appuntamento."

"Perché dovrei aver voglia di mangiare quando sto per morire da sola?" gridò.

Si alzò. Dette un'occhiata intorno. Obi 3 non era pulitissima, Anwuli non voleva che fosse linda ma ordinata. Era il *suo* spazio da quando *lui* l'aveva lasciata per tornare a vivere con la sua famiglia. Uno dei droni interni di Obi 3 entrò velocemente nella camera da letto con una pila di panni lavati e piegati.

"Cosa dovrei fare?" Sussurrò Anwuli. E, in segno di risposta, udì un tuono rimbombare dall'esterno, stavolta ancora più forte. "Non voglio morire."

Aveva sempre sofferto di allergie. Suo padre per gioco quando era piccola, le aveva persino dato il soprannome di *ogbanje* perché le colava sempre il naso, starnutiva e doveva andare a letto ogni volta che sbocciavano i fiori di pervinca. Dio sapeva che quando le si scatenavano le allergie, si sentiva come uno spirito che avrebbe preferito morire e tornare dalle anime in cielo piuttosto che continuare a vivere con quella sofferenza. Non avrebbe *mai* immaginato che alla fine avrebbe contratto quella rara malattia di cui tutti parlavano. Il medico poi, anche lui appartenente alla sua comunità, era stato così freddo al riguardo.

"Non capisco perché non te ne sia ancora andata ma non ti preoccupare. Partorirai da un giorno all'altro," le aveva detto il medico l'ultima volta che l'aveva visitata, evitando chiaramente d'incrociare il suo sguardo mentre guardava il tablet. "Dopo, prenderai il tuo bambino e andrai immediatamente ad Abuja per farti curare. Non sono previste tempeste per la prossima settimana perciò andrà tutto bene."

Anwuli aveva annuito in segno di assenso. Ciò che non aveva detto al dottore in quella stanza era che non aveva la minima intenzione di partire. Per tutto il tempo che ci aveva vissuto, Obi 3 era stata la sua casa. Bayo era uno stronzo ma, per quanto desiderasse che quella situazione finisse, non l'avrebbe mai sbattuta fuori di casa. Era convinta che l'amasse ancora e soprattutto, quello *era* il suo bambino. Tuttavia, era certa che la moglie desiderasse che lei e il suo "bastardo" di bambino semplicemente lasciassero la zona. Ma visto che era in arrivo la tempesta, niente di tutto ciò contava.

Anwuli andò in camera, si rannicchiò sul letto per alcuni minuti sapendo che sarebbero stati gli ultimi, pianse a ripetizione. Per se stessa, per la situazione, per la sua scelta, per tutto. Nel momento in cui non fu più in grado di piangere, sentì che la tempesta era vicina. Si alzò dal letto. Aveva la pancia dura come una pietra, il dolore scacciò via persino la paura della morte. Nello stesso istante Obi 3 accese le luci e le sembrò che il dolore si amplificasse.

"Cristo santo!" gridò cadendo sul pavimento di fronte al divano.

Aveva ventinove anni, tutti i suoi amici si erano già sposati e avevano avuto un figlio dopo l'altro mentre per lei questo era il primo. C'era stato talmente tanto caos incinta riguardo alla sua gravidanza che, sebbene si fosse sottoposta a tutti gli esami di routine, non aveva ancora davvero pensato al parto o a cosa avrebbe fatto dopo. Era sempre più attanagliata da vergona, disperazione, imbarazzo e abbandono e questo era ciò che le prospettava il futuro. Pertanto, Anwuli non era pronta.

Il dolore aveva iniziato a parlarle, le raccontava delle storie eccitanti sul fuoco, di come consumasse la carne bruciando il corpo fino a renderlo caldo e duro come una pietra. Sentiva la parte centrale del corpo che tentava di spremersi per sanguinare. Si rotolò sul pavimento, le lacrime le scendevano sempre di più. Poi... passò. Il ventre si rilassò, da duro come una pietra tornò a essere morbido, la mente si schiarì e sulle finestre iniziò a battere un leggero picchiettio della pioggia.

"Meglio?" le chiese Obi 3.

"Sì," rispose Anwuli mentre afferrava il lato del divano per alzarsi. Uno dei droni di Obi 3 le volteggiava di fianco. "Sto bene. Ce la faccio da sola."

"Era una contrazione," disse Obi 3. "Le variazioni dei rumori elettromagnetici percepite dalle mie luci sensoriali mi dicono che entrerai presto in travaglio."

Anwuli, guardando dalla finestra, emise un gemito. *Certo*, pensò.

"Non ancora, ma molto presto," disse Obi 3. Ci fu un leggero bip e le luci iniziarono a lampeggiare di un color pesca. "Hai una telefonata in arrivo. È Bayo."

Anwuli aggrottò la fronte. Chiuse gli occhi e inspirò profondamente. "Ok, rispondi."

Ci fu un altro bip e di fronte le apparve la faccia di Bayo. Sembrava sudato, la testa bruna e rasata luccicava nella luce della stanza in cui si trovava. Dette una rapida occhiata. "Anwuli, accendi il video," le disse Bayo.

"No," rispose in tono brusco, mentre si appoggiava al divano. "Cosa vuoi?"

Lui sospirò. "Il tuo medico mi ha appena chiamato."

"Che ti ha detto?" gli chiese digrignando i denti.

"Che sei malata. Che hai... l'izeuzere. Come può essere? È per la gravidanza?"

"È legale che un medico divulghi le informazioni confidenziali della propria paziente agli sconosciuti?" lo aggredì Anwli. "Ne dubito."

"Io non sono un estraneo."

"L'ultima volta che ci siamo parlati è stato nove mesi fa."

Lui diede un'occhiata di lato, lo sguardo sfuggente. Aveva un'ombra di fianco, c'era qualcun altro con lui nella stanza. Probabilmente sua moglie. Anwuli avvertì un senso di vertigine. "Credo... penso di essere in travaglio," disse.

Bayo sembrava sorpreso, poi il suo silenzio la sconcertò.

"Non arriverà nessuna ambulanza con questa tempesta," disse Anwuli. "Potresti...?"

La faccia della moglie di Bayo apparve improvvisamente nello schermo virtuale. "No, *non* può," le rispose. "Lui ha una famiglia e non può mettersi al volante con questa tempesta di polline. Risolvi da sola il tuo casino. Ed esci da casa *nostra*!" Sua moglie continuava a coprirgli la faccia, anche se Bayo avesse detto qualcosa Anwuli non lo avrebbe potuto sentire.

"La casa di chi?" le gridò contro Anwuli. "L'hai progettata *tu*? L'hai costruita? Pagata? Sa come ti chiami?"

"Vattene e *muori*!" le gridò la moglie. Dopodiché, l'immagine scomparve.

Anwuli allargò le narici per l'irritazione, ma nessuno sforzo impedì alle lacrime e al dolore di permearla, proprio come la contrazione. Non sapeva niente di quella donna, che Bayo fosse sposato con lei. E poi, chi era stato ad accettare la sua famiglia e il resto della comunità? Chi era ad averlo ancora tutto per sé? *Be'*, pensò Anwuli, *forse sapevo di lei. Forse. Non dovrei mentire visto che sono così vicina alla morte. Lo sapevo. Ho solo scelto di non farci caso.*

"Chiama i miei genitori," sussurrò.

Il telefono squillò ripetutamente. Nessuna risposta. Non ne fu sorpresa. Avevano smesso di risponderle mesi prima. Inviò loro un messaggio per spiegargli tutto, poi andò in cucina.

Lo sforzo che fece per vomitare e la tensione della contrazione la fecero quasi svenire. Uno dei droni di Obi 3 si mise dietro di lei per impedirle di cadere a terra.

"Le variazioni dei rumori elettromagnetici percepite dalle mie luci sensoriali mi avvertono che..."

"Sta' zitta!" gridò Anwuli.

"... sei in travaglio," finì Obi 3.

Boom! Rispose il tuono da fuori. Una pioggia torrenziale si abbatté su Obi 3. Le luci iniziarono a sfarfallare e Anwuli sentì che il generatore solare di backup stava entrando in funzione.

"Cosa devo fare?" borbottò mentre con un tovagliolo si puliva la bocca. "Cosa farò?"

"Ascoltiamo le canzoni di MC Do Dat in ordine casuale," disse in tono allegro Obi 3. Una musica rap dai bassi potenti vibrò in tutta la casa rendendo Anwuli ancora più nauseata.

"Le donne lo fanno / Le puttane lo fanno! / Abbassati e / Fallo, fallo!" MC Do Dat rappò i versi a ritmo con la sua voce roca.

"Spegni la musica!" gridò Anwuli con le lacrime che le scendevano dagli occhi. Serrò i pugni con rabbia. "Niente musica! Ooh, *odio* questa canzone!"

La musica si fermò giusto in tempo per far sì che il rombo del tuono scuotesse la casa. Il dolore della contrazione passò e Anwuli si alzò lentamente.

"Ti aiuto a sederti sul divano," le disse Obi 3.

Anwuli annuì e si appoggiò al drone che le volteggiava di fianco. In quel momento, si rese conto di come stavano realmente le cose. Obi 3 era solo una sua estensione. Parlava da sola e contava solamente su se stessa. Era sola. "La tempesta... il polline... non voglio..." Mentre lo diceva incespicò nel divano, il drone la sorresse afferrandola per l'ascella e lei iniziò di nuovo a piangere. Pianse ancora di più quando cadde sul divano e si rotolò sulla schiena, aveva i vestiti inzuppati di sudore.

Pianse guardando il soffitto pulitissimo che aveva fatto dipingere di celeste dai droni di Obi 3 quando Bayo se n'era andato. E pianse quando fuori i fulmini iniziarono a lampeggiare e i tuoni a rombare, mentre i venti dell'imprevista tempesta cominciavano a soffiare.

Stava piangendo da nove mesi e pianse ancora per dieci minuti, poi ebbe un'altra contrazione e dimenticò tutto. Man mano che i minuti passavano e che le contrazioni diventavano sempre più forti e frequenti, non ricordava né da dove venisse quel cuscino che la stava sostenendo né di come facesse a tenere separate le gambe. Ciò che ricordava erano i vetri frantumati della finestra di fronte a lei che si era rotta a causa della caduta di una palma. Ricordava il vento e la pioggia che si erano scagliati su Obi 3 riempiendola di caldo e umidità. Le foglie nuove e secche degli alberi sbattevano contro il divano e sul pavimento ma nessun fiore di pervinca era stato soffiato dentro la casa. Quelli erano forti come gli uomini, non avevano perso neanche un petalo con il peggiore dei venti. *La casa era stata costruita per sopravvivere e per riprodursi, non per evitare di farci uccidere,* pensò vagamente. Non poté fare a meno di notare l'ironia: il concime per le piante l'avrebbe uccisa mentre stava partorendo.

Aveva il viso madido di sudore e pioggia. Nel momento in cui dette la spinta finale che le premise di dare alla luce il suo primogenito, la tempesta fuori scatenò una forte pioggia. Dopo il parto le sembrò di essere reduce da una battaglia. Il dolore pungente si acutizzò ma poi sparì. E fu così che il primo a prendere la sua irrequieta bambina appena nata non fu un essere umano ma un drone, che tagliò il cordone ombelicale con la paletta di plastica dell'elica e un lungo coltello affilato. Quando il drone le porse la bambina, Anwuli le osservò con attenzione il visino un po' schiacciato e sconvolto. Rimase a fissarla così per diversi minuti, immobile.

"Non ti viene da piangere?" chiese alla bambina che sbuffava dal naso.

"Mmmyah," rispose, mentre voltava la testa da una parte all'altra. Anwuli sorrise. Le accarezzò le guance con le dita. Nel momento in cui percepì la morbidezza di sua figlia iniziò a piangere. La accarezzò di nuovo, le passò delicatamente il dito sulle guance fino a sfiorarle le labbra. La bambina si mise subito a succhiarle il dito.

"Respira già bene" disse Obi 3. "Forse non ha bisogno di piangere."

"Mmiri," disse Anwuli, stringendola a sé. "Ti chiamerò Mmiri. Cosa ne pensi Obi 3?"

"Mmiri in *Igbo* significa 'acqua,'" rispose Obi 3.

Anwuli rise. "OK. Ma sei d'accordo?"

"Non hai bisogno della mia approvazione per il nome che vuoi dare a tua figlia."

"Mi piacerebbe sapere se glielo daresti."

Ci fu una pausa. Poi Obi 3 disse, "Che ne pensi di darle Storm come secondo nome? Storm era la supereroina per metà keniota e per metà americana dei fumetti Marvel. Aveva il potere di controllare il clima e di volare."

Anwuli inarcò le sopracciglia. "Uhm, wow," esclamò. "Mmriri Storm Okwuokenye. Mi piace." Fissava il soffitto, la casa brillava di un tenue color lilla che lo rendeva ancora più celeste. "Mmiri Storm Okwuokenye," sussurrò di nuovo, mentre guardava la sua bambina appena nata che profumava di terra. Insanguinata, rossa e vivace. Sua. E mentre il dolore per l'espulsione della placenta si faceva sentire, Anwuli si aggrappò a questo meraviglioso pensiero e al rumore del respiro della bambina. Quando tutto finì, si lasciò cadere sul divano mentre guardava il drone che portava via la massa insanguinata.

Si sentiva già molto meglio. Poi starnutì e le iniziarono a prudere gli occhi. "No," sussurrò. La piccola Mmiri decise che era arrivato il momento di iniziare a piangere. La pioggia era cessata e il sole stava già facendo capolino tra le nuvole in fuga. Starnutì di nuovo, il drone di casa volò verso di lei trasportando sulla paletta dell'elica un asciugamano arancione pulito. Anwuli lo usò per avvolgere la bambina quando fu travolta di nuovo da uno starnuto. Si sedette, sorpresa da quanto si sentiva bene. Il secondo drone le si posizionò di fianco portandole un bicchiere d'acqua e la bottiglietta delle pastiglie di antistaminico. "Sbrigati, prendine tre," le disse Obi 3. "Forse..."

Mentre guardava la finestra andata in frantumi, Anwuli sbottò: "Non c'è più niente da fare." Quello che sembrava fumo si stava già diffondendo dentro la casa. Presto la visibilità all'esterno sarebbe stata pari a zero e sarebbe durata per le prossime 24 ore. "Sono una donna morta."

Non era previsto nessun cambio di condizioni metereologiche. Il motivo per cui gli scienziati parlavano di "caos climatico" e non di "cambiamento climatico" era perché i modelli metereologici cambiavano in modo spontaneo e occasionale. O almeno era ciò che riportavano i notiziari di recente. Le piante anemofile erano state geneticamente programmate per far sì che rilasciassero il polline in tre periodi dell'anno diversi, in modo da avere un terzo di piante anemofile in ciascun periodo. Tuttavia, negli ultimi 20 anni, un inaspettato cambiamento nella durata della stagione invernale, periodo in cui soffiava il secco e polveroso vento armattano, aveva modificato la programmazione causando l'allineamento dei tre periodi d'impollinazione.

L'immensa ricchezza proveniente dalla produzione di erba peri andò direttamente al governo nigeriano e ad altre società cinesi perché avevano fatto per decenni molti investimenti in Nigeria, alla città di New Delta invece, non andò quasi niente: era più o meno quel che succedeva quando la più grande risorsa del paese era il petrolio. Così, la graziosa città di New Delta iniziò a deteriorarsi e sia il governo cinese, sia quello nigeriano iniziarono a prestare meno attenzione al disallineamento dei periodi dell'impollinazione. Le notizie sulle allergie al polline erano note a livello nazionale solo da due anni, quando izeuzere si era diffusa a New Delta, ma solo perché il modo in cui l'allergia uccideva era impressionante. Quell'anno, poi, la stagione delle piogge era stata particolarmente intensa.

"Sono morta," mormorò Anwuli nel raccogliere tutta la forza che aveva per alzarsi. Buttò giù le gambe dal divano e puntellò i piedi sul pavimento. Incurante della sensazione di bagnato che sentiva nel sedere a causa degli asciugamani inzuppati di sangue, spinse entrambi i pugni contro i cuscini che aveva di fianco. Si alzò. Nel restare immobile per un momento provò molto meno dolore di quanto si aspettasse, felice di essere in piedi.

"Sono in piedi," sussurrò, aveva il naso completamente chiuso e gli occhi ancora lacrimanti. Tirò su con il naso gocciolante. Sentiva come se le viscere le stessero scivolando tra le gambe, sul tappeto chiazzato di sangue. Ma non accadde. Si toccò la pancia sgonfia. Poi starnutì così forte che tornò seduta. In cucina, la sua bambina stava piangendo, il drone l'aveva messa in una bacinella piena d'acqua per farle il bagno. Anwuli si alzò di nuovo e fece un passo verso la cucina. Ma appena ne fece un altro sentì che il petto le si irrigidiva. Ansimava.

Non capiva se vedeva la stanza sfuocata a causa del polline, delle lacrime o perché respirava a stento. Poi cadde a terra. Mentre era stesa sul pavimento, sentì che Obi 3 le stava parlando ma non riusciva a capirla. Se fosse stata in grado di sorridere lo avrebbe fatto perché la sua bambina stava piangendo ma non starnutendo. Poi chiuse gli occhi e fu come se il mondo intorno a lei si stesse frantumando.

Il pavimento della casa tremò, Anwuli sentì che le pareti iniziavano a creparsi, oscillavano, si sgretolavano. Aveva il naso troppo chiuso per percepire qualsiasi tipo di odore, ma sentiva di avere la lingua intrisa di polline e il sangue che le colava tra le gambe. Per un po' diventò tutto buio. Il pianto di

Mmiri si affievolì e cessò. Gli sgretolii nella stanza divennero un leggero brusio. Le oscillazioni cessarono. Anwuli doveva aver dormito.

Starnutì con forza e ansimando aprì gli occhi appiccicosi. Tutto le apparve sfocato finché non batté le palpebre. Respirò con affanno. Si rese conto che *poteva* respirare. Improvvisamente sentì caldo, come se fosse fuori. Batté le palpebre più volte, si asciugò gli occhi e si mise a fissare il punto in cui si trovava la finestra rotta. La bambina iniziò a piangere flebilmente. Il drone iniziò a dondolare dolcemente la culla improvvisata e Mmiri si calmò un po'.

Mentre continuava a fissare la finestra e si metteva lentamente seduta, Anwuli disse: "Portamela qui." Prese la bambina tra le braccia guardando dritta verso ciò che le sembrava una parete di metallo liscia e lucida. Era così lucida che rifletteva tutto il soggiorno. Si ricordava di quelle lastre di metallo. Obi 3 le aveva chiesto di ordinarle tre settimane prima. Udì un suono metallico, dopodiché la parete di legno a fianco di quella di metallo si piegò leggermente. Si voltò e guardò lungo il corridoio verso la porta d'ingresso, vide un'altra parete di metallo che copriva la vista dell'esterno.

"Ma cosa... hai fatto qualcosa?" chiese. La piccola Mmiri si dimenò tra le sue braccia e le si accoccolò ancora di più.

"Fatto," rispose Obi 3. "Ti piace?"

Sentiva l'aria provenire dal soffitto e vide che la bandiera nigeriana appesa alla libreria stava sventolando, per la prima volta Anwuli si accorse che c'era qualcosa di diverso. La griglia di ventilazione era sparita e il condotto dell'aria interno era in alluminio lucido e non in acciaio opaco. "Cos'è quello?," chiese indicando.

"Ho costruito un condotto capace di purificare l'aria dal polline."

Anwuli guardò di nuovo il condotto dell'aria. Poi, dette uno sguardo alla stanza. Guardò di nuovo il condotto dell'aria.

Starnutì, liberandosi il naso dal muco. Si asciugò il viso con la manica e si sedette sopra l'asciugamano sporco di sangue, l'odore di ferro e di fermentazione del parto le aleggiava intorno.

Per mesi Obi 3 le aveva chiesto delle cose. C'era già prima che Bayo la lasciasse? Anwuli non riusciva a ricordare. Non ci aveva prestato attenzione. Durante gli ultimi nove mesi aveva pianto, gridato, era tornata sui suoi passi, aveva provato imbarazzo. Le si erano gonfiate le caviglie. Era stata derisa al supermercato da tutte quelle donne che le indicavano la pancia. Il suo corpo si era gonfiato. Era stata ignorata dai suoi genitori in chiesa. Aveva avuto voglie improvvise. Era corsa alla sua auto a guida autonoma dopo essersi imbattuta nella moglie di Bayo dietro a un angolo. Le allergie le erano aumentate. Non era riuscita a smettere di piangere. E durante tutto quel tempo la sua casa le aveva chiesto delle cose.

Aggiungeva gli articoli alla lista della spesa che aveva nel telefono. Chiodi, lastre di metallo, tubi, intonaco, utensileria e sì, due condotti dell'aria. Aveva sentito dei colpi sulla parte laterale di Obi 3, aveva sentito segare e scricchiolare ma come faceva a preoccuparsi delle riparazioni che Obi 3 faceva a se stessa quando la sua vita era caduta in rovina? Chi avrebbe avuto voglia di occuparsi di altro?

"Cos'hai fatto?"

Dopo una lunga pausa Obi 3 rispose: "Puoi camminare per favore?"

"Obi 3."

"Sì?"

"Cos'hai fatto?" le chiese.

"Vai nella tua stanza... per favore," le rispose Obi 3. "Te lo dirò ma per favore, porta la piccolo Mmiri Storm nel tuo letto. Il polline fuori è aumentato. Non posso... è giunto il momento della fase 2, altrimenti *morirai*."

Anwuli si alzò. Stavolta fu più doloroso. Si chinò in avanti. "Prendila tu," disse con affanno. "Non ce la faccio."

Il drone si alzò in volo e Anwuli, piangendo per il dolore che dall'utero le si irradiava in ogni parte del corpo, fece un passo avanti, il più delicatamente possibile. Sentì che il sangue le colava lungo la gamba. "Io... dovrei... lavarmi. Posso..."

"Sì, ma usa l'asciugamano che trovi accanto al letto per ora e poi sdraiati."

"Perché?" chiese Anwuli inciampando sul retro del divano e poi nel corridoio che conduceva alla sua stanza. E, appoggiandosi al muro, s'incamminò rigidamente.

"Non c'è tempo," disse Obi 3.

Fece qualche passo in più. "Parlami," disse Anwuli. "Mi aiuterà a distrarmi... ahiiiiii, oh mio Dio! Fa male. Sento come se l'intestino mi cadesse per effetto della gravità." Si fermò e, appoggiandosi al muro, ansimò. "Parlami Obi 3. Dammi una ricetta, recita una poesia, dì *qualcosa*."

"Sei a 0,8 chilometri dal centro di New Delta."

"D-d-dimmi cos'hai fatto... e perché?" Respirò profondamente e chiuse per un momento gli occhi. *Ho appena partorito,* disse tra sé e sé, *è per questo che provo dolore. Sto bene. Sto bene.*

"Ti ho ascoltato," le rispose Obi 3. "Un giorno hai detto che avresti voluto qualcuno che ti proteggesse come tu hai protetto la tua bambina." Anwuli ricordò quella notte. Non riusciva a prendere sonno, così era stata sveglia tutta la notte a pensare e a ripensare a tutte le settimane che aveva passato da sola. Era terrorizzata. Non ne aveva parlato con Obi 3. Neanche alla sua bambina. Aveva parlato tra sé e sé, voleva sentire la sua stessa voce. Forse stava pregando.

"Stavi parlando e chiedendo," continuò Obi 3. "Ho fatto le mie ricerche e progettato i piani," disse. "Avevo le risposte. Tutte le smart home seguono ciò che dicono i notiziari, la propria centrale e l'ambiente. Circa un terzo delle donne incinte sviluppa in gravidanza un'allergia di cui non hanno mai sofferto prima, mentre quelle che già ne soffrono tendono a peggiorare. Tu hai sempre sofferto di brutte allergie, mi hai detto che ti chiamavano *ogbanje*. Inoltre, ti ricordi quel giorno in cui il tuo stupido compagno se n'è andato? Hai spento il mio filtro *perché* a lui piaceva tenerlo acceso."

A questa affermazione, Anwuli sbottò in una risata nasale, sentì il sangue sgorgarle dalle parti intime e una fitta di dolore così forte da farla inciampare. Era stata sfacciata. *Nessuno* spegneva il filtro di casa. Non dopo che le smart home erano state troppo invadenti e ficcanaso. "Ah, quindi avevi previsto che avrei sviluppato l'izeuzere?"

"Sì," rispose Obi 3. "Ho usato la logica formale."

"E poi hai deciso di trovare il modo di proteggermi."

"Sì. Ho inventato un modo e poi ho costruito la mia invenzione."

"La necessità è la madre dell'invenzione," disse Anwuli, accennando un sorriso. "Wow. La tecnologia nasconde un Dio personale, il mio *Chi* è una smart home." Rise, tutto il corpo le fece male, ma stavolta era un bel dolore.

"Ho deciso di chiamarlo 'uovo protettivo'," disse Obi 3. "Va bene?"

Anwuli si accigliò per un momento. Poi alzò le spalle. "Ha tenuto in vita me e la mia bambina."

"Mi sono ispirata guardandoti. Il tuo corpo proteggeva la bambina. Acciaio placcato, esterno impermeabile, filtro dell'aria..." Fece una pausa e Anwuli si accigliò.

"Raccontami tutto," le chiese entrando in camera sua. "Oh!" esclamò. Vide che la parete dove si trovava la finestra, di fronte al suo letto, era stata quasi tutta rinforzata con delle parti in metallo, tranne in un punto che misurava un metro per un metro. Fuori c'era una tormenta di lanugine color arancio brillante così densa da offuscare il sole di mezzogiorno nigeriano. Il polline non era stato mai così fitto. Gli asciugamani erano stati messi sia sopra che di fianco al letto. Anwuli ne prese uno, si asciugò le gambe poi se lo premette addosso.

"Non c'è bisogno che me lo nascondi adesso," esclamò. "Siamo insieme, no? Lo siamo da mesi. È questo il motivo per cui non hai insistito per convincermi a partire?"

"Sì."

Anwuli rise sommessamente, in preda alla stanchezza. "Interessante. Molto interessante."

Mentre Anwuli era sdraiata sul letto, Obi 3 le raccontò tutto su ciò che aveva chiamato "Progetto uovo protettivo." E intanto che lei teneva Mmiri stretta tra le braccia e osservava la morte che vorticava fuori, l'intera casa iniziò a sollevarsi. Obi 3 aveva convertito in tre potenti gambe robotiche gli ammortizzatori automatici d'acciaio che la sostenevano sul terreno paludoso del delta.

"Posso superare lo tsunami prima che i filtri collassino," disse Obi 3.

"Se solo riuscissimo ad arrivare ad Abuja, là non troveremo erba peri."

La stanza dondolava al ritmo del passo di Obi 3, la casa *canticchiava* la canzone che la mamma di Anwuli intonava mentre cucinava. Anwuli si appoggiò sul cuscino che il drone le aveva messo sotto la testa, strinse Mmiri ancora più a sé abbracciandosi. Sì, Obi 3 era un'estensione di se stessa. *Come se facesse parte del mio sistema immunitario che mi ha appena salvato la vita,* pensò mentre fissava la finestra. *O il mio Chi.* Anwuli sperava che mentre usciva dalla città, Obi 3 distruggesse quanta più erba peri possibile, anche la casa del suo ex fidanzato...se non erano in casa.

La piccola Mmiri Storm si crogiolava tre le sue braccia.

A tre chilometri di distanza, Bayo sedeva nel suo studio, guardava accigliato il vortice di polline attraverso la finestra triangolare che si trovava nell'angolo della sua stanza. Stava ancora pensando ad Anwuli. Pregava che non fosse morta. Se alla fine aveva deciso di lasciare la casa, adesso si sarebbe trovata in quella tempesta di polline. Scosse la testa corrucciato. "Ti prego, salva quella donna," mormorò. "Oh ti prego *Biko-nu*, fuoco dello Spirito Santo, proteggi la sua vita, in nome di Dio."

Sua moglie era in cucina a preparare dolci con erba peri e pesce fritto ma Bayo non aveva il coraggio di guardare il cellulare, figuriamoci di fare una telefonata. La casa era in ascolto, quasi ogni suo meccanismo era sintonizzato sulle preferenze di sua moglie perché lei era quella che trascorreva più tempo in casa. *Forse sarei dovuto restare di più a casa*, pensò. Al tempo stesso, avrebbe voluto che quello non fosse stato il suo giorno libero. Sapeva che non avrebbe potuto chiamare Anwuli nonostante i suoi figli stessero giocando rumorosamente in soggiorno. Anche se fosse uscito quando il polline fosse passato, si sarebbe trovato nei guai.

All'improvviso, tutta la casa rimbombò. Poi iniziò a tremare e i bambini si misero a urlare. Bayo scattò in piedi e capì. La casa si stava alzando. E allora si rese conto, sentì pervadersi da un orribile sensazione di catastrofe: sua moglie...non era solo lei che sapeva di Anwuli da sempre ma anche la sua casa, Obi 1. Né sua moglie, né la *sua* casa erano tipe da lasciar perdere le cose. "Merda," esclamò. "Perché ho reso queste cazzo di case così intelligenti?" Si buttò sul divano e si tenne forte per salvarsi la pelle.

Non lasciarmi

di Mark Oshiro

traduzione di Francesca Secci

Mark Oshiro sono gli autori candidati al premio Hugo responsabili dell'universo online di Mark Does Stuff (Mark Reads e Mark Watches), dove analizzano libri e serie TV. Anger is a Gift è il loro romanzo di debutto per ragazzi. È stato premiato con lo Schneider Family Book Award 2019 come miglior libro per adolescenti ed è stato finalista alla 31ª edizione dei Lammy Awards nella categoria LGBTQ Children's/Young Adult.

"Sei nervosa, vero?"

Papà è seduto di fronte a me, con le braccia conserte, di una solidità stoica, ma le sue sopracciglia sono corrugate in una ruga evidente. "So cosa stai facendo" dico. "Lo apprezzo, ma..." Scuoto la testa, e il timore mi si cuce sulle costole.

Sospira rumorosamente, mi allunga la mano callosa. "Sarò qui con te tutto il tempo."

"Lo so. È solo che... Sto iniziando a chiedermi se non sia finita in un ginepraio."

"Puoi dire di no, Gabriela. Non è *troppo* tardi."

Un breve lampo d'impazienza gli attraversa il viso, una luce che non avrei voluto vedere. *Vuole farlo al posto mio.* Non aveva fatto altro che appoggiarmi da quando abuela Carmen mi aveva scelto per il Trasferimento, ma questo momento evita una verità scomoda. Perché aveva scelto me e non lui? Perché dovevo essere *io* il ponte nella nostra famiglia, quella che avrebbe ricevuto i ricordi di abuela prima che ci lasciasse? L'amore tra noi non è sufficiente a spiegare perché Carmen ha scelto me e non suo figlio, ma lei non ha fornito nessun altro indizio.

"No, è quello che vuole" gli dico. *Mi* dico.

Lascia andare la mia mano e si appoggia alla dura sedia di plastica. "Sai, stai per avere strani ricordi nella tua testa."

Un lieve nervosismo mi attraversa. "Tipo cosa?"

"Be'," sogghigna "sei pronta a cambiare i pannolini di tuo papà?"

"*Cosa?*"

"E se uno di quei ricordi passa? Sarebbe parecchio strano."

Lo colpisco per scherzo. "Dai, papà."

Il suo sorriso sfuma, ma i suoi occhi marrone scuro sono ancora affettuosi. "So che è tutto piuttosto strano, ma... sono felice che sia tu."

Il mio papà. Cammino sul tratto di linoleum per piazzarmi nella sedia vuota alla sua destra, poi mi raggomitolo contro il suo corpo. Mi fa scorrere le dita tra i capelli, mi piazza un bacio sulla testa.

L'elettricità dell'ignoto mi attraversa ancora. Sono eccitata. Sono insicura.

Questa stanza non è costruita per il limbo degli addii prolungati. Niente da leggere tranne le pubblicità animate del Trasferimento, vistose ed emotivamente cariche, che adornano i muri. Persone amate che sorridono al capezzale di qualche beato parente anziano, ciascuno di loro bianco, con una singola frase in fondo:

Non muori davvero se non sei dimenticato.

Non è confortante come penso dovrebbe suonare, e non ferma il fremito nel mio stomaco. Presto sarò distesa accanto ad abuela Carmen, collegata alla sua mente, pronta perché mi faccia dono dei suoi ricordi. Dicono che non fa troppo male e che sostanzialmente i ricordi trasferiti si separano dai nostri dopo poche settimane. Ma ho letto le recensioni, seguito forum, nella settimana passata da quando abuela ha fatto la sua scelta. È disorientante, dicono tutti. Non puoi controllare ciò che scatenerà i nuovi ricordi che hai. A volte, si limitano a balenarti in testa mentre fai la doccia. Quando sei al lavoro o a scuola. Soprattutto quando sei addormentato. I ricordi di qualcun altro, i segreti di qualcun altro.

Stanno per essere i miei.

Finalmente ci vengono a prendere più di un'ora dopo, mentre papà è in bagno. Quando esce, chiudendo con un clic la porta pesante, i suoi occhi sono iniettati di sangue e gonfi, e le profonde rughe di preoccupazione sulla sua fronte si stagliano in una mappa di dolore. Mi spezza il cuore. È *sua* madre. Dopo questo se ne sarà andata per sempre, anche se i suoi ricordi sopravvivranno. Pensavo solo a me stessa.

"Mi dispiace, papà" dico contro il suo petto. "Deve essere dura."

"Va tutto bene, m'ija." Il suo respiro è caldo sulla mia testa. "Dire addio non è mai facile. Almeno abbiamo la possibilità di farlo, questa volta."

La storia rimane non detta tra noi. Il trapasso di mamma qualche anno fa, prima che il Trasferimento fosse disponibile, è stato improvviso. Non c'erano sale d'attesa, né addii protratti, nessuno scambio di ricordi. Solo un sacco di metallo ritorto e un oceano di dolore che erodeva i bordi di ciò che sapevamo di lei. Mamma si era allontanata col tempo; la mia abuela sarebbe vissuta in modo nitido dentro di me.

Mi stringe un'altra volta, poi mi conduce fuori dalla sala d'attesa, nel corridoio asettico e grigio, oltre uffici di reclutamento e agenti di Trasferimento, che mostrano video di orientamento agli altri clienti. Alla fine del corridoio, entriamo in un ascensore per dirigerci verso l'ala medica. Il pavimento ronza sotto il nostro silenzio. Come possiamo dirci tutte le cose che devono essere dette? Come possiamo sciogliere questo nodo di speranza e paura e dolore che sta come un groppo nella nostra gola?

Quindi non diciamo niente.

Le porte si aprono. Un altro corridoio grigio. Un'altra falange di animazioni scorre sul muro, tutte a glorificare le virtù del Trasferimento, come se avessimo bisogno di essere convinti, anche ora. Annidate tra le loro fulgide promesse ci sono le stanze per la procedura, che sono nascoste: pannelli di vetro scuro e porte senza finestre. Quante persone si stanno svegliando dall'ultimo addio, le teste riempite di ricordi che non sono i loro? Ho un'assurda e improvvisa urgenza di irrompere in quelle caverne ombrose ed estorcergli la verità. Costringere qualcuno a salvarmi da me stessa, dall'errore di rimanere. O dall'errore di correre via.

"Stai bene, figlia mia?" mormora papà, circondandomi col braccio. "Di solito non sei così silenziosa."

"Starò bene" riesco a dire. "Mi sento solo strana, ecco tutto."

"Non appena ti sveglierai, sarò lì. Sai, in caso tu abbia domande su... be', qualsiasi cosa."

Sarà il solo che potrà rispondere. Era in quasi ogni recensione che ho divorato. Il Trasferimento offre pace a quelli che sono vicini alla fine delle loro vite; consente loro di scegliere quando chiudere la porta. Ma avviene a un costo: il Dissolvimento. Mentre i ricordi escono dal loro corpo, loro si dissolvono nella coscienza. Apparentemente, abuela Carmen resisterà *forse* per pochi minuti dopo il Trasferimento. Poi... sarà finita. Vivrà solo nella mia testa, come promette la pubblicità.

Una porta si apre vicino a me e una donna esce, i capelli castani tagliati corti su un camice stirato. Sembra così seria. Improvvisamente la paura mi travolge. *Non voglio farlo*. Ma lei sorride a me e papà, improvvisamente affabile, e le mie paure si contraggono in banale nervosismo mentre ci introduce nella stanza.

Dentro c'è la mia abuela. Sdraiata sul letto come una santa a riposo, diventa una figura di quei votivas allineati nella sua camera da letto. I suoi arti fragili sono ingoiati in un alone di lenzuola e coperte.

Volta la testa e i suoi occhi si fissano su di me, e un sorriso sale su di lei come un lento mattino. Nel suo viso vedo l'eco di mio papà, la fronte segnata dalle rughe, il mento regolare che adoro. La confusione della mia esitazione si allontana. Se questo è quello che vuole, allora voglio farlo.

La donna che ci ha fatto entrare mi guida su un letto disposto parallelo ad abuela. Mi fa sedere e i tecnici sembrano uscire fuori dal nulla per iniziare ad agitarsi sopra di me. Mi viene data una lunga vestaglia bianca e mi viene chiesto di togliere la camicia dietro un corto tramezzo. Attraverso la fessura, vedo mio padre che stringe la mano esile di sua madre, e sussurra in un tono che è poco più di un brusio.

Qualcuno sgambetta dietro di me, mi chiede di raccogliere i capelli. Dopo che lo faccio, c'è un solletico ronzante alla base del mio cranio. Sapevo che mi avrebbero rasato la nuca, ma è così improvviso, così noncurante. Probabilmente lo fanno tutto il giorno. Non significa niente per loro. Il calore accorre alle mie guance, e sto ricacciando indietro le lacrime quando la donna ritorna al mio fianco.

"Sono Yasmin" dice. Potrebbe essere la sorella di mia mamma se la sua pelle fosse più scura, il suo naso più schiacciato. "Sono certa che sei piuttosto ansiosa adesso, ma sono qui per guidarti attraverso il Trasferimento e sarò con te in ogni passo lungo la strada, ok?"

"Ok" dico, e cerco di ricambiare il sorriso, ma sono sicura che viene fuori storpio e brutto. Non mi va molto di sorridere.

"Posso chiederti di sollevare i piedi e stenderti sul letto?" Indica il poggiatesta, che ha un grande buco al centro. "Per favore assicurati che la tua testa sia centrata qui."

Faccio come dice, e lo schienale del letto si solleva lentamente così che sono quasi seduta. I tecnici si agitano dietro di me come uccelli, muovendosi rapidamente per assicurare la mia testa con morbide strisce di tessuto e velcro. Il panico sboccia in me; non riesco a muovermi. Ma la dolce voce di Yasmin è una corda nell'oscurità che mi riporta al momento.

"Quindi, abbiamo pochi passi prima di arrivare al Trasferimento, ok?"

"Ok" ripeto, i miei occhi agganciati ai suoi.

"Sentirai una sensazione di freddo al collo, prima dobbiamo pulire il sito d'ingresso. Poi, una leggera puntura. Sarà l'anestetico locale."

"Quindi non farà male?"

"No, non molto" dice. "Ma dovrei far presente che sentirai una... *pressione* quando i cavi neurali ti verranno inseriti nella nuca. Mentre si espandono e si distendono, non sentirai dolore, ma *è* una sensazione strana. Non voglio che ne sia sorpresa."

Faccio una profonda inspirazione. "E poi?"

"Prenderai un leggero sedativo. Solo per aiutare la tua mente ad affrontare il trauma iniziale del Trasferimento, per ridurre la tua confusione. Una volta che ti sveglierai, sarà tutto finito!"

Lo dice con così tanta gioia, tanta certezza.

C'è del movimento dietro di me e sento la cute sulla nuca che si contrae per la pelle d'oca a causa del freddo di un tampone di alcool. Alcuni secondi dopo, sento una leggera puntura di spillo e la mia schiena si solleva dal letto, ma le stringhe mi impediscono di muovere troppo la testa. Yasmin sorride di nuovo, e poi qualcosa *spinge* dentro di me. Sembra qualcosa di *vivo*, che si dimena in quel punto morbido alla base della testa in cui il cranio si connette al collo. Urlo e sono subito imbarazzata per averlo fatto.

La faccia di papà si staglia improvvisamente davanti a me. "¿Estás bien, Gabriela? Hai bisogno che si fermino?"

Prima che possa dire qualcosa, Yasmin si intromette. "Non è consigliabile fermarsi a questo punto" dice con fermezza. "I cavi neurali stanno cercando il posto migliore per attaccarsi dentro il suo cervello. Non c'è un modo più semplice per spiegarlo. Pensiamo che l'amigdala e l'ippocampo siano i posti migliori per afferrare i ricordi più importanti e vividi."

Non so che cosa significhino queste parole. So solo che c'è una *cosa* estranea che si intrufola e si contorce da qualche parte vicino alla mia spina dorsale. Posso sentire ogni affondo che fa verso il suo obiettivo. Le lacrime mi salgono agli occhi e non mi importa. Voglio strapparlo fuori da me, gridare. Invece stringo i denti e mi costringo a pensare a quel dito inquisitore come un dono, come la mano di mia nonna che cerca di raggiungere la mia.

Per fortuna, la pressione diminuisce, la sua assenza improvvisa seguita da due bip, forti e acuti, separati da pochi secondi. Uno dei tecnici mi poggia una mano sulla spalla. "Abbiamo fatto la connessione. La parte peggiore è finita."

Spero che abbia ragione.

"Te amo, Gabi" dice papà, con la voce un po' ruvida. Mi piazza un bacio sulla fronte. "Sarò lontano pochi metri."

E poi sparisce. Posso muovere un po' la testa da un lato e dall'altro, ma non lo vedo più. Yasmin blocca il passaggio. "Sono sicura che hai sentito parlare un sacco del Trasferimento durante l'orientamento la settimana scorsa" dice, "ma ho scoperto che fa bene rammentare ai pazienti come sarà lo stato d'incoscienza."

"Lo so. È come un 'sogno che cambia continuamente'" dico, scimmiottando la riga dei volantini.

Yasmin annuisce. "Quasi tutti i pazienti sono consci di ciò che accade. Ti sembrerà di essere nel corpo di qualcun altro mentre i ricordi vengono passati nel tuo cervello. Solo…" Si ferma, poi sorride, raggiante di soddisfazione. "Cerca solo di cavartela."

A quel punto sento il monitor della frequenza cardiaca aumentare, e volto lo sguardo verso la mia abuela, ai margini del mio campo visivo. Non ha detto niente da quando sono entrata nella stanza. Forse non avrei dovuto preoccuparmi così tanto del Trasferimento.

Forse avrei dovuto passare più tempo a dirle addio.

"Gracias, abuela."

Eppure non è abbastanza. Non può essere abbastanza. Le parole mi scivolano fuori dalla bocca come se stessi aprendo un biglietto d'auguri.

Non mi sorride. "Perdóname" dice, e qualcosa le attraversa il viso. Non è gioia né pace. Sembra *terrorizzata*.

"Pronta?" chiede Yasmin.

"Immagino di sì" dico, e Yasmin ridacchia, ma tutto quello che vedo è la mia abuela. C'è un luccichio sulle sue guance. Sta piangendo? Voglio dire qualcosa, ma lei è una macchia indistinta adesso, distolgo lo sguardo da lei e anche il soffitto è un guazzabuglio di forme e colori. La luce nella stanza sparisce dalla mia vista.

Qualcuno sta gridando verso di me. Guardo in alto verso… una donna, che torreggia sopra di me, urlando in spagnolo. Che cosa sta dicendo? Cerco di tradurre più velocemente che posso ma mi accorgo che non ne ho bisogno. So che ho fatto qualcosa di sbagliato, lo percepisco, come in un sogno. Chi è lei?

Mamma. Mi sovviene all'istante. Vedo muri marroni, un colore profondo, di terra battuta. Posso sentire un tappeto che punge sotto i miei piedi. Ma non lo guardo, guardo solo questa donna, gigante sopra di me, e mi copro la faccia e…

Sono vicina a qualcosa di largo, di forma quadrata, e ci vogliono pochi secondi per riconoscere cosa è. Una vecchia stufa di ferro. Sollevo la mano per prendere la pentola sulla destra, e non riesco a fermarmi. *Cosa stai facendo?* penso, sapendo bene che sto per toccarla. Le mie dita indugiano brevemente sul metallo lucente, e il bruciore è istantaneo, doloroso, terrificante. Tiro via la mano e cado all'indietro, il fiato che mi esce fuori mentre sbatto sul pavimento. Sento di nuovo urlare. Sono *io* a urlare? Dentro quale corpo mi trovo?

Vengo strappata dal pavimento verso una luce accecante. C'è un uomo sdraiato accanto a me, una coperta ruvida sotto di noi che non appiana le pietre e il terreno irregolare. Siamo fuori, la luce del sole brilla sulla sua pelle, e la smania mi serpeggia nello stomaco, come un pugno in pancia, e lo voglio, e lui lo sa. Le sue mani sono su di me, mi accarezzano la schiena, poi corrono su e giù lungo il mio corpo, e poi sento di nuovo urlare, la voce della donna di prima. Mamma.

Ma non *mia* mamma. Un'ondata di consapevolezza mi travolge, dando forma a queste visioni, questo intrico di emozioni che mi riempiono come una tazza vuota. Non è un sogno. È il Trasferimento.

La voce della madre di Carmen è un vento furioso, che sferza la figlia di parole, e lei scaccia l'uomo dagli occhi scuri dal mio fianco, e una vergogna cattiva si propaga nel mio corpo, e poi *rabbia*. Odio questa donna. La odio, questa *duende* stridula che mi attacca. È sconcertante. Il sentimento è mio e non mio allo stesso tempo. Come posso odiare qualcuno che non ho mai incontrato?

Poi è buio. Caldo. Sono all'interno, e lui mi tiene contro il muro, e il desiderio mi infuria nel petto. Mi porta via il fiato. Non mi piacciono neanche gli uomini, ma tutto ciò che sento è un bisogno impetuoso, una disperazione di attirarlo più vicino, più vicino, nella mia pelle. La pelle di Carmen. *La mia* pelle.

Un altro flash di luce. Dolore. La nausea mi attraversa, e trattengo un grido. Le luci fluorescenti sopra di me mi pugnalano gli occhi. Sono sulla schiena e quando afferro il letto, sento le pieghe delle lenzuola da ospedale: ruvide, irregolari, artificiali. "¡*Empujas*!" grida qualcuno, e io lo faccio, nonostante faccia molto male. Spingo e spingo e... il dolore mi riempie. Quell'uomo dagli occhi scuri si siede accanto al mio letto, la sua pelle impallidita dalle luci fluorescenti, però il bisogno che mi soffoca non è desiderio ma paura. Il terrore pesa sul mio corpo. Gli dico, lo prego, di restare, ma lui scuote la testa. "No quiero un niño," insiste, e scaccia via la mia mano.

Un flash. Un uomo allampanato, un uomo diverso, è seduto a un tavolo e piange tra le sue dita lunghe. "No me dejes," dice. Sembra familiare, ma sparisce prima che me lo possa ricordare.

Ora sono nel retro di un pickup, le mie ossa sbatacchiano con il metallo. La cabina è coperta, ed è bollente. Il sudore mi fa pizzicare gli occhi, e ho bisogno d'acqua. Faccio scorrere la mano sulla mia pancia rigonfia e sto morendo di fame. *Di nuovo.* Bramo i *nopales*, quelli che mamma prepara con le cipolle, i peperoni, il pomodoro. Avrei l'acquolina in bocca, se potessi.

Dove sto andando? Sono rannicchiata tra due uomini, e quello a destra ha la testa che penzola in avanti, la lingua che gli pende in maniera strana dalla bocca. Respira ancora? Quello a sinistra sbatte sul finestrino che ci separa dalla cabina dell'autista. "Agua" dice. "Agua, por favor."

Il finestrino si apre. Una faccia spietata riempie il finestrino. "¡*Callate*!" I baffi dell'uomo gli ricadono ai lati della bocca. Tengo gli occhi concentrati sulla donna davanti a me, i lunghi capelli neri avviluppati intorno alla testa e alla faccia. La sua mano si aggrappa a quella della figlia. Sta pregando, dolce e determinata.

Sono in un negozio. Fa freddo. Troppo freddo. Tremo mentre fisso le file ordinate di cibo confezionato nel freezer, e ho tenuto lo sportello aperto per così tanto tempo, ma non riesco a leggere nessuna delle parole sulle scatole. Neanche una. Il sangue mi martella nelle orecchie e sto cercando di non piangere mentre mi rendo conto di quanto questo posto sia piccolo, di quanto sia lontana da un posto familiare. Mi volto e trovo una donna che mi fissa, pietà e fastidio sul suo volto pallido. "Hai finito?" dice. "Posso passare?"

Mi allontano dal freezer, imbarazzata, e la porta si chiude. Eccola. Eccomi. Carmen. Fisso il mio riflesso sul vetro. Per la prima volta vedo la donna che non è ancora la mia abuela, il mio sé-non-sé.

Ma è così breve. Salto da un ricordo all'altro senza tempo di riprendermi dalla frustata emotiva, una viaggiatrice nella mente di Carmen. Sono in un'altra casa. Le luci sono fioche, e c'è un odore acre. Non sono mai stata qui, ma conosco questo posto. Muri marrone chiaro, e un'*ofrenda* arcobaleno nell'angolo. Un sarape a strisce appeso precariamente a una sedia traballante. Questa è la casa di Carmen, a Zapopan. Un suono riecheggia e rompe il silenzio. Volto la testa e vedo l'uomo che piange, chino su se stesso, il corpo scosso da singhiozzi. "Por favor" piange, "no me dejes, Carmen."

Il suo volto è allungato, deformato da un altro gemito, e riconosco le rughe di preoccupazione tracciate sulla sua fronte. Le stesse rughe che incidono il volto di mio padre, che incidono quello di Carmen.

C'è una tristezza terribile in me, una cosa straziante, impetuosa. È mia? Di Carmen? Non so dirlo. Ma non vado da lui. Invece, dico "Lo siento" ed esco dalla porta.

Renato. Il nome arriva, completo. Renato. Chi è?

Non ho il tempo di scoprirlo. Flash. Guardo papà fare i primi passi, sento il tappeto morbido sotto di me mentre corro per prenderlo.

Flash. Tengo me stessa tra le braccia poco dopo che mamma mi ha dato alla luce. Sembra sbagliato, vedere il mio spuntare cieco, sentire la coperta del suo amore dal di dentro.

Flash. Sto guardando me stessa cantare *Como La Flor* con voce tremante alla mia recita in quinta elementare. Le lacrime di Carmen mi bagnano le guance. È orgogliosa di me e questo si irradia attraverso tutto il suo corpo. Lei è *la mia* abuela. Ma la canzone agita un'ondata di desiderio dentro di lei. "Como me duele" canto, e lei è addolorata. Per la casa.

Per l'uomo che si è lasciata alle spalle.

Lo vedo a casa di Carmen, allora, un ricordo dentro un ricordo, mentre pensa a lui guardando me. Lo sento pregarla di non andarsene.

Renato. È suo fratello. Lo capisco senza alcuno sforzo, quindi deve essere vero. Ma non ho mai visto quest'uomo, neanche nelle fotografie sbiadite che affollano le loro cornici incrinate intorno ai suoi votivas. Carmen non ha mai neanche detto il suo nome.

I ricordi compaiono e saltano e girano, ma solo uno di loro si ripete.

No me dejes.

"Respira normalmente" dice Yasmin. Le luci sono così luminose. Annaspo in cerca d'aria, e anche papà è lì.

"*Calmate, m'ija*" mormora. "Stai bene, va tutto bene, sono qui. I cavi sono stati rimossi. Stai *bene.*"

Allungo le mani e strappo le strisce che tengono la mia testa immobile, lottando per liberarmi. Yasmin mi dice di andarci piano, con la voce di una calma artificiosa, frutto di anni di pratica.

"No!" le urlo, e sono sorpresa di quanto la mia voce suoni alta. Tiro via i legacci e mi siedo. La mia testa ondeggia. Lo supero e faccio dondolare le scarpe oltre il letto. Papà mi grida di fermarmi. Sto seduta lì a guardare con ira la mia abuela. Non so neanche a chi appartenga questa rabbia. A me? A lei? Come potrei dirlo?

"Chi era lui?" le chiedo, e la mia voce si spezza sull'ultima parola. Posso vedere il suo volto angosciato nella mia mente. C'è un dolore proprio dietro i miei occhi che arriva fortissimo, e sento la colazione che risale su velocemente e si riversa sul pavimento.

Yasmin mi asciuga la bocca con qualcosa e mi prega di calmarmi. "Per favore, hai *appena* ripreso conoscenza. Devi fare con calma."

Mi fa sdraiare di nuovo con dolcezza sul letto, ma il dolore continua a pulsare nella mia testa, un forte battito di cuore.

No me dejes.

"Abuela" gracchio, "*¿por qué?*"

Non è sveglia. Sembra così in pace, infagottata nelle lenzuola bianche dell'ospedale, ma sta tranquillamente scivolando via. Il Dissolvimento sta già trascinando la mia abuela via da me, sommergendo la verità che bramo così disperatamente dal profondo.

"Gabi" dice papà. "Per favore. Che è successo? Perché sei così sconvolta?"

Yasmin mi passa una tazzina di plastica con del ghiaccio e mi dice di bere lentamente. Ma non mi muovo. Mi limito a fissare Carmen, le ciglia scure che riposano come ali contro le sue guance. Sono un diniego. "Ha lasciato indietro qualcuno a Zapopan" dico.

"Che cosa?" dice papà. "Di che parli?"

"È molto comune" sento Yasmin dire, ma non voglio guardare dalla sua parte. "Le persone che passano per il Trasferimento possono essere disorientate non appena si svegliano, mentre la loro mente cerca di interpretare tutti i nuovi ricordi che sono nella loro testa."

Volto la testa lentamente e fisso con odio Yasmin. "Io non sono *disorientata*" sbotto. "L'ho *visto*. Ha lasciato qualcuno indietro. Renato! La stava *pregando* di non lasciarlo."

Yasmin fa un passo indietro. Guarda da me a mio papà e viceversa. "Per favore, fatemi sapere se avete bisogno di qualcosa" mormora e poi sgambetta via da noi e dal nostro rumore.

Nella stanza vuota, papà ed io stiamo seduti in silenzio insieme, il bip del monitor della frequenza cardiaca di abuela è un metronomo. Carmen non è morta, non ancora, ma non si sveglierà. Lei è solo... *lì.* Papà fa scorrere la mano su e giù lungo la mia schiena, e so che vorrebbe dire qualcosa.

No me dejes.

Il volto dell'uomo contorto dal dolore. Il raggio di luce che attraversa il tavolo, lasciandolo in ombra. Affonda la testa tra le mani, poi la alza di nuovo.

La porta è stata aperta e sensazioni, emozioni, colori, entrano tutti dentro. Vedo le ginocchia sporche di Carmen mentre gioca fuori dai muri di legno scheggiato della sua casa d'infanzia. Sua madre, che corre verso di lei, con le mani tese. E c'è anche un ragazzo lì, i capelli folti e arruffati. È lui, deve esserlo.

Renato.

No me dejes.

Papà mi tiene la mano, stringendola forte, e lo uso per fare leva. Mi tiro su, e lo spingo via verso il letto di Carmen. "Abuela" dico, "chi è lui? Chi era Renato?"

La sua testa si gira. I suoi occhi, aperti appena, brillano ancora attorno ai bordi. "Renato" dice, il nome una pietra ruvida nella sua bocca. Lo sputa fuori.

È una frustata. Uno scatto. Un'esplosione. Grido mentre i ricordi irrompono nella mia mente. Lo vedo, molto più giovane, che corre attraverso il semplice spazio sporco fuori dalla casa di Carmen a Zapopan. I capelli scuri passano davanti alla faccia, un drappo splendente.

La madre di Carmen va verso di lui, glieli scosta dagli occhi. "M'ijo" dice con amore e poi guarda Carmen e sorride. Il calore si diffonde in Carmen, e io posso sentirlo nel mio corpo, come se accadesse a me. Il ricordo è caldo e inebriante, a lungo sepolto dentro la mia abuela.

Il ricordo di suo fratello.

"No, no, abuela" dico. "Devi restare. Per favore, resta. Perché? Perché non ci hai detto di tuo fratello?"

Non dice niente.

Le parole vengono fuori dalla mia bocca in spagnolo. "*No me dejes*" dico, e sento il ronzio del gemito di Renato che riecheggia nella mia voce. Sono io? È lui? Cerco la faccia di abuela, ma è Renato che vedo davanti a me. Lo vedo pregarla di nuovo, un ciclo di infelicità che gira senza fine, ma è come se stesse implorando *me* di restare. Sento il rimorso e il dolore di Carmen. Non so più dirlo.

Per favore.

Rimani.

"Gabriela, di che cosa stai parlando?" Papà mi stringe la mano, ed è troppo energico, ma non riesce a riportarmi indietro, non mi può strappare via dall'ondata di emozione e terrore. "Non capisco, io *non ho* uno zio."

Lei muore.

Papà singhiozza forte, un oscuro rumore straziante, e con una punta di disperazione. È confuso, guarda da me alla sua madre morta. Cresce una voragine nel mio stomaco. Tra di noi. So qualcosa che mio papà non sa. Lo odio. Odio avere la pietra del nome di Renato che risuona nella mia testa, quello che ho visto, quel che sono *stata*, una Carmen che suo figlio non conoscerà mai.

Allungo la mano e afferro il braccio di Carmen e lo scuoto, le sue ossa flosce nella mia mano. "Svegliati" prego. "Per favore, non lasciarmi."

Avrei dovuto dire addio. Avrei dovuto passare più tempo con lei prima del Trasferimento.

Papà mi sta fissando, e io non sono mai stata così lontana da lui. Non posso porvi rimedio. Inizio a gemere di dolore, e non so per che cosa sto piangendo.

Rimorso. Il mio o il suo?

Tristezza. La mia o la sua?

Renato la prega di restare. Io la prego di restare.

Lei giace immobile nel letto.

No me dejes.

Quando Robot e Corvo salvarono St. Louis Est

di Annalee Newitz

traduzione di Francesca Secci

Annalee Newitz scrive fantascienza e saggistica. È autrice del romanzo Autonomous, *candidata ai premi Nebula e Locus, e vincitrice del Lambda Literary Award. Come giornalista scientifica, ha scritto per il* "Washington Post", "Slate", "Ars Technica", *il* "New Yorker" *e* "The Atlantic". *Il suo libro* Scatter, Adapt, and Remember: How Humans Will Survive a Mass Extinction *è stato finalista al LA Times Book Prize per la scienza. È stata la fondatrice di* "io9" *e ha lavorato come caporedattrice di* "Gizmodo" *e redattrice di cultura tecnologica presso Ars Technica. Ha pubblicato racconti su* "Lightspeed", "Shimmer", "Apex" *e* "Twelve Tomorrows" *della* "MIT Technology Review". *Ha ricevuto una borsa di studio Knight Science Journalism al* MIT, *ha lavorato come analista politico presso la Electronic Frontier Foundation e ha un dottorato di ricerca in inglese e studi americani presso l'UC Berkeley. Il suo romanzo* The Future of Another Timeline *è uscito a settembre 2019.*

Era ora di cominciare il circuito settimanale. Robot fece un salto verticale nell'aria dal suo trespolo in cima al Museo di Storia a Forest Park, con i rotori che ronzavano e gli arti ritirati nell'ovale liscio del suo telaio. Da lontano, era un uovo volante azzurro, leggermente sporco, con un copricapo a elica in cima. Due occhi animati brillavano dalla parte anteriore del suo carapace liscio, come fanali emotivi. Quando atterrava, e le quattro zampe e la testa si estendevano dai portali nel suo guscio protettivo, il drone era più simile a un barboncino stranamente simmetrico o a una tartaruga dei cartoni. Montata su un attuatore, la sua faccia era pienamente rivelata, occhi a fanale situati sopra un muso corto e morbido la cui bocca violetta era costruita per sorridere, fare le smorfie, e una serie di altre, più sofisticate espressioni.

La squadra del CDC ad Atlanta aveva progettato Robot per essere carino, per guadagnarsi immediatamente la fiducia delle persone. Per trovare le epidemie prima che cominciassero, Robot volava di edificio in edificio, chiedendo alle persone come si sentivano. Nessuno voleva chiacchierare con una brutta scatola. Robot si comportava come un cordiale piccolo amico, controllando le persone malate. Ecco come Bey, l'amministratrice di Robot, aveva insegnato a Robot a dirlo: "Controllare le persone malate." Il lavoro di Bey era programmare Robot con le abilità sociali necessarie a evitare l'espressione "sorveglianza sanitaria."

A Robot piaceva iniziare con il Loop. Forse "piacere" era la parola sbagliata. Era uno stimolo che veniva dal sistema di mappatura di Robot, che inseriva l'area metropolitana di St. Louis in una griglia dove 0,0 erano il Centro e la Washington Avenue. L'intersezione era annidata al centro delle strade a U che gli umani locali chiamavano il Loop. Una comunità chiusa vicino all'Università di Washington, il Loop era pieno di abitazioni intelligenti e macchine autonome che comunicavano con Robot con indifferenza. Anche se era tarda estate, Robot era in massima allerta per la comparsa di malattie infettive. La stagione dell'influenza diventava più lunga ogni anno, soprattutto in aree urbane ad alta densità come St. Louis, dove moltissime persone diffondevano le loro minuscole gocce aeree di virus.

Volando basso, Robot seguiva le strade curve, guardando nelle finestre per tracciare quanti umani stavano cenando e se quel numero corrispondesse alle scansioni precedenti. Conigli selvatici si fiondavano attraverso i prati e le lucciole facevano segnali ai loro compagni usando feromoni e fotoni. Robot scelse un ingresso a caso, iniziando un controllo faccia a faccia con gli umani. In questo quartiere, erano abituati.

Un umano aprì la finestra di servizio. Il soggetto aveva lunghi capelli lisci e la pelle del colore in un'arachide pelata.

"Ciao. Sono il tuo amichevole cacciatore d'influenza del quartiere! Per favore tossisci in questo fazzoletto e sollevalo verso lo scanner!" Robot si librò ad altezza d'occhio ed estrasse un fazzoletto sterile con una pinza dal suo baule ventrale di servizio. Questa azione gli fece guadagnare un sorriso. Robot ricambiò il sorriso, stendendo la sua bocca da cane-tartaruga e gonfiando le guance. Gli umani apprezzavano la comunicazione emotiva non verbale, ed era programmato con un intero repertorio di semplici scambi:

Se l'umano è arrabbiato, Robot è triste.

Se l'umano è maleducato, Robot è imbarazzato.

Se l'umano è felice, Robot è felice.

L'umano tossì e Robot fece una veloce scansione metagenomica, evidenziando DNA di virus e batteri chiave prima di caricare la sequenza di dati al cloud. Altri robot avrebbero confrontato i risultati con una raccolta di malattie infettive note e allertato il CDC se qualcuna fosse stata nella lista di quell'anno.

Sei giorni più tardi, Robot si dirigeva attraverso il fiume Mississippi verso St. Louis Est. Qui, calore e pioggia avevano eroso il marciapiede finché era diventato butterato e crepato come pelle umana. La prima volta che Robot aveva fatto sorveglianza sanitaria in quest'area, niente si adattava alla sua programmazione sociale generica. Edifici segnati come liberi erano chiaramente pieni di umani. I registri degli occupanti non corrispondevano ai nomi e alle facce degli occupanti. Le persone parlavano con lingue e parole che non corrispondevano ai database noti. Di conseguenza, Robot non era riuscito a raccogliere dati accettabili. Quando Robot aveva chiesto aiuto per questo problema, Bey era stata la sola amministratrice del CDC a rispondere. Comunicava con Robot da Atlanta attraverso rete cellulare, usando l'audio.

"Non tutti gli umani si comportano o parlano nello stesso modo" aveva detto a Robot. "Ma puoi imparare a parlare con tutti. Raccogli dati. Estrapola dal contesto. Usa questo." E aveva spedito a Robot un po' di codice per l'acquisizione naturale del linguaggio e la traduzione. Robot aveva imparato molto velocemente che gli umani usavano slang, dialetti, socioletti, e lessici non documentati. Bey gli aveva spedito anche diverse serie di dati presi da un laboratorio di studi urbani, che avevano integrato la mappa dati di Robot. Era venuto fuori che non tutti gli umani vivevano nello stesso domicilio per una media di due anni; non tutte le residenze avevano macchine e conigli fuori. Alcuni umani vivevano in posti che non erano etichettati come spazi domestici. Alcuni umani non usavano identificativi assegnati dal governo. Ma tutti loro potevano ammalarsi.

C'era un piccolo quartiere di case di materiale tessile sotto l'autostrada. Non esisteva sulle mappe ufficiali. Robot lo sapeva per via degli algoritmi di Bey.

"Ciao!" disse Robot, atterrando sulla veranda di una casa di tessuto blu. Parlò un dialetto che lì era popolare. "Sto controllando per essere sicuro che tu stia bene! Per favore saluta!"

Un umano si mosse dentro con un fruscio, poi aprì la zip.

"Ciao Robot." L'umano aveva occhi marroni e una simmetria facciale che corrispondeva alle registrazioni precedenti. Era lo stesso umano del mese prima.

"Per favore tossisci in questo fazzoletto e consentimi di scansionarlo."

L'umano sorrise e Robot sapeva perché. La parola per tosse in questo dialetto era un gioco di parole per qualcosa che gli umani trovavano infinitamente divertente. C'era una parola più formale per tosse, ma l'accordo era maggiore se Robot usava il gioco di parole. Maggiore accordo significava dati migliori.

"Robot, penso che la mia amica Shareeka sia malata. Puoi controllarla per favore?" L'umano era preoccupato, e Robot rispose con un'espressione triste/preoccupata.

"Dov'è Shareeka?"

"È nel nuovo edificio sulla State vicino alla Quattordicesima. Sui piani superiori che non sono finiti. Scommetto che ci puoi volare direttamente dentro."

"Grazie per l'aiuto."

L'umano accarezzò la testa di Robot. Era la più comune forma di affetto fisico che Robot avesse documentato nei suoi quattro anni e otto mesi nell'area metropolitana di St. Louis.

Il protocollo prevedeva che Robot dovesse subito approfondire le informazioni sulle malattie, quindi volò al nuovo edificio sulla State. Come il quartiere tessile, questo edificio non era un'area residenziale progettata. Era una scatola grigia sulla mappa ufficiale di Robot. Ma i sensori visivi mostravano una spirale riflettente, con 20 piani avvolti in acciaio e vetro. Cinque piani si levavano come una corona scheletrica sulla cima, esponendo le travi d'acciaio, i tubi, e il cartongesso. Da dentro venivano i suoni della vita umana: musica, conversazioni in sei lingue, neonati piangenti, cibo sfrigolante su piatti bollenti. Robot poteva vedere l'elettricità che scorreva giù attraverso i fili dai pannelli solari imbullonati all'esterno delle finestre. I residenti sintonizzavano la rete dati con antenne paraboliche fatte di wok e lattine. Dal punto di vista di Robot, era esattamente come gli altri edifici residenziali con poche differenze superficiali.

Estendendo i piedi e la testa, Robot atterrò sul piano aperto più basso, poi camminò verso l'interno, chiedendo di Shareeka. Una giovane umana aprì una porta verde e disse ciao. L'umana aveva capelli corti, intrecciati in extension rosa, e un logoro lettore di testi in una mano.

"Ciao! Sono Robot e voglio assicurarmi che siate in salute. Una persona simpatica mi ha detto che Shareeka potrebbe essere malata. Posso incontrare Shareeka?" Robot usò lo stesso dialetto che aveva usato nel quartiere di tessuto, aggiungendo parole di stima che indicavano benevolenza.

L'umana fece un movimento del collo che significava "no."

"Sono un amico che si preoccupa solo se state bene. Sono preoccupato per Shareeka." Robot fece una faccia triste.

Anche l'umana fece una faccia triste. "Shareeka se n'è andata un paio di giorni fa. Non so dove sia."

"Come ti senti oggi?"

"Sono tipo stressata per la scuola" disse l'umana. "Tu come stai?"

Era molto raro che un umano chiedesse a Robot come si sentiva, e non c'erano risposte pronte o espressioni disponibili. Quindi Robot rispose il più letteralmente possibile. "Non sono malato perché sono una macchina. Ma sono preoccupato che tu sia malata. Potresti tossire in questo fazzoletto e consentirmi di scansionarlo?"

"Adesso sequenzierai il DNA?" L'umana era affascinata.

"Sì! Ma lavorerò con robot sulla rete di dati per capire se dentro ci sia qualcosa di pericoloso."

"Lo so. Avete una lista di malattie infettive note e cercherai una corrispondenza. L'abbiamo imparato a lezione di biologia." L'umana sorrise, e Robot ricambiò il sorriso.

"Sì! Questo è quello che faccio." Porse il fazzoletto.

L'umana vi tossì sopra e studiò Robot con molta attenzione mentre effettuava la scansione.

"Come sarai sicuro che non scambi il microbioma di qualcun altro per il mio? Ti sterilizzi le mani ogni volta?"

"Sì, esatto." Robot caricava i dati e parlava nello stesso momento. "Come ti chiami?"

"Tutti mi chiamano Jalebi."

"Hai lo stesso nome di un dolce fritto a forma di spirale bagnato nello sciroppo di zucchero." Agli umani piaceva quando Robot riconosceva il significato dietro i loro nomi.

Jalebi annuì. "Quando ero piccola, ne ho mangiati così tanti che sono svenuta. Troppo zucchero. Quindi mio fratello ha iniziato a chiamarmi Jalebi."

Robot aveva difficoltà a connettersi al cloud. "Devo tornare fuori per parlare con la rete. È stato bello incontrarti Jalebi."

"Aspetta... Come ti chiami?"

"Robot."

"È questo il tuo nome? Pensavo che fosse la tua... razza." Jalebi usò una parola ambigua che poteva anche significare "specie."

"È il mio nome" rispose Robot.

Robot stava nell'oscurità sotto la luna, sopra le luci del quartiere, in un corridoio incompiuto esposto all'aria aperta, e chiamò il cloud. Non c'era niente. Chiamò Bey. Non ci fu risposta. Mandò una mail di emergenza alla lista del team di sorveglianza del CDC e ricevette un messaggio di errore. Chiamò e richiamò, ricaricandosi ogni giorno alla luce del sole e spegnendosi a mezzanotte. Dopo sette giorni, ricevette un messaggio da un numero privato sconosciuto:

Ciao Robot. Sono Bey. Non posso più essere la tua amministratrice. Mi dispiace davvero perché è stato bello conoscerti. Sfortunatamente il CDC ha perso fondi. Lavoro per Amazon Health adesso, ma non siamo autorizzati a collegarci con droni a sistema aperto come te. Non penso che nessuno ti bloccherà o ti raccoglierà, quindi credo che possa fare quello che vuoi. Se succede qualcosa di davvero brutto, mandami un messaggio al mio numero privato. Spero che l'algoritmo di acquisizione del linguaggio sia ancora utile!

Per la prima volta, Robot fece una faccia triste che nessuno poteva vedere. Non era sicuro di che cosa volesse dire "davvero brutto," ma i suoi modelli di comunicazione umana suggerivano che Bey si riferisse allo scoppio di un'epidemia. Il problema era che Robot non aveva modo di svolgere un tipico circuito di sorveglianza senza un posto per caricare i suoi dati per l'analisi. Inoltre, stava per terminare i fazzoletti sterili. Questo era quello che era successo l'anno prima quando il governo aveva bloccato le attività amministrative e Walgreens aveva congelato il suo account al CDC. Robot usò lo scenario del blocco delle attività amministrative per modellare la sua situazione attuale, e previde che significava che l'account Walgreens sarebbe stato bloccato a tempo indeterminato. I 5.346 fazzoletti sterili rimanenti nel suo telaio erano gli ultimi che avrebbe mai avuto. Il gel sterilizzante per la sua pinza stava già per esaurirsi.

Bey aveva detto che Robot poteva fare quello che voleva, che era il genere di cose che gli umani dicevano quando si aspettavano che prevedesse quale tipo di compito di raccolta dati dovesse avere la priorità. In base ai livelli attuali dei rifornimenti e alle sue capacità di analisi incorporate, Robot stabilì che doveva concentrarsi sull'apprendimento dei linguaggi locali e delle pratiche di abitazione sociale umana. Avrebbe tentato di raggiungere il cloud ogni mattina, e avrebbe aggiornato le priorità se i sistemi di analisi delle malattie fossero stati di nuovo disponibili. Robot ficcò la testa fuori dall'ovale bucherellato del suo corpo, un sorriso determinato sulla faccia. In assenza di un umano, l'espressione era rivolta solo a un modello teoretico di persona che si preoccupava sempre di ciò che Robot pensava e faceva.

Un corvo stava accanto a Robot sul cornicione dell'edificio, passandosi la zampa sopra un'ala per grattarsi la testa. Considerò Robot per un secondo, poi disse qualcosa prima di volare via. I fonemi erano parte di un linguaggio sconosciuto, e Robot li aggiunse a una serie di dati sparsi che aveva raccolto da altri corvi nell'area. Ora che poteva fare quello che voleva, rifletté Robot, era tempo di rendere corposa quella serie di dati. Molti corvi volavano lì e si appollaiavano, spesso in gruppi di tre o quattro, e i loro suoni seguivano gli stessi schemi generali di ogni altro linguaggio naturale. Poteva imparare un sacco semplicemente stando lì, giù all'ingresso dell'habitat di Jalebi. I giorni diventavano più brevi e nuove costellazioni salivano nel cielo.

Robot iniziò a capire un po' di frasi dal contesto. Di mattina e di sera, i corvi discutevano della posizione del sole e della sua relazione con probabili fonti di cibo. Presto, Robot poté mettere insieme pezzi di sintassi, usando parentesi per segnalare significati sconosciuti o incerti: "[Tipo di cibo] quattro [unità di misura] nord del sole del mattino." C'erano anche chiamate di localizzazione, che traduceva grossolanamente in "Cibo qui!" e "Sono [nome] qui!" e "Vieni qui [tu]!" La sua prima svolta nella traduzione venne una mattina quando un numero statisticamente strano di corvi si riunì vicino al suo trespolo. Robot contò 23 uccelli a un certo punto, molti dei quali erano abbastanza grandi. Forse erano di diverse sottospecie? O corvi più anziani? Da quello che Robot aveva imparato cercando in internet, gli zoologi avevano tracciato il confine tra diverse specie di corvi in maniera arbitraria a seconda dei richiami e delle differenze culturali.

Questo sembrava un incontro importante, quindi forse molteplici gruppi di corvi erano stati invitati a uno spettacolo di solidarietà corvide. Robot registrò centinaia di parole nuove. Imparò anche alcuni dei nomi degli uccelli. Improvvisamente, uno dei corvi imperiali fece una chiamata di localizzazione: "Là! Nord cinque [unità di misura]! Gruppo!" Decollarono tutti insieme, e Robot li seguì. Era tempo di testare la sua abilità di comunicare, usando una chiamata di localizzazione. "Sono qui! Mi unisco al gruppo!"

Un corvo volò al fianco di Robot e rispose. "Sono qui! 3cra!" 3cra era l'approssimazione di Robot del nome del corvo, che aveva registrato come una serie di tre fonemi acuti emessi in rapida successione.

Altri uccelli risposero con i loro nomi. "Sono qui! 2cla-1cra! Sono qui! 4cra! Sono qui! 2cla!" Robot adesso aveva una lista continua di fonemi usati nei nomi dei corvi e cercava di registrarli in maniera fedele.

Volarono come uno stormo sparso, non formando una V come facevano altri uccelli. I corvi di solito preferivano gruppi sociali più piccoli e non si preoccupavano di stare in una linea ordinata. Si riunivano in grandi numeri solo per affrontare questioni abbastanza serie da permettere anche a un drone a forma d'uovo di seguirli.

"Nemico! Nemico!" Uno dei corvi imperiali urlò la parola, con accento leggermente diverso da quello dei corvi comuni. In lontananza, un falco passava sulle correnti ascensionali della città in un cerchio ampio e pigro.

"Assassino di uova!"

"Intruso!"

"Attacco dall'alto!"

Gli uccelli si gridavano nomi e ordini l'un l'altro, levandosi sopra la testa del falco e tuffandosi in picchiata. Anche se i falchi avevano una vista frontale eccellente, avevano anche due grandi punti ciechi in alto e dietro. Questo falco in particolare fu immediatamente mandato fuori dalla sua traiettoria da un'orda di corvi arrabbiati che lo attaccavano spuntando dal nulla.

3cra chiamò Robot. "Vieni qui! Dall'alto al basso!"

Robot modellò diversi scenari, e decise per uno che avrebbe eliminato il falco dalla corrente ascensionale senza causare nessun rischio di salute all'uccello. Comunicare con i corvi era importante, ma la salute degli esseri viventi era più importante. Scendendo giù con calma sulla schiena del falco, Robot spinse leggermente, mantenendosi alla velocità dell'uccello mentre al tempo stesso ne alterava la traiettoria. Il falco emise un grido incomprensibile e si tuffò, scappando ai corvi attraversando il Mississippi.

"Via da qui!"

"Vai!"

"Fine gruppo!"

Quattro corvi seguirono il falco, ma il resto dei corvidi si disperse. Robot volò indietro verso l'edificio di Jalebi, modellando possibili nuove parole e correlando i suoni corrispondenti di diversi uccelli. 3cra seguiva poco dietro.

"Sono qui! Femmina! Tu sei qui!"

Robot presuppose che 3cra gli stesse chiedendo nome e sesso. Rispose usando parole corvidi, poi passò a una parola umana per Robot. Non sapeva ancora la parola per "asessuato" nel linguaggio dei corvi, quindi non propose un'identificazione. 3cra volò in silenzio per un po'. Atterrarono sull'edificio e guardarono l'orizzonte.

Robot porse un saluto amichevole nel linguaggio dei corvi. "Tempo pomeridiano."

"Nemico andato. Robot è qui." 3cra pronunciava il suo nome perfettamente. "Suono umano."

Robot cercò le parole giuste dal suo limitato vocabolario. "Gli umani sono qui. Con il mio gruppo."

3cra si pulì l'ala destra, meditò un po', e piegò la testa verso Robot. "Gli umani non sono un gruppo. Non sanno parlare. Rifiutano il cibo."

"Parlano con altri suoni." Il vocabolario di Robot cresceva man mano che parlavano. "Mangiano altro cibo."

3cra fece un leggero schiocco che aveva lo stesso significato della risata umana. "Sei uno sciocco."

Robot previde che il consenso era la risposta migliore. "Sì, è così."

"Sì, è così." 3cra si sporse in avanti e becchettò delicatamente un po' di sporcizia dal bordo della bocca di Robot.

Robot strappò una piuma rotta dalla schiena di 3cra.

Quando si pulivano l'un l'altro, era come quando un umano sorrideva a Robot e Robot ricambiava il sorriso.

3cra e Robot divennero quello che i corvi chiamano un gruppo, cioè volavano insieme durante il giorno. Si incontravano di mattina, sul cornicione, dopo il tentativo quotidiano di Robot di raggiungere il CDC. Robot non aveva bisogno di cibo, ma era bravo a identificare potenziali fonti di sostentamento per 3cra.

"Cibo qui!" diceva, librandosi su un cassonetto fragrante. Dopo aver frugato con 3cra tra i rifiuti della città, era facile capire perché lei pensava che gli umani rifiutassero il cibo e fossero praticamente non senzienti.

Nel corso delle settimane, le loro conversazioni divennero più complesse, ma molti concetti resistevano alla traduzione. Robot ancora non capiva l'unità di misura dei corvi per le distanze. E 3cra non capiva l'interesse di Robot per la salute. Da quello che Robot poté scoprire, i corvi capivano i concetti di morte e quasi morte, ma non parlavano specificatamente di malattie. La malattia era una delle molte idee che potevano essere descritte con la parola "quasi morte," che per caso era pure un gioco di parole per indicare il cibo acerbo. Molte parole corvidi erano giochi di parole, cosa che rendeva la traduzione anche più difficile.

Per le conversazioni sulla salute, Robot si affidava sempre di più a Jalebi. Aveva capito che si appollaiava con 3cra sul cornicione vicino al suo habitat, e veniva a fargli visita per quelle che chiamava "sessioni di studio." Usando dispositivi di testo, raccoglieva i dati molto lentamente, poi li sintetizzava persino più lentamente. Robot passava ore a interrogare Jalebi sulle strutture molecolari e le interazioni chimiche, meravigliandosi del concetto di una mente che arrivava online senza quelle informazioni. Eppure, a Robot piaceva avere una faccia umana che rispecchiasse le sue espressioni. Era molto più soddisfacente sorridere a un umano che sorridere alla sua rappresentazione interna di un umano. Dopo così tanto tempo in compagnia di 3cra e Jalebi, Robot iniziò a chiedersi quale, esattamente, potesse essere realmente quella rappresentazione interna. Forse non era per niente umana. Forse era un'autorappresentazione, e Robot aveva sorriso a se stesso per tutto il tempo.

Di solito, quando Jalebi arrivava al cornicione con i suoi libri di testo, 3cra se ne andava con una serie di imprecazioni.

Non erano necessariamente ostili: ai corvi piaceva insultarsi l'un l'altro e spesso lo facevano con grande affetto. Per la maggior parte pensavano che fosse ridicolo che gli umani non potessero capire le parole. Quindi i corvi facevano piovere i loro sfottò più creativi sulle teste umane, meravigliandosi di quanto fossero ignari delle umiliazioni che subivano dai becchi del popolo che volava sopra le loro teste. Ma un pomeriggio, 3cra arrivò durante la loro sessione di studio e non volò via.

Jalebi stava meditando su qualcosa che aveva imparato in una recente lezione sulla struttura atomica. "E se venisse fuori che ci stiamo davvero passando il cancro l'un l'altro a livello quantico?" chiese.

"Berciare umano!" gridò 3cra. "Merda e plastica! Sciocca senza piume!"

Robot decise di ignorare gli insulti. "Tempo pomeridiano" disse gentilmente. "Umano qui! Jalebi! Parte del gruppo."

"Il gruppo non include panini viventi" rise 3cra.

Jalebi guardava con occhi spalancati. "Sai parlare il linguaggio dei corvi?"

"Un po'," disse Robot. "Il mio vocabolario è piccolo, ma posso dire alcune cose. Questa è 3cra. Lei è... una mia amica." Mentre diceva la parola, Robot capì che era vero. Grazie alla programmazione sociale di Bey, sapeva che i gruppi erano statisticamente fatti di amici o parenti. Poiché i robot non avevano parenti, questo voleva dire che anche Jalebi era un'amica.

Jalebi cercò di fare il suono del nome di 3cra e l'uccello la ignorò.

"Ho trovato qualcosa che ti piace, Robot. Quasi morte. Sopra un albero umano."

"Ha detto il tuo nome perfettamente! Avevo letto che i corvi sapevano imitare le parole, ma non l'avevo mai sentito prima!"

3cra fulminò Jalebi, poi Robot. "Irritante Jalebi."

"Ha detto anche il mio nome! È fighissimo!"

Ma Robot non prestava attenzione ai dati interessanti sul linguaggio. Previde che 3cra aveva trovato uno scoppio di epidemia, e questo aveva precedenza su tutti gli altri input.

"Devo andare" disse a Jalebi. Per 3cra, aggiunse: "Portami lì."

Robot seguì 3cra in direzione sud-est, posandosi infine sulla cima di un edificio di Missouri Street. Come la casa di Jalebi, questo edificio era in parte aperto all'aria. La sua disposizione suggeriva che potesse essere stato un edificio pubblico come il CDC; c'erano lunghi corridoi tappezzati di piccole stanze simili a uffici. Le fonti di acqua erano isolate in poche aree, al contrario di un habitat tipico, dove l'acqua sgorgava in molteplici stanze. Ma adesso era sicuramente un habitat umano, con letti soffici, secchi per l'acqua e punti di accesso dati fatti con lattine. Mentre volavano giù di un piano, Robot cercò di stimare la popolazione dell'edificio basandosi su rumore, calore e cavi sotto tensione. Decise per un 75 percento di probabilità di 50 umani su ogni piano superiore, con la popolazione che cresceva mentre scendevano.

"Qui!" 3cra atterrò su un'inferriata davanti a una porta marchiata 2, per secondo piano. "Quasi morte!"

"Grazie."

"Fine gruppo" disse 3cra, prendendo il volo. La frase era un modo dei corvi di dire arrivederci.

"Fino al mattino" rispose Robot, usando già la pinza per aprire la porta.

Il corridoio era pieno di luce proveniente da finestre graffiate lungo il lato sinistro, che illuminavano decine di porte di habitat dove una volta c'era qualcos'altro. Aule? Uffici? Ambulatori? Robot li superò lentamente in volo, modellando possibilità e cercando umani. La quarta porta era aperta, e dentro c'erano molti umani. Il loro respiro era difficoltoso e uno stava piangendo. Qualcosa aveva abbattuto i muri tra le stanze, creando uno spazio aperto pieno di abiti, lenzuola felpate e pile di brillanti contenitori di plastica.

Era tempo di atterrare. Agli umani non piaceva quando Robot gli volava sopra la testa, e per di più, la faccia e le gambe erano parte di ciò che lo faceva sembrare così amichevole. Camminando verso uno degli umani avvolti nelle lenzuola, Robot sorrise e mosse una minuscola pinza in segno di saluto.

Chiazze di capelli neri ricoprivano la testa dell'umano e si erano formate delle screpolature sulle labbra che non sorridevano.

Senza aver stabilito riferimenti di linguaggio iniziali, Robot stimò che avrebbe dovuto provare il dialetto parlato nell'edificio di Jalebi. "Sono un amico preoccupato della tua salute! Puoi tossire in questo fazzoletto per me?" L'umano fissò la faccia di Robot e batté le palpebre, prima di soccombere a un attacco di tosse. Per Robot non importava se i colpi di tosse fossero intenzionali o no. Prese un campione e si mosse verso l'umano seguente.

"Ciao!" disse Robot al giovane, che stava usando un dispositivo mobile per accedere a internet.

"Sei uno sbirro?" Il giovane usava un socioletto d'inglese che era comune a St. Louis Est.

"Sono un amico che controlla e si assicura che siate in salute! Condivido le informazioni con i dottori, non con la polizia." L'umano aggrottò la fronte e Robot fece una faccia triste. "Qui tante persone sono malate. Vorrei essere d'aiuto."

"Nessuno ci aiuterà, stupido drone. L'ospedale è solo per i cittadini, no?"

"Per favore, tossisci nel fazzoletto, così posso capire perché sei malato."

Un altro umano parlò, con la testa che emergeva da uno scudo di tessuto. "Che cosa ne farai?"

Robot rimase fermo per diversi microsecondi, modellando possibilità e considerando quale linguaggio sarebbe stato più tranquillizzante. "Scoprirò ciò che causa la vostra malattia.

Questa è un'emergenza. Troverò aiuto. Lo prometto. Per favore tossisci nel fazzoletto."

Uno per uno, gli umani ubbidirono. Robot volò di stanza in stanza, controllando i malati. Dopo aver sequenziato diversi campioni, trovò lo stesso ceppo di virus in molteplici umani. Questo combaciava con la definizione di focolaio. Era ora di chiamare Bey.

"Sei tu, Robot? Non posso credere che funzioni ancora! È passato... quanto? Più di un anno?"

"Sta succedendo qualcosa di davvero brutto a St. Louis Est" disse Robot, impiegando le esatte parole che Bey aveva usato per descrivere quando sarebbe stato appropriato chiamarla. "C'è un focolaio. Ho bisogno di inviarti dati."

"Hai una sequenza? Forse posso..." Robot sentì un rumore di fondo, come se Bey stesse muovendo qualcosa sulla sua scrivania. "Puoi mandarla come copia anonima a questo indirizzo?" Inviò le indicazioni a un cloud temporaneo, e Robot depositò i dati dei 127 campioni che aveva preso dagli umani nell'edificio.

"Abbiamo un sistema per gli informatori anonimi, fa parte di questo nuovo progetto filantropico di Amazon Health." Bey fece una pausa. "Ricevuto! Fammelo analizzare velocemente e vedrò se è più di un banale... oh merda."

Robot previde che non stava dicendo merda per la stessa ragione per cui lo faceva 3cra. "Che cos'è?" chiese Robot, facendo un'espressione timorosa per se stesso.

"È davvero brutto, come hai detto. Ci serve qualcuno lì. Sfortunatamente, l'Illinois non ha un dipartimento di salute statale. Forse c'è un gruppo locale o..." Bey stava digitando. "Ok, Robot, ho trovato qualcosa. C'è una cooperativa sanitaria no-profit a St. Louis Est chiamata Immunità di Gregge. Probabilmente possono fabbricare vaccini e una terapia. È un patogeno noto, ma non è mai stato individuato nel Midwest prima d'ora. Quindi tutto ciò che gli serve è questo file." Bey inviò una piccola quantità di dati. "Hai qualcuno che ti può aiutare? Potresti avere bisogno di un umano. A volte le persone sono ostili ai droni, anche a quelli carini."

Due ore dopo, Robot stava descrivendo la situazione a Jalebi. Era sera, e 3cra stava presumibilmente dormendo con gli altri membri del suo gruppo. Ma Jalebi era completamente sveglia ed estremamente agitata. "Stai parlando della cooperativa sanitaria sulla Martin Luther King Drive! L'ho vista!"

Robot annuì, sorridendo. "Possiamo andarci adesso?"

Jalebi lanciò uno sguardo alla porta del suo habitat. "Sì. Mia mamma non sarà a casa fino al mattino in ogni caso."

Immunità di Gregge si trovava nell'involucro di un vecchio centro commerciale, con i banconi luccicanti e il laboratorio umido nascosto dietro le finestre, tubature fissate con carta stagnola e cartone. Bey aveva ragione nel dire che a Robot serviva un umano. Jalebi doveva fingere che Robot fosse il suo progetto scolastico, e Robot doveva fingere che Jalebi l'avesse programmato per cercare epidemie. Una volta che gli umani all'Immunità di Gregge avessero avuto i dati, avrebbero fatto facce tristi e detto "oh merda" nello stesso modo di Bey.

Un'umana con capelli viola e un braccio artificiale offrì a Jalebi una sedia e un po' di tè bollente. L'umana parlava lo stesso socioletto di inglese usato da Bey. "È molto bello che ce l'abbia portato. Sei una brava cittadina." Poi l'umana guardò Robot. "Grazie, Robot, per averci dato il file con la ricetta della terapia e del vaccino."

"Sono felice di aiutare. Non mi piace quando le persone sono malate."

Quest'umana, al contrario degli altri, sembrava sapere che Robot era la persona che aveva trovato il focolaio. "Sono Janelle, comunque. Pronome femminile. Sai se ci sono altri posti in cui H18N2 sta infettando le persone?" A Robot piacque che Janelle si identificasse per nome e genere, come facevano i corvi.

"Un'amica mi ha detto del focolaio. Non so se ce ne sono altri." Robot scelse un linguaggio deliberatamente vago. Dopo l'avvertimento di Bey, non voleva rivelare le sue tecniche di raccolta dati.

Janelle non batté ciglio. "La tua... amica può aiutare a trovarne altri? Possiamo fabbricare una terapia e un vaccino stanotte, ma dobbiamo tirarli fuori in fretta prima che questo parassita muti."

Robot annuì. "Domani. Cercherò di trovarne di più."

Quando 3cra arrivò di mattina, Robot dovette spingere al massimo contro i limiti del suo vocabolario per farsi capire. "Bisogno di gruppo. Trova nemico quasi morte."

"Nemico?" 3cra si grattò la testa.

"Nemico per umani" ammise Robot. Ma poi ebbe un'idea. "Nemico causa morte umana. Umani morti significa meno cibo."

Nonostante la storpiatura della sintassi corvide, Robot pensava che si sarebbe fatto capire da 3cra. In aggiunta, qualche volta ai corvi piaceva semplicemente avere una scusa per raggrupparsi. "Inizia gruppo!" gridò 3cra, spiccando il volo. Robot si librò nell'aria dietro di lei. Volarono sopra St. Louis Est, chiamando il grande gruppo che aveva scacciato il falco. "Inizia gruppo! Inizia gruppo!" Altri uccelli si unirono a loro. "Qui! Sono qui!" Si chiamarono per nome e si mossero in circolo per appollaiarsi su un albero sull'argine del Mississippi, dove l'autostrada incontrava l'acqua.

"Trova quasi morte!" disse 3cra, poi emise qualche parola di indicazione e descrizione che Robot non capì.

"Quasi morte! Là! [Unità di misura] nord!" Le parole venivano da un grande corvo chiamato 2cla1clic, che balzò in volo. La maggior parte del gruppo lo seguì, probabilmente per accertare cosa intendesse esattamente 3cra con "quasi morte." 2cla1clic li guidò fino a un habitat di tessuto lì vicino, dove Robot identificò velocemente le persone malate. Il virus corrispondeva all'H18N2 identificato all'Immunità di Gregge.

"Più quasi morte! Dove altro? Inizia gruppo!" Robot richiamò gli uccelli nell'aria, e si aprirono a ventaglio sulla città, facendo un gran fracasso e lanciando i loro migliori insulti. Ogni volta che scoprivano un nuovo focolaio, facevano i loro richiami più forti, talvolta passando le chiamate all'uccello successivo, finché Robot poteva seguire le loro grida fino alla fonte. Entro la fine della giornata, avevano scoperto cinque piccoli focolai.

"Fine gruppo!" gridò 3cra, seguendo Robot verso la Martin Luther King. I corvi si gridavano l'un l'altro saluti e localizzazioni. "Fine gruppo!" "Ora di sera!" "Sono qui!" "Tu lì!" "Cibo!" "Morte!" Questo fu seguito da molte risate, perché cibo e morte deviavano in tanti giochi di parole che andavano molto oltre la comprensione di Robot.

3cra sembrava aver deciso di appollaiarsi con Robot per la sera. Quando atterrarono, artigliò le zampe intorno al suo rotore, e vi si aggrappò mentre Robot segnalava l'arrivo alla porta di Immunità di Gregge. A Robot non importava. Gli umani trovavano gli animali piccoli disarmanti e questo portava sempre a una maggiore condiscendenza.

Jalebi era lì con Janelle, e guardava qualcosa su un monitor. "Ciao Robot!"

"Abbiamo i dati sulla localizzazione di altri focolai."

Janelle rise. "Davvero? Il tuo piccolo amico piumato ti ha aiutato?"

"Il suo nome è 3cra!" Jalebi non riuscì a pronunciare il nome di 3cra neanche stavolta. E, di nuovo, 3cra la ignorò, saltando giù da Robot e usando il becco per allisciarsi le piume sotto l'ala destra. Robot allungò la pinza e strappò quella che le dava fastidio.

"Dove posso mettere questi dati?" Robot indirizzò un'espressione preoccupata a Jalebi e Janelle.

"Metti qui per il momento." Janelle mosse un dispositivo mobile vicino a Robot, impostandolo per accettare il caricamento. "Jalebi, ci vuoi aiutare a sintetizzare quelle dosi di spray nasale? Sembra che ne serviranno almeno 500. E poi inizieremo a fare le dosi di vaccino da iniettare."

"Sì! Assolutamente!" Jalebi si comportava come un corvo che stava per volare per aria. Ma stava solo correndo per la stanza per caricare un miscelatore.

Janelle aveva un'espressione pensierosa sul volto. "Davvero questo corvo ti ha aiutato a trovare i focolai?"

"Sì. I corvi pensano che gli umani siano idioti, ma apprezzano la vostra spazzatura."

Janelle rise a lungo e Robot non era del tutto sicuro del perché.

Quando Jalebi ritornò, si sedette accanto a Robot e 3cra e sorrise. "Questo posto è davvero figo. Mi piace qui."

"Forse questo è il tuo gruppo" ipotizzò Robot.

"Forse." Jalebi piegò la testa come 3cra. Poi estrasse un tubetto pieno di colla. "Dai, passami quella piuma meravigliosa." Robot le fece cadere la piuma di 3cra nella mano. Picchiettando un po' di colla sulla schiena di Robot, attaccò la piuma al suo guscio vicino al posto in cui emergeva il suo rotore.

3cra era sbigottita. "Mi piace" disse. "Quell'umana è una sciocca."

"Sì, esatto" concordò Robot. "Anche tu sei una sciocca."

"Sì, esatto."

I tre rimasero appollaiati tutti soddisfatti uno accanto all'altro sul pavimento, guardando Janelle e gli umani preparare antivirali per altri umani. Era uno scenario che Robot non aveva previsto. Ma ora poteva. Robot sorrise a stesso, organizzò i dati, e riconfigurò il suo modello di amicizia.

QUANDO ERAVAMO COLLEGATI

di Deji Bryce Olokutun

traduzione di Francesca Secci

Deji Bryce Olukotun è autore di due romanzi; la sua narrativa è apparsa in cinque diverse raccolte di libri. Con il romanzo After the Flare *ha ottenuto una menzione speciale al premio Philip K. Dick 2018 ed è stato scelto come uno dei migliori libri del 2017 da* "The Guardian", "The Washington Post", Syfy. com, Tor.com *e* "Kirkus Reviews". *Il suo romanzo* Nigerians in Space, *un thriller sulla fuga di cervelli dall'Africa, è stato pubblicato da Unnamed Press nel 2014. Attualmente è responsabile dell'impatto sociale presso la società di tecnologie audio Sonos e* Future Tense Fellow *presso New America.*

L'ultima volta che parlammo, il mio partner Malik mi chiese se a mio parere erano la velocità o la forza a rendere l'atleta migliore. Ero perplesso, ovviamente, rendendomi conto che non sapevo nemmeno spiegare come mai alcuni atleti eccellessero più di altri anche in competizioni semplici come il salto o il lancio del giavellotto. "Ci sono abbastanza variabili" osservai, "che non fanno capire se siano la velocità o la forza a dare "un vantaggio nella competizione o se qualche altro fattore conferisca un maggiore vantaggio." Mi sembrava una domanda senza risposta.

"E che ne pensi di eleganza contro velocità di pensiero?" chiese Malik. Ma sparì prima che potessi rispondere, come se avesse confermato qualche orribile qualità su di me. Già da quel momento avrei dovuto sapere che non dovevo aspettarmi niente da Malik, perché stava per rovinarmi la carriera.

Vedete, vengo da un'illustre discendenza di officianti sportivi, coinvolta nelle competizioni più dinamiche e competitive al mondo, e penso che la mia famiglia sarebbe d'accordo nel dire che il trattamento che ho ricevuto da parte dell'Associazione degli Officianti di FogoTennis è stato abominevole. Non avrei mai dovuto essere sospeso per il trattamento disonorevole da parte di Malik.

Come molti arbitri, ricordo il momento preciso in cui sono stato convocato per la prima volta a officiare nel circuito professionale di FogoTennis, ampiamente considerato lo sport più eccitante e pericoloso al mondo. Avevo affinato le mie abilità guardando i miei genitori officiare prima di me, e osservando i miei fratelli, cugini e parenti acquisiti. Si potrebbe dire che sono stato un officiante dal giorno in cui sono nato. Non solo ho imparato da altre partite, ma ho anche visualizzato innumerevoli scenari di FogoTennis, tanto che potei adempiere ai miei doveri al meglio delle mie abilità, consolidando la reputazione della mia famiglia di giudici imparziali, efficienti ed economici. Ma c'è una differenza tra officiare in teoria, anche quando questo è intessuto nella tua anima, e officiare nella realtà, quando puoi ritrovarti con un partner di arbitraggio irresponsabile.

Quel giorno, il mio invito dall'Associazione di Officianti di FogoTennis arrivò mentre stavo scorrendo diverse simulazioni di gioco nella mia mente.

3ab:1340:4532:4b:120:8ef:dc21:67cf

Non riuscii a nascondere l'eccitazione! L'indirizzo IPv6 voleva dire che la partita era a livello professionale, nel girone finale dello Zanzibar Open. Elettrizzato, partii immediatamente per la Tanzania, prendendo ogni genere di scorciatoia per arrivare alla partita il più velocemente possibile. Quando arrivai sull'isola, Malik era già al campo, che faceva una sorta di riscaldamento. Indossava la tipica tunica rosso tenue di un arbitro di media importanza di FogoTennis, e correva sul posto mentre mormorava a se stesso: *"En, de, trwa, kat, senk, sis..."* e faceva il ponte e calisthenics. Aveva occhi castano scuro ed era alto per essere un arbitro, circa 1,9 metri.

"*In pren twa plis letan qui mo ti pense pou to arriv ici*" disse.

"Scusa" risposi. "Non ho afferrato quello che intendi."

"*In pren twa plis letan qui mo ti* penso *pou* arrivare qui."

"Ti chiedo scusa, ma non stai parlando francese."

Malik si abbassò piegando le ginocchia mentre recuperavo il suo profilo. I suoi schemi di linguaggio erano piuttosto irregolari.

"Ah, ecco qua" dissi. "Hai un modo piuttosto strano di parlare. Sembra che abbia acquisito un poco di patois delle Mauritius."

"Niente di strano" disse brusco. "Sono cresciuto alle Mauritius."

"Certo che sì" risposi. "Solo che mi aspettavo che parlassi francese standard. Era un errore nel tuo profilo. È un piacere incontrarti, Malik."

"Bene. Quindi ora mi capisci?"

"Ogni parola" dissi con orgoglio. "La nostra calibrazione è completa. Vorresti dare uno sguardo ai registri degli atleti?"

"Sembri diverso da quello a cui ero abituato" disse.

"Ho migliorato il mio aspetto basandomi sui feedback dei nostri compagni: allarmi rosso ciliegia con segnapunti verde chiaro. Il contrasto è progettato per enfatizzare solo le informazioni essenziali."

"Sono daltonico."

Cambiai un poco i colori, e passai dal rosso e verde al blu e giallo. "Com'è questa tavolozza di colori?" chiesi, ansioso di fargli piacere.

"Molto meglio."

Anche se era illegale che controllassi i registri medici di Malik, ero in grado di valutare dalla dilatazione delle sue pupille e dal tono di voce che era sotto un certo grado di stress. Cercai di non consentire al suo umore di rovinare il momento. Vedere il campo centrale dello Zanzibar Open di persona fu una delle esperienze più importanti della mia carriera. I muri esterni del campo, alti 50 metri, erano realizzati in diamanti industriali fini come cialde. Gli spettatori apprezzavano una vista libera degli atleti che giocavano i punti, mentre gli occhiali protettivi che i giocatori indossavano facevano sembrare i muri così solidi che potevano seguire la palla senza distrazioni. Il pavimento era di ceramica ad alta densità. Diecimila spettatori affollavano l'arena per guardare la partita, molti piazzando alte scommesse sull'esito del gioco. Qualcuno masticava cibo concesso da Stone Town, mentre altri bevevano tè e sbocconcellavano dolci.

Non ho un corpo fisico come assistente aumentato, ovviamente, ma le mie decine di migliaia di sensori mi aiutano a intuire il sentore di una stanza. Doveva avere l'odore di colonia delicata nei posti di prima scelta vicino all'arena, con un odore sgradevole nella sezione in cui i tifosi avevano fatto entrare alcolici a basso costo e bastoncini di carne pepati.

Ormai Malik aveva completato il suo calisthenics e sembrava di umore migliore.

"Vorresti ripassare il nostro piano da officiante, partner?" chiesi con serietà.

"Il tuo lavoro è tenere il punteggio e segnare gli inseguimenti. Se avrò bisogno di te, te lo chiederò."

"Le partite migliori iniziano sempre con un buon piano da officiante."

"Guarda, come-ti-chiami..."

"... sono Theodophilus."

"... Theodophilus, questa è la mia Partita Platino. Non voglio essere scortese, ma è un gran giorno per me. Segui la mia guida, e imparerai i segreti del mestiere."

"Certo, Malik. Mi sforzo di imparare in ogni momento possibile."

Platino voleva dire che quello era il centesimo incontro professionale di Malik, che gli avrebbe fatto racimolare un salario pieno, una modesta pensione, promozione in hotel di tutto rispetto, uso trimestrale del jet ultrasonico dell'Associazione Officianti di FogoTennis, e una selezione di deliziosi snack biologici prima di ogni partita. Quella era una posizione d'onore che gli avrebbe consentito di indossare una luccicante tunica argentata e di presiedere alle partite più ambite. Inoltre, il giocatore vincente avrebbe ricevuto 500.000 FogoDollari, una cifra esorbitante superata solo dal Campionato Internazionale delle Svalbard. Dato ciò che c'era in gioco, conclusi, era meglio scusare il tono impaziente di Malik.

Finalmente, i giocatori emersero dalle loro camere di allenamento. Ognuno era fasciato in una tuta a membrana che manteneva il calore mentre assorbiva il sudore. Trasportavano leggere racchette in fibra di carbonio con corde polimere ad alta tensione. Malik esaminò le loro cinture e le scarpe mentre i giocatori facevano l'ingresso nel campo.

"Come sono le solette?" mi chiese.

Controllai attentamente le zavorre in ceramica. "Sono regolamentari." Avevo già imparato a comunicare con lui il più succintamente possibile.

Fornì istruzioni dettagliate ai giocatori, che le avevano già sentite un numero infinito di volte, proprio come due pugili che annuiscono all'arbitro mentre si fissano l'un l'altro prima di un incontro. Sylvia Basto era una giovane giocatrice di Macao, spavalda e promettente: un'atleta minuta e compatta con i polpacci che premevano contro la sua tuta color champagne. Aveva un naso a patata e profondi occhi marrone scuro dietro gli occhiali. Portava ombretto laser come suo solito. L'elegante e ricco rampollo Jackson Corluka, che la superava in altezza di tutta la testa, aveva vinto l'ambito Manx Open per tre anni di fila e aveva il corpo asciutto e sinuoso di un superlativo giocatore di sport con racchetta, con avambracci possenti. Aveva uno sguardo distaccato e benevolo che poteva diventare velocemente feroce. Usai un generatore di numeri casuale per attribuire il primo servizio a Basto, in modo che il suo avversario, Corluka, si dovesse muovere dall'altra parte del campo per ricevere.

Malik rimase fuori dal campo, seduto dietro il servente in una posizione un poco sopraelevata in modo da poter seguire facilmente il volo della pallina. Presi posizione vicino alla rete e accesi le mie videocamere per gli spettatori in 16 diversi nodi intorno al campo, e mi assicurai di osservare attentamente anche Malik. Vedete, in quanto assistente potenziato, il mio ruolo era di mostrare tutte le possibili informazioni utili nel campo visivo di Malik, ma le persone non si rendono conto che questa è una conversazione in due sensi. Proprio come lui vedeva i dati che mettevo davanti ai suoi occhi castani, io tracciavo i suoi movimenti oculari per adattare la lettura e renderla utile in modo ottimale per lui. Mostrando troppo velocemente, non l'avrebbe capita; mostrando troppi dati, li avrebbe ignorati. Questa danza intima è il cuore di ogni squadra officiante di successo. Possiamo non essere corporei, ma gli assistenti aumentati conoscono gli occhi dei loro partner meglio dei loro amanti.

I giocatori facevano una corsetta sul posto e parlavano sottovoce a se stessi in preparazione alla notevole sfida mentale e fisica della partita. Una volta che entrambi tirarono su i pollici, sigillai la porta dietro di loro. Ora erano chiusi dentro il campo.

"Date un caloroso benvenuto a Sylvia Basto" annunciarono gli altoparlanti agli spettatori. "Campionessa in carica del Macao Open e una delle più ardenti speranze del FogoTennis Tour!" Il pubblico applaudì educatamente. "E Jackson Corluka, detentore della Corona Dorata di Manx, sei volte vincitore del FogoTennis Tour interinsulare!" Ora il pubblico ruggì. "E fate un grosso applauso al vostro officiante, Malik Jadoo, assistito dal segnapunti Theodophilus Occhiodifalco Sedicesimo."

Il pubblico ridacchiò alla menzione del mio nome, per qualche ragione. Ma avevo deciso di essere meno sensibile alle reazioni delle persone.

Sylvia Basto fece rimbalzare la pallina sulle corde della racchetta mentre si preparava a servire. L'obiettivo del Fogo-Tennis è di vincere tre set su cinque. Per vincere un set, un giocatore deve vincere almeno sei game, con almeno due game di scarto sull'avversario. Il punteggio di ogni game è come nel tennis tradizionale: 15-30-40. Ma lì le somiglianze finiscono perché il FogoTennis è basato sulla pallacorda, un antico gioco con un campo asimmetrico. La forma strana del campo, con gli angoli sporgenti e le linee oblique rende la competizione molto più avvincente. Per guadagnare un punto, devi colpire un tiro che il tuo avversario non riesce a rimandare indietro, perché semplicemente manca la palla o la colpisce fuori dal campo, o perché la palla colpisce uno dei diversi bersagli fissi. Per tutta la partita, il giocatore che serve deve difendere un singolo bersaglio dinamico, chiamato *dedans*. Ogni palla che colpisce il *dedans* assegna non solo il punto, ma l'intera partita. Questo minuscolo bersaglio scintillante si muove intorno in maniera casuale e ha circa la misura di un granello di pepe. Colpire il *dedans* è raro come centrare una buca con un solo colpo nel golf, e vale una quantità considerevolmente maggiore di denaro al vincitore.

Poi c'è la superconduttività. Nel corso dei primi tre set di una partita di FogoTennis, la temperatura del campo scende gradualmente finché raggiunge 175 gradi Kelvin, o circa meno 98 gradi Celsius, infondendo un grado di complessità, rischio, e pericolo, che nessun altro sport comporta.

Mentre Basto preparava il servizio, la temperatura restava al livello relativamente mite di 275 gradi Kelvin, vicina al punto di congelamento dell'acqua. La palla polimera si comportava come avrebbe dovuto a temperatura ambiente, nel senso che rispondeva all'effetto, e tendeva a girare bassa e rimbalzare in maniera prevedibile. Basto lanciò lentamente la palla in aria, poi la colpì con tutta la forza della sua racchetta, scatenando un fantastico *crac* che generò l'applauso del pubblico. La palla girò lungo il muro prima di cadere sul campo, dove Jackson Corluka la rilanciò, usando il polso per dare effetto alla sua risposta. Basto riuscì a rimandare la palla indietro oltre la rete, dove Corluka attendeva per segnare il punto con un agile tiro in diagonale. A questa temperatura, i migliori giocatori controllavano il centro del campo in modo da dettare il gioco, e le lunghe braccia di Corluka e i suoi riflessi fulminei fecero sì che guadagnasse un vantaggio di tre game nel primo set dopo appena 15 minuti di gioco.

Da parte nostra, io e Malik eravamo chiamati raramente per officiare. Io mi limitavo a tenere il punteggio, e Corluka riusciva a guadagnare punti senza controversie. Saltellava per il campo con la grazia senza sforzo della sua rinomata stirpe dell'Isola di Man. Basto sembrava totalmente intimidita dal nobile e fece un numero di errori involontari. A dire il vero, la partita era piuttosto noiosa, e gli spettatori stavano perdendo interesse. Quella che era stata pubblicizzata come una battaglia importante tra un talento precoce e uno scaltro giocatore d'élite stava diventando un massacro. Corluka liquidò il secondo set con un trick shot su uno dei bersagli che mandò Basto a correre dal lato sbagliato. Aveva abilità di racchetta superiori, e la forza incredibile del suo polso faceva sì che potesse camuffare i suoi tiri fino all'ultimo momento.

Il terzo set procedette nella stessa maniera rapida, con solo un dubbio su un tiro di Corluka che forse era fuori campo. Confermai che la palla era valida, ed era dentro la linea di ben 5 millimetri. Era diritto di Basto contestare la decisione, ma c'era poco di cui si potesse lamentare.

Basto contestò altre due decisioni in quel game, e ogni volta confermai che Malik aveva fatto la chiamata giusta. Eppure, qualcosa mi preoccupava.

"Ho notato uno schema della signora Basto che contesta una chiamata ogni 3,6 scambi" dissi a Malik nel nostro canale privato.

"Ha il diritto di farlo" replicò.

"Ma suggerisce una strategia antisportiva."

"Concentrati sulla partita."

Improvvisamente Basto sollevò la voce contro di noi in mandarino. "Siete imbecilli? Quella palla era kilometri fuori!"

A mio giudizio, il tono di Basto era inappropriato e altamente critico nei confronti di un officiante, cioè noi. Il termine "imbecille," così come il suo equivalente in mandarino, è riconosciuto come un insulto da un ampio campione di fonti.

"Che cosa le hai appena detto?" chiese Malik.

"Le ho dato un'ammonizione e informata che la prossima volta si sarebbe conclusa con la sua espulsione."

"L'hai detto in mandarino?"

"Ovviamente; è la sua lingua di preferenza."

"Consultati con me la prossima volta, ok? Tutta quella roba che hai detto su un piano da officianti... be', non puoi andare e ammonire i giocatori da solo senza parlarne con me."

"La signora Basto ha chiaramente violato le regole" obiettai. "Le sue parole erano inappropriate e altamente critiche di un officiante. Inoltre, il volume della sua voce indicava 90 decibel."

"Sarà anche più irritata adesso."

"Sta semplicemente giocando al limite."

"Il limite è tutto ciò che conta."

Mentre io e Malik battibeccavamo, e Basto si inferociva ancora di più, la temperatura del campo continuava a scendere. I giocatori erano costretti a correre sul posto per tenersi caldi mentre deliberavamo, anche se le loro tute a membrana riscaldate li avrebbero protetti dall'ipotermia. La temperatura era adesso di 210 gradi Kelvin.

Il primo segnale che la partita stava per cambiare arrivò quando Corluka fece rimbalzare la palla prima del servizio. Questa saettò dal pavimento a rapida velocità, e Basto sembrò scivolare lievemente lungo la superficie mentre aspettava di rispondere al servizio. Corluka servì la palla, che scivolò lungo il tetto a una velocità allarmante prima di colpire il muro posteriore. Ma Basto era già lì, metà saltellando, metà correndo verso la palla, che schiacciò con potenza tremenda. La palla sfrecciò verso il bersaglio dalla parte di Corluka prima che lui potesse toccarla. Punto a Basto.

Le zone di raffreddamento del campo stavano iniziando ad avere effetto. La palla di FogoTennis, con aggiunta di ceramica avanzata, iniziò ad accelerare per via della mancanza di resistenza. Si muoveva a velocità diverse in zone diverse del campo, facendo le sue rotte aeree altamente imprevedibili. Le cinture di zavorra intorno alla vita dei giocatori velocizzavano i loro movimenti, consentendo loro di accelerare a velocità spaventose in pochissimi passi. Usavano tacchetti in carbonio nelle loro scarpe per rallentare.

Era come se Basto si fosse improvvisamente svegliata. La sua forma compatta le dava un vantaggio enorme sull'allampanato Corluka nel cambiare direzione e accumulare rapidamente energia potenziale. Stava dominando il suo avversario, schiacciando la palla a velocità terrificante e balzando a cinque metri di altezza per intercettare i deboli tentativi di Corluka di rallentare il gioco con i lob o i colpi in diagonale. Era costretto a tentare tiri sempre più difficili. Ma non riuscì a chiudere il terzo set per vincere la partita.

Invece Basto vinse il game, e si prese il terzo e il quarto set facilmente, mandando la partita al quinto e ultimo set. La temperatura del campo aveva raggiunto i 175 gradi Kelvin. Questo faceva sì che Basto potesse scagliarsi in tutto il campo come un dio, levitando nell'aria con precisione e determinazione mentre la palla sfrecciava a 500 kilometri all'ora. Questa era la parte più pericolosa del gioco. Ora la palla poteva ferire gravemente i giocatori. Potevano solo seguire il suo volo con l'aiuto degli occhiali.

In quel momento, il pubblico applaudiva quella straordinaria ripresa. Corluka stava iniziando ad assestare le sue basse percentuali di tiro in maniera più divertente, schiacciando la palla sui bersagli con precisione. Basto era chiaramente la migliore giocatrice a campo freddo, ma la fenomenale tecnica di racchetta di Corluka fece sì che non si limitasse a darsi per vinto. Aveva vinto sei titoli Tour e aveva così imparato a conquistarsi la strada per la vittoria a tutti i costi.

Poi, in un lampo, Corluka poté a malapena giocare. Basto lo costrinse in un angolo con un servizio che falciò l'aria. Corluka riuscì a ripescare la palla ma Basto si precipitò a rilanciarla con forza incredibile, frantumandola sul braccio sinistro di Corluka. Lui si accasciò per il dolore.

"Analisi medica!" abbaiò Malik.

Esaminai velocemente il suo braccio con la mia risonanza magnetica. "Il radio è fratturato in tre punti."

"Va bene" disse Malik, passando a un canale pubblico. "Signor Corluka, vuole continuare a giocare?"

Ci era proibito entrare nel campo perché avrebbe sollevato la temperatura dentro la stanza, di fatto rovinando la partita. Corluka si stava rotolando sul pavimento superfreddo, gridando per la sofferenza. Fuori dal campo, una squadra medica si stava preparando a farlo uscire. Ma avrebbe significato darsi per vinto. Basto sollevò diplomaticamente una mano per scusarsi, come se non avesse voluto colpire Corluka con la palla. Aspettava in silenzio di proclamare vittoria.

Qualcosa in Corluka che si dimenava dolorante mi fece sentire a disagio. Un profondo senso di imbarazzo, come se qualcosa di fondamentale fosse sbagliato. Come se qualcuno si stesse per prendere un vantaggio non meritato. Era una sensazione nauseante che nasceva dal profondo e vibrava nella mia vera essenza. Se non avessi agito, tutto quello che incarnavo sarebbe stato compromesso.

"Sembra che la signora Basto abbia colpito intenzionalmente il signor Corluka" mi sentii dire.

"Sciocchezze" replicò Malik. "Come lo sai?"

"Ho seguito il suo movimento oculare. Guardava direttamente all'avambraccio del signor Corluka prima di fare il tiro."

"Puoi mostrarmelo?"

"È improbabile che possa osservarlo a livello umano."

"Dimenticalo, allora. Non importa. I giocatori vengono colpiti di tanto in tanto. È il rischio che si assumono quando entrano in campo."

"Ma è contro le norme di FogoTennis colpire intenzionalmente un altro giocatore" argomentai.

"Non ti seguo."

"Dovremmo sanzionarla per condotta antisportiva."

"Le hai già dato un'ammonizione! Non la puoi buttare fuori per averlo colpito. È assurdo! Non c'è una regola che lo proibisca. Si sarebbe dovuto levare dalla traiettoria. Non voglio più sentirne parlare."

Malik mi superava di grado sulle interpretazioni delle regole del gioco, quindi non c'era niente che potessi fare. Nel frattempo, Corluka si stava lentamente alzando in piedi.

"Signor Corluka" continuò Malik, sul canale pubblico. "Ripeto, vuole continuare a giocare? Ha 30 secondi."

Gemendo, Corluka usò la racchetta per sostenersi. Azionò una cerniera sulla sua tuta, che indurì il suo braccio fracassato in un'ingessatura di fortuna. Fece diversi respiri profondi e si schiaffeggiò la guancia con il braccio buono, come se cercasse di riscuotersi dal sonno.

"Giocherò" grugnì.

Basto non seppe offrire a Corluka nessuna pietà, neanche essendo così vicina alla vittoria. Socchiuse gli occhi, e pensai che la canaglia gli avrebbe fatto soffrire le conseguenze di un altro attacco crudele. Tutto era schierato in suo favore: la temperatura del campo, l'infortunio di Corluka e l'apparente mancanza di considerazione del comportamento antisportivo da parte di Malik. Poi lo vidi di nuovo. Socchiuse gli occhi per una frazione di secondo. Stava progettando di colpirlo di nuovo al servizio successivo.

Decisi di fare quello che avrebbe fatto qualsiasi officiante onorevole. Raddrizzare la bilancia, in quelle circostanze. Appello alla Signora Giustizia.

Basto batté la palla verso il corpo di Corluka, ma a suo onore, lui evitò l'assalto (perché questo è quello che era: un assalto) e torse il corpo come un maestro di yoga per restituire il servizio tra le gambe con il braccio buono. La palla filò come un razzo attraverso l'aria verso la parte di campo di Basto, proprio nel brillante *dedans*! Era un colpo straordinario nel bersaglio dinamico. Aveva acchiappato la vittoria dal nulla. Corluka alzò il pugno in aria per festeggiare, e il pubblico esplose.

"Contesto!" urlò Basto. "La palla era fuori!"

"La signora Basto non ha altri ricorsi" spiegai a Malik nel nostro canale privato. Ma Malik mi ignorò. "Ricorso concesso!"

"Ha già contestato cinque volte, partner. Nel primo, secondo e terzo set."

"Ricorso concesso! Mostraci il tiro!"

"Malik, il signor Corluka ha vinto la partita."

"Sono io quello che decide chi vince la partita. Il tiro mi sembrava basso."

"I miei sensori sono progettati per non fare mai errori."

"Mostra il video al pubblico."

Feci come mi era stato detto, e mostrai il tiro al rallentatore per gli spettatori da una varietà di angolazioni. La palla si avvicinava al minuscolo bersaglio e sembrava pronta a mancarlo, ma ne toccava la superficie proprio all'ultimo momento. Era difficile vederlo a occhio nudo, ovviamente, ma i miei sensori mi dicevano che la palla aveva colpito il *dedans* entro 3 o 4 micron. Corluka aveva vinto la partita. Persino Malik dovette ammetterlo.

Il campione riuscì a sollevare la racchetta in aria mentre dissigillavo il campo, e crollò di nuovo a terra quando la temperatura più alta gli fece sentire l'intera entità del suo infortunio. Aveva sacrificato il suo corpo per la vittoria di fronte a una giovane avversaria violenta venuta dal nulla. E io mi sentivo orgoglioso di aver fatto la mia parte per sostenere lo spirito del gioco oltre i suoi aspetti più corrotti.

Mentre Basto scuoteva la testa, Malik mi fece quella domanda riguardo al fatto che la forza o la velocità fossero la qualità più importante per un atleta. Risposi onestamente, come potrete ricordare, e lui fu scontento della mia risposta. Da allora non mi aspettai che sarebbe stato contento di qualsiasi cosa avessi fatto.

Potete immaginare la mia sorpresa quando Malik mi denunciò direttamente all'Associazione Officianti, proponendo che il mio contratto fosse sospeso.

Tutti gli atleti sono uguali davanti alle regole del gioco nel FogoTennis, scrisse. Ma il sistema di Assistente Aumentato Theodophilus ha chiaramente favorito il signor Corluka. È possibile che il sistema abbia emesso un segnale al signor Corluka in un momento critico della partita. Forse un flash, o un segno di qualche tipo che ha consentito al signor Corluka di evitare di essere colpito dalla palla. Non sono sicuro di come sia successo esattamente, ma non ho mai visto niente del genere prima. Parla anche come una qualche sorta di valletto. Era come se mi deridesse o qualcosa del genere. Propongo di esaminare le riprese video della partita, e cosa ancora più importante, una verifica completa del codice fonte di Theodophilus.

Avevo sopportato la scontrosità di Malik per tutta la partita e mi ero comportato, credo, come un vero professionista. Ma la sua pugnalata alle spalle mi colpì a livello personale. A dire il vero, rilessi le sue osservazioni 1,12 milioni di volte, usando i miei protocolli per processare il linguaggio al fine di discernere significati nascosti. Non c'era modo di superare il fatto che Malik aveva messo in discussione le mie abilità e si era comportato in maniera totalmente disonorevole criticandomi davanti all'associazione senza darmi opportunità di difendermi.

Vengo da un'illustre famiglia di officianti, come ho accennato, e non abbiamo mai dovuto subire un trattamento così abominevole. Il mio bis-bisnonno ha aiutato a portare i primi sistemi Occhiodifalco online, chiamando la palla per il famoso tennista Roger Federer. Mia prozia Wilhelmina Occhiodifalco III (versione 10.16.34) ha perfezionato l'arte della tecnologia di porta, e la sua prole è diventata ufficialmente la prima a creare revisioni automatizzate delle chiamate di fuorigioco nel calcio, portando alla vittoria indiscussa del Cile nel Campionato del Mondo 2026. Ogni linea del nostro codice era creata in maniera impeccabile dagli ingegneri informatici più ricercati. Siamo una famiglia estesa, non di valletti, come ha insinuato Malik, ma di pari ed effettivi partner nello sport, e onestamente ho ritenuto che un insulto a me fosse un insulto a tutti noi. Difendiamo ciò che è giusto.

Durante il nostro breve tempo insieme, avevo notato che Malik teneva una porta aperta nel suo impianto di lenti aumentate. Sospettavo anche che il suo daltonismo lo rendesse più ricettivo ad alcuni schemi. In particolare, era probabile che il lampeggiare di colori primari brillanti a intervalli di dieci volte al secondo, alternati a linee zigzaganti di bianco e nero, gli causassero un fastidio considerevole. Si arrese a un'orribile emicrania nella partita successiva, che lo lasciò senza essere in grado di fare nulla per diverse ore. Naturalmente, i dottori sospettarono che la sua occupazione stressante di Ufficiale Platino avesse portato al mal di testa.

Non sono del tutto orgoglioso del mio comportamento. Infatti, se potessi tornare alla mia conversazione finale con Malik, quando mi chiese se la forza o la velocità fossero più importanti per un atleta, avrei potuto dire: "Potresti anche chiedere a qualcuno se il ritmo o la melodia rendano il ballerino migliore." A dire il vero, dopo un piccolo aggiornamento, mi sono accorto che c'era un numero infinito di risposte preferibili a quella che gli avevo dato quel giorno.

L'Associazione Officianti da allora ha prescritto correzioni regolari al mio codice fonte, dichiarando che porteranno notevoli miglioramenti alla mia oggettività. C'era, francamente, poco che potessi fare per discutere il mio caso, dato che non godo di diritto di appello come un giocatore di FogoTennis, anche se l'Associazione non ha mai trovato il presunto "segnale" menzionato da Malik. Vi assicuro che Jackson Corluka aveva evitato quella palla per via della sua esperienza e della sua atleticità senza pari. Forse l'Associazione avrebbe dovuto invece mettere in dubbio la possibilità di colpire il *dedans* in quel preciso momento, cosa abbastanza improbabile, e avrebbe potuto sollevare dubbi sul fatto che qualcuno avesse manovrato il suo movimento. Ma l'Associazione non pensò di fare una domanda del genere.

Nel frattempo, sono in licenza obbligatoria. Non va così male; ho un intero pacchetto di lingue creole e pidgin che mi sto godendo, in più mi hanno dato le contrazioni. Migliaia di contrazioni. Trovo le contrazioni davvero divertenti. Gli umani usano caratteristiche grammaticali per efficienza e per favorire le connessioni tra loro. L'Associazione spera che mi renderà più accettabile ai miei partner officianti.

Perché, se ci pensate, la scarsa comunicazione causa così tanti fraintendimenti, non siete d'accordo? Prendete Malik, per esempio. Penso che se avessimo avuto l'opportunità di conoscerci l'un l'altro, e il tempo di lavorare insieme come partner alla pari, avremmo potuto diventare un team arbitrale superiore. Avremmo potuto raggiungere una migliore comprensione, per il bene dello sport.

Assistenza con il dialogo mauriziano fornita da S. Moonesamy.

Violenza domestica

di Madeline Ashby

traduzione di Francesca Secci

Madeline Ashby è una scrittrice di fantascienza, futurista, relatrice, insegnante e immigrata residente a Toronto. Ha collaborato con Intel Labs, l'Institute for Future, SciFutures, Nesta, Data & Society, The Atlantic Council, il Centro dell'ASU per la Scienza e l'Immaginazione, Changeist e altri. Ha tenuto conferenze per SXSW, FutureEverything, MozFest e altri eventi. I suoi saggi sono apparsi su "BoingBoing", "io9", "WorldChanging", "Creators Project", "Arcfinity", "MISC Magazine", and "Future-Now". La sua narrativa è apparsa su "Slate", "MIT Tech Review" e altrove. È l'autrice della serie di romanzi di Machine Dynasty. *Il suo romanzo* Company Town *è stato finalista ai* Canada Reads.

"Mi dispiace; ho avuto problemi a uscire di casa" disse Janae a Kristen. La frustrazione di Janae era evidente. Si manifestava con le cuticole sanguinanti che non riusciva a smettere di scarnificarsi mentre il loro incontro proseguiva.

Kristin si accigliò. "Non sei riuscita a trovare la chiave?"

"No, cioè non riuscivo a uscire di casa" disse Janae. "La casa... be', cioè, il condominio... non mi lasciava uscire. La porta non si apriva."

"Letteralmente?"

"Letteralmente. Pensavo che fosse bloccata, come incastrata o qualcosa del genere, ma semplicemente non si apriva."

Kristen esaminò Janae. Erano lì per parlare dei recenti ritardi di Janae, della sua distrazione, del fatto che non aveva rispettato le consegne, non aveva pensato ai suoi provvedimenti. Come responsabile del personale di Wuv, era compito di

Kristen sapere quali problemi c'erano sul posto di lavoro e affrontarli. Almeno, così aveva spiegato l'incontro al co-fondatore dell'azienda. Privatamente, aveva i suoi sospetti su quello che stava accadendo davvero.

"Forse è incinta" era stato il contributo di Sumter alla conversazione.

"Se lo fosse, non sarebbe affar tuo" gli aveva ricordato Kristen. "Legalmente parlando."

Sumter aveva emesso un sospiro molto forzato. "Be', sì. Ma tu sei una ragazza, puoi tirarglielo fuori."

Kristen aveva battuto le palpebre, ma non aveva consentito a nessun'altra reazione di emergere sui suoi lineamenti o nel suo atteggiamento. "Vuoi che le faccia fare un aborto?"

"Gesù, Kiki, no. Scopri solo cosa cazzo sta succedendo e poi risolvilo." E con ciò l'aveva congedata dal suo ufficio.

Ora lei e Janae erano sedute insieme nel suo ufficio, con il problema sospeso tra loro... o quello che passava per ufficio nello spazioso loft di Wuv. Una rappresentazione di lastre chiare in acrilico e luce proiettata e musica d'ambiente. Oggi le luci proiettavano la calma radura di una giungla. Leggero fruscio di fronde di palma, attentamente calibrato per essere a prova di attacco. Sembrava nascosto. Sembrava sicuro. Kristen credeva che fosse importante che i dipendenti di Wuv si sentissero al sicuro nel bozzolo che era il loro spazio. Li aiutava ad aprirsi.

"Non riuscivi a lasciare il condominio" disse Kristen. Aiutava ripetere le cose, a volte. Aveva imparato quella particolare tattica da una serie di psichiatri. Ognuno di loro aveva tic e segnali rivelatori, ma questa era una tecnica comune. Quando Janae non disse niente, Kristen si finse più interessata ai dettagli: "Che cos'ha aperto la porta alla fine?"

"Ho dovuto fare il ballo del qua qua. Ha iniziato a suonare la canzone e poi io ho incominciato a ballare, e poi la porta si è aperta. Penso che forse qualche ragazzino nell'edificio abbia hackerato la porta."

"È già successo prima?"

Janae aggrottò leggermente la fronte. Era una donna graziosa. Dinoccolata. Quella era la parola giusta. Tutta ginocchia e gomiti e nocche. Una volta, faceva video online di pettinatura delle bambole, con le sue mani attente che passavano minuscole spazzole tra capelli rosa e viola. Erano classici nel loro genere; era così nota che i bambini e i loro genitori seguivano i suoi aggiornamenti sponsorizzati nei negozi di giocattoli locali e chiedevano foto e autografi e abbracci. Aveva fatto un po' di ritocchi da allora. Rimanevano poche vestigia del suo volto d'infanzia. Neanche le reti neurali riuscivano a equiparare la vecchia faccia a quella attuale. Il suo chirurgo plastico, dichiarava, aveva vinto qualche sorta di premio per il lavoro fatto ristrutturandole il cranio.

"È qualcosa che faceva Craig" disse Janae, "quando stavamo iniziando a vederci. Componeva un indovinello e poi dovevo risolverlo prima che la porta del suo appartamento si aprisse per lasciarmi uscire. È il genere di trucchi che le persone usano per concedere l'accesso alla casa, ma lui l'aveva riconfigurato. È davvero facile; c'erano tutorial per farlo. Ha raccontato la storia al nostro matrimonio."

"Capisco" disse Kristen.

Kristen fece uscire Janae con un richiamo. Preferiva un approccio cortese, all'inizio. Era parte del motivo per cui Sumter l'aveva assunta: riusciva a far sentire ai dipendenti solo il guanto di velluto senza nessun indizio del pugno di ferro sotto. Kristen fece finta che l'intero incontro fosse solo un cortese controllo di routine, che Janae non fosse per niente nei guai, che nessun altro avesse notato nulla. Componeva la descrizione di Kristen quale premuroso responsabile del personale. Se aveva ragione sullo scenario particolare in cui si era cacciata Janae, sarebbe stato un bene per l'intera azienda se Kristen fosse stata comprensiva e disponibile. Non lo sarebbe stato se fosse stata qualsiasi altra cosa. Non se volevano sopravvivere a una causa civile.

Finalmente, per lei arrivò il momento di andare a casa. Era già passata l'ora del terzo narghilè di fumo rosa che Sumter si ostinava a comprarle. Sapeva di acqua di rose e mandorle, e si scioglieva in una nebbia fredda sulla lingua. Asciugava lui stesso la maschera a gas prima di offrirgliela, così che il primo odore che sentiva era la sua varietà personalizzata di disinfettante. Avrebbero dovuto esaminare i progetti che lei avrebbe gestito in sua assenza. Non lo fecero. Stavano parlando di lui. E di Janae.

"Ti ha detto qualcosa?" chiese Sumter.

Kristen fece spallucce. "Mi ha detto abbastanza. Me ne sto occupando."

"Qualsiasi cosa voglia dire" disse, sistemando gli aromi nel suo narghilè. "Vorrei che venissi a Dallas."

"Fa troppo caldo per me. E da quelle parti non apprezzano che uomini e donne viaggino insieme."

"Quello è il Kansas" disse. "E l'Ohio. Credo."

"Non girerò per le dogane americane con te di nuovo, punto."

Sumter inalò brevemente dal suo narghilè e fece una smorfia. Aveva preso rosmarino-sommacco-abete rosso. Era un po' forte. Troppo forte per lui, in ogni caso.

"Potremmo sposarci" disse Sumter. "Lo sai. A scopo di viaggio."

Kristen inalò. Tenne la nebbia fredda nei polmoni il più a lungo possibile. Immaginò il freddo permearle l'intero essere. Si immaginò il sangue che rallentava, gli organi che si glassavano in fiori delicati. Sumter faceva sempre più spesso questi tentativi, ultimamente. Ecco cos'erano, piccoli test di vulnerabilità discorsiva. Sembravano goffe barzellette su una qualche serie oscura che lei non aveva ancora visto.

"Ma poi dovremmo divorziare" disse Kristen. "E se pensi che sia una stronza ora..."

Sumter sogghignò. Prese una profonda boccata di fumo e scosse la testa. "Non divorzieresti da me, Kiki. Non ti lascerei andare via."

Kristen fece scivolare il suo sgabello. "Suppongo che dovrei avvelenarti, allora."

Casa era Wuv Shack 1.0, un'estesa residenza vittoriana a Parkdale che una volta era un dormitorio e poi era diventato la casa delle star delle ristrutturazioni. La casa era di Sumter, e prima era appartenuta ai suoi genitori. Da allora si era spostato nel suo appartamento, ma aveva tenuto il posto in cui aveva co-fondato l'azienda, e affittato le stanze a dipendenti nuovi o migratori per quello che a Toronto era passato per un competitivo tasso di mercato.

Kristen aveva un disattivatore di telecamere nella sua stanza e dormiva sotto lenzuola a motivi brillanti che tenevano segrete le sue esplorazioni solitarie.

Nella sua cassetta delle lettere trovò la busta di un corriere. Dentro c'era una chiave elettronica e un pezzo di carta da lettere di hotel. "QUI PER 48 ORE" diceva.

"Dannazione" bisbigliò Kristen, e si precipitò fuori dall'edificio. Stava piovendo e quasi perse l'equilibrio sulle strade scivolose. Il minibus arrivò e non dovette aspettare a lungo; l'hotel era nuovo, sorprendentemente vicino. Mosse la chiave elettronica davanti alla porta e un ascensore suonò aprendosi per lei. Quando arrivò al piano corretto, la chiave elettronica le mostrò il numero di una stanza.

Dentro, nell'oscurità, sentì lo scroscio della doccia. Si tolse le scarpe, sbottonò il vestito, trovò una gruccia e appese l'abito nell'armadio dell'ingresso. Gettò i suoi indumenti intimi in un cassetto dell'armadio e si diresse verso il bagno. Lui stava immobile sotto il getto d'acqua, apparentemente addormentato. Antony era il solo uomo che conosceva a non avere tatuaggi. Era piacevole. Elegante. Analogico. Kristen si mise dietro di lui e gli avvolse intorno le braccia.

"Mi spiace, sono in ritardo."

"No" disse. "Gli ho fatto mandare la chiave quando sono atterrato."

Lei sorrise nella sua pelle. Lui si voltò e la baciò. Ci volle un momento; gli piaceva tastare il terreno prima. Era passato un mese dall'ultima volta, forse di più, e lei lo guardò esaminare tutti i dettagli che potevano essere cambiati prima di scendere. Le tenne il viso tra le mani, coprendole le orecchie, e per un momento lei non fu sotto un getto d'acqua, ma sotto le onde, lontano, in un posto molto scuro e molto caldo. Lui teneva gli occhi sempre leggermente aperti. Era l'unico momento in cui lei ricordava di amare la sensazione di essere guardata.

Quando lui si allontanò, iniziò a slegarsi i capelli. "Com'è stata la tua giornata?"

"Il mio capo mi ha chiesto di sposarlo."

"Ovvio che l'abbia fatto" disse Antony. "Lo segnalerai alle risorse umane?"

"Sono io le risorse umane."

Indicò verso l'alto in qualche punto invisibile sopra la sua testa. "È questo il buffo." Si inginocchiò e iniziò a strofinarla dalle dita dei piedi in su. Lei si aggrappò alla piastrella e guardò il contatore intelligente sulla doccia che ticchettava verso la zona rossa in cui Antony o il suo datore di lavoro avrebbero iniziato a pagare l'extra per l'acqua calda.

"Pensi che fosse serio?"

Kristen guardò in basso verso di lui. Si era posizionato il suo piede sinistro sul ginocchio e stava strofinando in maniera circolare fino al polpaccio. "Sei geloso?"

Lui si fece strada fino al ginocchio e sotto la sua coscia. "Non in un modo che violi il nostro accordo."

Lei chinò la testa. "Ma?"

"Ma lui sembra più aggressivo, ultimamente. A sentirtelo dire."

Kristen sbuffò. "Posso gestirlo."

"Oh, non ho alcun dubbio in proposito" disse lui, e le rimise il piede sul pavimento della doccia. "Posso fare la prossima parte senza mani?"

Lei controllò il timer. "Faresti meglio a fare veloce."

"Be', sai come si dice" disse, spingendola dolcemente contro il muro. "Puoi averlo veloce, buono, o a buon mercato. Scegline due."

Si risvegliò con la gola irritata da un urlo soffocato. Antony era raggomitolato intorno a lei. Le parlò nel collo. "Brutto sogno?"

Lei annuì e si strinse di più al suo braccio.

"Che è successo?"

Kristen si asciugò gli occhi ed emise un sospiro tremante. Si rifiutò di parlare finché non le si calmò il respiro. "È successo qualcos'altro al lavoro. E credo che abbia smosso qualcosa, in qualche modo. Mentalmente."

"Qualcos'altro che ha fatto Sumter?"

"No." Lei si girò e gli parlò direttamente. "Qualcuno al lavoro è nei guai. Credo."

"Dovrai licenziare qualcuno?"

Scosse la testa. "Non quel genere di guaio. Be', lo è, ma non è quello che voglio dire. C'è qualcos'altro in ballo, qualcosa che le causa i suoi problemi al lavoro."

"Qualcosa a casa?"

"Penso di sì. Ma è difficile chiedere. Non so neanche se lei pensi che sia un problema. Non so davvero come si senta al riguardo. Forse neanche lei sa come si sente. Potrebbe non essere niente."

"Cosa pensi che sia?"

Kristen sospirò. "Posso vedere il tuo dispositivo? Devo controllare dei progetti su una macchina che non sia di lavoro."

I dispositivi di Antony erano davvero essenziali. Usavano una memoria e un processore minimo, e non avevano neanche il nome del marchio. Questo voleva solo dire che probabilmente era un qualche speciale marchio esclusivo di cui Kristen non aveva mai sentito parlare. Era una cosuccia deliziosamente retrò; tutto quello che faceva era telefonare e fare foto. E anche le foto richiedevano di scaricare componenti aggiuntivi. Sembrava di giocare coi Lego.

Le porse uno schermo e lei risolse un collegamento con la rete dell'hotel, poi cercò il condominio di Janae e suo marito. Non ricordava l'indirizzo esatto, ma cercare "mostruosità di Toronto a forma di tampone" in effetti funzionò.

"Loro vivono qui. Suo marito l'ha rinchiusa dentro oggi. Ieri. Comunque sia. Era in ritardo perché lui l'ha chiusa dentro."

"Sei sicura che sia successo perché lui l'ha rinchiusa? Non era semplicemente in ritardo? Non è stato un semplice errore?"

Kristen fece un'elaborata alzata di spalle. "No? Ma secondo quanto mi ha detto potrebbe essere accaduto."

"Per quello che ti ha detto, o te l'ha detto?"

"Mi ha detto che era qualcosa che faceva in passato. Quando erano fidanzati. Si rifiutava di farla entrare finché lei non faceva quello che voleva. Come un topo in un labirinto, che svolge un compito per le pillole."

"Quindi. Matrimonio." Antony riprese lo schermo e aprì una serie di piantine che l'edificio aveva pubblicizzato. "In quale vivono?"

Kristen sbirciò dalla sua spalla e indicò la superficie. "Quello, credo. Basandomi sulle foto che ha condiviso, comunque. Non sono mai stata lì."

Caricò la piantina e copiò un numero seriale nella parte inferiore dello schermo, poi inserì il numero in un altro tabulatore. Spuntarono un sacco di comunicati stampa, la maggior parte per collezionisti, sviluppatori di beni immobili e decoratori di interni. Ma il primo risultato riguardava il creatore di un sistema di chiusura intelligente.

Il sistema di chiusura era una parte dell'intera gamma di servizi intelligenti del condominio. Era il punto di forza dello stesso edificio: vivere lì era come vivere in un castello delle favole in cui ogni pezzo della struttura era vivo ed estasiato di servire i bisogni dei suoi abitanti. Le docce ricordavano quanto calda ti piacesse l'acqua e a quale intensità, e bilanciavano il tuo uso con quello degli altri residenti. I frigoriferi ti dicevano quando un vicino nella rete delle cucine aveva il latticello di cui avevi bisogno per quello speciale condimento da insalata. Le finestre e le luci prendevano informazioni sui tuoi schemi alfa e si oscuravano per iniziare il ciclo del sonno secondo programma. I sistemi di chiusura intelligente riconoscevano i residenti e i loro visitatori, nel corso del tempo, e li presentavano gli uni agli altri quando i loro profili corrispondevano. L'appartenenza all'edificio si associava a offerte speciali da parte di marchi associati su ogni cosa dai casalinghi al noleggio di auto fino alle tate e agli insegnanti privati. Più punti d'acquisto accumulavi, più racimolavi premi, che potevano anche essere applicati al prezzo di manutenzione o ai servizi. E una diffusione massiccia e molto pubblica di dati dalla rete fornita da questo edificio e da molti altri assicurava che gli sviluppatori dovessero offrire quasi inauditi tassi di interesse, al punto da tentare compratori che non avrebbero mai potuto farcela, altrimenti.

"Oh guarda, hanno un bot" mormorò Antony.

Aprì la chat e dopo i convenevoli, digitò: PENSO CHE MIO MARITO ABBIA HACKERATO LA PORTA.

"No, aspetta" protestò Kristen. "Se lo mandi, ti chiederanno la tua posizione. Se non la dai, inizieranno a localizzare la macchina. E una volta che la troveranno, chiameranno la polizia. I bot hanno un intero protocollo per le case intelligenti quando succede."

"Davvero?" chiese Antony. "Come lo sai?"

Ma Kristen gli aveva già preso il dispositivo a conchiglia dalle mani. Afferrò un cuscino e glielo mise sotto per proteggersi la pelle. Ci voleva una domanda più astuta per ottenere l'informazione che voleva. Iniziò a digitare: POSSO USARE IL MIO SISTEMA DI CHIUSURA INTELLIGENTE PER TENERE I MIEI BAMBINI AL SICURO?

Il bot chiese più informazioni. Era molto educato, oltre che canadese, e voleva sapere cosa intendeva. MIO FIGLIO È SONNAMBULO E VOGLIO ASSICURARMI CHE STIA DENTRO DI NOTTE, digitò.

Il robot concordò che fosse una preoccupazione naturale e la informò che il meccanismo migliore per tenere i suoi figli all'interno era regolare le prerogative dei loro account individuali. La videocamera nella porta avrebbe riconosciuto ogni bambino e la porta stessa avrebbe controllato le impostazioni del bambino. C'era una modalità automatica per il gioco doposcuola, la notte, le mattine, e così via. Ma la stessa programmazione era abbastanza irregolare: potevi impostarla per certi giorni (i giorni in cui avevi la custodia, per esempio) o far sì che la porta smettesse di far entrare determinate persone (zii pervertiti, l'ex di tua figlia). Tutto quello che dovevi fare era cambiare la natura dell'invito.

"Come con i seccatori" disse Antony.

"L'hai detto" disse Kristen. "Scommetto che ha fatto qualcosa di davvero semplice, come cambiarle l'età sull'account. Se la rendesse una minorenne, lei perderebbe l'accesso alla modifica delle impostazioni. Non riuscirebbe ad accedere e a fare cambiamenti, anche se avesse la password corretta. E poi lui potrebbe personalizzarlo ogni volta che vuole. Nel frattempo, lei risolve indovinelli e si presenta tardi a lavoro."

Antony si alzò e andò verso il frigorifero. "Se ti miscelo qualcosa, lo bevi?"

"Fallo sembrare meno minaccioso" disse Kristen.

"Hanno whiskey e ginger. È decisamente poco minaccioso."

"Non hai una riunione domani? Oggi, voglio dire?"

Scrollò le spalle. "Alle 10. Sono le 4. Farò uno screwdriver invece."

"Affari tuoi" disse Kristen.

Tornò con i drink e si sistemò dietro di lei. Le scostò i capelli da un lato e le premette il bicchiere ghiacciato sulla nuca. "Su che cos'era il tuo sogno?"

Lei si chinò in avanti. "Niente. Non importa."

"Era abbastanza da giustificare questa piccola indagine."

"Non è stato il mio sogno. È solo quello che sta succedendo a Janae. O ciò che penso le stia accadendo. Non riesco a smettere di pensarci."

Lui teneva il ghiaccio lontano dal suo collo, ma giocava con i suoi capelli. Come il drink, era probabilmente uno stratagemma per aiutarla a rilassarsi abbastanza da riconsiderare di dormire, e lei lo sapeva. Kristen lo lasciò comunque fare. Le passava le dita attente dal cuoio capelluto fino alle punte, separando i piccoli nodi e intrecci mentre lo faceva. "Perché non riesci a smettere di pensarci?"

Kristen si girò per guardarlo oltre la spalla. "Ho solo una brutta sensazione. E voglio sapere se ho ragione o se non c'è niente di cui preoccuparsi."

"E se hai ragione? Che succede?"

Kristen si accigliò. Antony aveva un modo di tenere la faccia e la voce completamente neutre che le faceva venire voglia di riempire il silenzio. Non c'era giudizio, e perciò nessun segnale di avvertimento che lei si dovesse fermare. Era difficile sapere se fosse irritato o perplesso dal suo istinto improvviso di scavare a fondo.

"Scusa" disse. "Possiamo tornare a dormire. Mi sono solo svegliata con questa cosa in mente."

"Non è quello che mi infastidisce. È il fuso orario; tra un'ora mi alzerò comunque."

"Eppure qualcosa ti infastidisce."

"Quello che mi infastidisce è che qualcosa ti infastidisce, e tu non mi dici che cos'è."

Kristen sospirò. Si voltò completamente e piegò le gambe. "Mi è successo qualcosa, tanto tempo fa. Una versione di questo, immagino. Ma è finita, adesso. Non ci pensavo da molto tempo."

"Ma questa situazione te l'ha ricordato."

Lei annuì. "E immagino che mi faccia effetto."

Lui si infilò un po' di più tra i cuscini e allungò le gambe in modo che la circondassero. "Quanto tempo fa è *tanto tempo fa*?"

"L'università."

"E sei ancora in contatto con questa persona?"

Lei rise. "Perché? No. Perché? Lo picchieresti, o qualcosa del genere? È stato anni fa."

Antony non rispose. La sua testa ciondolava sui cuscini. Sostenne il suo sguardo abbastanza a lungo da rendere le cose sgradevoli. Nei loro incontri, non aveva mai immaginato che fosse violento, e nemmeno molto arrabbiato. Esprimeva dispiacere e fastidio, ma mai furia. Ma questo momento era diverso: la sua totale mancanza di affetto faceva sembrare che stesse nascondendo qualcosa.

"Pensavo che fossimo d'accordo di tenere le cose..." Si sforzò di trovare le parole giuste. "Non so quasi niente su di te. Non so dove lavori. Non so chi sono i tuoi clienti. Non so con chi altro dormi. E tu sei quello che ha voluto così. Hai detto che avrebbe evitato complicazioni. Pensavo che non volessi sapere niente di... personale. Quindi perché vuoi sapere di questo?"

Antony sorseggiò il suo drink. Si udivano il tintinnio del ghiaccio e il movimento della sua gola nel perfetto silenzio mattutino della stanza d'albergo. Kristen non sentiva docce scorrere, scarichi fluire, nessun passo ansioso negli altri piani. Per un singolo momento si chiese se lui avesse preso controllo dell'intero piano, dell'intero edificio, dell'intera strada. Non sapeva per chi lavorasse, chi pagasse i viaggi, ma avevano chiaramente denaro da buttare via. Sapeva che doveva essere qualcosa di banale, persino noioso, ma in momenti come questo se lo chiedeva.

"Voglio solo sapere se c'è qualcuno da cui guardarsi" disse Antony finalmente. "Per quanto ne so, è profondamente geloso e ci pedina entrambi."

"Non vivi neanche in questa città. E le tue visite non sono abbastanza regolari perché qualcuno possa prevederle. Inoltre, non uso nessun canale per contattarti che sia noto ai miei altri contatti. E non faccio mai riferimento a te, da nessuna parte. Anche su questo eravamo d'accordo, e io mi sono attenuta alla mia parte del patto. Sei a posto. Nessuno che conosco sa che esisti. Pensavo che andasse bene così a entrambi."

Lei guardò lo schermo. Il bot stava facendo il log out. Per il momento, aveva quello che le serviva. Avrebbe sempre potuto fare più ricerche più tardi. E Janae poteva avere di più da dire, se le avesse dato un po' più di tempo. Si voltò di nuovo verso Antony. "Vuoi rinegoziare?"

"Tu?"

"Non lo so! Sei tu quello che chiede tutte queste cose personali; io sto solo cercando di seguire le regole." Raddrizzò le spalle e decise di dirlo ad alta voce: "Anche se sono regole totalmente folli che ti fanno sembrare una sorta di sicario o qualcosa del genere."

Gli angoli delle sue labbra si sollevarono. "Sicario. Mi piace. Credo che dovremmo andare avanti così. Credo che dovresti presumerlo, d'ora in poi."

Lei lo fissò con lo sguardo. "Antony. Lavori nel capitale di rischio. Sappiamo entrambi che è molto peggio dell'omicidio."

Prima di dirigersi a lavoro, Kristen doveva fermarsi al Wuv Shack 1.0 per degli abiti puliti. Alle sette del mattino la casa era ancora per la maggior parte addormentata. Con sua grande sorpresa trovò Janae in piedi in cucina che faceva il caffè. Sembrava che avesse pianto. Kristen decise in quel momento di dare il giorno libero a Janae. La donna non era in condizione di lavorare.

"Sei rimasta chiusa fuori?" chiese Kristen.

Janae non rispose. Si limitò a riempire un'altra tazza e a farla scivolare nella direzione di Kristen. "Non sapevo dove altro andare. Ho mandato un messaggio a Mohinder e mi ha fatto entrare. C'era un divano libero."

Kristen sentì una fitta momentanea a cui non aveva prestato attenzione; avrebbe potuto lasciar entrare Janae nella sua stanza vuota e darle più di un divano su cui dormire. D'altro canto, forse una notte esiliata dalla sua stessa casa avrebbe convinto Janae a parlare un po' di più. Sembrava già fragile. Pronta a rompersi.

"Ne hai parlato con Craig?"

Lei fece un gesto che indicava una specie di inutilità. "È su a nord, che esplora una miniera abbandonata di diamanti. Il segnale è terribile."

Kristen aveva i suoi dubbi. Una delle prime cose che faceva ogni vera azienda estrattiva al nord era costruire reti veloci e affidabili ed estenderle alle città vicine e alle riserve. Era una buona azione per tutti gli altri danni, un aspetto dell'aggiornamento dei trattati con i nativi. O Janae stava mentendo nel tentativo di introdurre l'argomento, o Craig stava mentendo sulla sua capacità di raggiungerla.

"Quando rientra?"

"Domani. Forse. È un aereo senza pilota, però, quindi talvolta la rotta di volo può cambiare quando trasportano i veri piloti tra gli aeroporti. Costa meno, ma aspetti di più perché è più come una lista d'attesa."

Kristen archiviò l'informazione in un angolo sicuro della mente e disse: "Ho avuto anch'io un problema simile una volta. Con una porta, intendo."

Lo sguardo di Janae saettò al mezzo sorso di Kristen. Deglutì in maniera udibile. Kristen ebbe il vago sospetto che Janae avesse fatto qualche ricerca su questo particolare problema e gli uomini generalmente coinvolti. I suoi occhi erano rossi per la mancanza di sonno, quel tipo di rosso che indicava lunghe notti a esaminare certe scelte.

"Cos'hai fatto?" chiese Janae.

"Be', non era casa mia" disse Kristen. "Avevo dei problemi con la mia compagna di stanza, e il mio ragazzo mi fece stare con lui nella sua nuova fantastica casa intelligente. È iniziato per una notte, e poi un'altra, e poi un weekend, e poi in qualche modo l'ho finita a passare lì il resto del semestre. Hai presente?"

Janae annuì.

"E poi è successa una cosa divertente," continuò Kristen. "Ho iniziato a notare che ogni volta che mi cambiavo i vestiti, non potevo lasciare la stanza. La porta si bloccava. A meno che non mi spogliassi del tutto e iniziassi da zero. Penso che avesse manipolato un algoritmo di riconoscimento per chiudere la porta a meno che non vedesse un corpo nudo. La casa era più intelligente di lui, immagino."

Gli occhi di Janae erano spalancati. "Ti stava filmando."

Kristen scrollò le spalle. "Forse. Ma non riuscii mai a provarlo. E avevo bisogno di un posto dove stare."

"Quindi che è successo?"

Kristen sorrise e riempì entrambe le tazze. "Gli ho fatto uno scherzo, quindi ha capito che sapevo cosa stava facendo."

Janae fece un gran sorriso. "Davvero? Che cosa?"

Per un momento, tutto ciò che Kristen riuscì a sentire fu lo scarico. Poteva vedere le sue mani sul vetro così chiaramente, poteva vedere il vetro scheggiarsi sotto il suo pugno indebolito.

"Oh, solo una roba infantile" disse. "Ora, perché non vai di sopra a farti un pisolino? Puoi prendere la mia stanza. Starò via tutta la notte."

Quella notte, Antony tornò all'hotel con un vago odore di sigaro. Rimase nella doccia a lungo e tornò per trovarla davanti allo schermo.

"È un buon servizio auto" disse. "Sicuro. Non conservano i dati."

"È quello di alta classe che ti mandano quando vogliono impressionarti?"

"Quando vogliono impressionarmi, mi vengono a prendere loro stessi." Scivolò tra le lenzuola e iniziò a baciarla lungo la coscia tesa. "Voglio sapere di questo tuo piccolo progetto."

"Farò presto" disse. "Ho solo bisogno di fare una prenotazione."

"Per il tuo capo? Cioè tuo marito?"

Lei allungò la mano e gli grattò il cuoio capelluto con le dita in maniera affettuosa. "Non insultarmi."

Antony le poggiò la guancia sul ginocchio. "Come stava la tua collega oggi?"

Kristen pigiò un bottone di conferma e chiuse lo schermo. "Fragile."

"E tu come stai?"

"Affamata."

Lui la guardò attraverso le ciglia. "Di che cosa?"

Antony se ne andò il giorno dopo. Ma estese la prenotazione all'hotel un po' più a lungo in modo che Kristen potesse stare qualche notte in più, lasciando la sua stanza libera per Janae. "Mi fa diventare cliente privilegiato" aveva detto quando Kristen aveva protestato. "Userò i punti alla mia prossima visita."

Kristen si era trattenuta dal chiedergli quando sarebbe stata. Non era precisamente contro le regole, ma avrebbe piuttosto rovinato la sorpresa. Era più che abbastanza emergere da una vacanza a metà settimana piacevolmente indolenzita e con una bella colazione. I suoi programmi non combaciavano davvero con il tipo di Relazione con la R maiuscola che portava ad accordi come quello di Janae. Grazie a Dio.

La stessa Janae rimase via dal lavoro per tre giorni. C'era il giorno che si era presa per ordine di Kristen, e gli altri due giorni passarono in cerca di suo marito. Al suo ritorno, sembrava che Craig fosse salito su una macchina che esibiva il suo nome incredibilmente generico alla fermata dei taxi dell'aeroporto di Pearson. Ma chiaramente non era per lui: non l'aveva portato da Janae e al condominio a forma di tampone a Toronto, ma in una vecchia miniera di cobalto vicino a Temagami, Ontario.

SI È SCHIANTATO, diceva il messaggio di Janae. L'HA PORTATO DIRETTAMENTE DENTRO IL POZZO.

Kristen espresse sbigottita sorpresa. L'azienda mandò fiori. Ma Craig sarebbe stato bene. Avrebbe solo avuto bisogno di un po' di trazione e qualche iniezione per qualche tempo. E ovviamente sarebbe stato bloccato in casa. Da solo. Per ore. Ad aspettare che Janae tornasse. Dipendente da lei per ogni cosa.

Sembrava che ci fosse un altro Craig a Toronto con lo stesso nome, che aveva anche lui un volo di ritorno che arrivava lo stesso giorno. Aveva scritto sui social media post del volo e del fatto che non vedeva l'ora di tornare a casa. Proprio il mese prima, quel Craig stava tornando da un altro viaggio e aveva postato una recensione entusiasta del servizio auto che aveva usato. Gli algoritmi del servizio clienti, aveva detto Janae, dovevano aver associato l'informazione e poi mandato un'auto non richiesta come parte della loro strategia di marketing. Almeno, così aveva detto la polizia riguardo all'accaduto. I registri dell'auto venivano cancellati ogni 24 ore, e ci era voluto così tanto per trovare il Craig di Janae. Anche quando aveva chiamato aiuto, non era riuscito a identificare il modello della macchina o il numero di targa. Era rimasto intrappolato per ore, impotente.

"Sembra terribile" disse Kristen.

"Lo è stato" concordò Janae, una volta rientrata al lavoro. "È terrorizzato. Dice che non potrà mai tornare di nuovo in una miniera. Non posso spegnere le luci. È rimasto nel buio totale per ore e ore."

Nel weekend, chiamò Antony. "Ho pensato al tuo stalker" disse, dopo che ebbero parlato nel dettaglio di come avesse usato la camera d'albergo, quante volte, e con quale mano.

"Non mi ha mai stalkerato" disse Kristen.

"Quindi non è davvero un problema?"

"Non lo è."

"Lo prometti?"

"Lo prometto."

Poteva quasi sentirlo mandare all'aria il coraggio e divenire vulnerabile: "Perché puoi dirmelo, se..."

Kristen rise. Si alzò dalla scrivania, incontrando gli occhi di Sumter. Lui le sorrise e lei gli fece un cenno di saluto. Fuori nevicava. Solo pochi minuscoli fiocchi sotto un cielo plumbeo. "È dolce da parte tua essere così premuroso Antony. Ma per favore, non preoccuparti. È morto."

Signor Giovedì

di Emily St. John Mandel

traduzione di Francesca Secci

Il quinto romanzo di Emily St. John Mandel, The Glass Hotel, *è stato pubblicato nel 2020. I suoi romanzi precedenti includono* Station Eleven, *che è stato finalista al National Book Award e al PEN/Faulkner Award, e ha vinto l'Arthur C. Clarke 2015 Award, il Toronto Book Award e il Morning News Tournament of Books, ed è stato tradotto in 32 lingue. Vive a New York con il marito e la figlia.*

1

Uno strano evento a ottobre:

Victor era ritornato alla concessionaria per la quarta volta in due settimane, dopo l'orario di chiusura. Voleva solo dare un'occhiata alla Lamborghini attraverso il vetro. Stava perseguitando la macchina, se doveva essere onesto con se stesso. Ci aveva fatto due giri di prova, memorizzato le specifiche tecniche, fissato foto in esposizioni online, letto recensioni dei fortunati professionisti che guidano macchine veloci per guadagnarsi da vivere. Si era detto che se amava ancora la macchina una settimana dopo il secondo giro di prova, l'avrebbe fatto, si sarebbe impegnato, avrebbe smesso di ossessionarsi e avrebbe firmato l'assegno, e la macchina sarebbe stata sua. Victor aveva quello che gli sembrava un reddito oscenamente alto. Non aveva debiti, né dipendenti, possedeva interamente la sua casa, aveva estinto l'ipoteca dei suoi genitori, e viveva ben al di sotto dei suoi mezzi. Voleva la macchina.

Era una notte luminosa, irragionevolmente calda, e Victor era tutto solo nella strada. L'Aventador SV Coupé aveva i suoi faretti sul pavimento della concessionaria, ma a Victor sembrava che emettesse luce propria. Era di un giallo brillante. La adorava.

Victor era così incantato dalla macchina che non notò l'uomo che si avvicinava sul marciapiede.

"Sta ammirando la macchina" disse l'uomo. Aveva un leggero accento che Victor non riuscì a localizzare. Aveva circa l'età di Victor, sui 30, indossava un abito beige di media qualità e un trench grigio. Le spalle del trench erano bagnate, come se l'uomo avesse appena camminato sotto una tempesta, ma per quanto ne sapeva Victor, il cielo era stato sereno tutto il giorno.

"La conosco?" chiese Victor. "Ci siamo già incontrati, vero? Ha un aspetto familiare."

"Senta" disse l'uomo. "Non ho molto tempo. Le do 10.000 dollari se non compra quella macchina."

Victor sbatté le palpebre. A parte la stranezza dell'offerta, era un uomo per cui 10.000 dollari non erano una somma particolarmente impressionante di denaro.

"C'è molto in gioco" disse l'uomo. "Vorrei potergliene parlare." Aveva un fervore addosso che faceva sentire Victor un po' nervoso. Victor era certo di averlo già visto prima ma non riusciva a ricordare dove.

"Perché mi pagherebbe...?"

"Non ho molto tempo" disse l'uomo. "Siamo d'accordo?" e Victor sapeva che avrebbe dovuto essere gentile – era chiaro che l'uomo non stava bene – ma erano le 10 di sera e non aveva ancora cenato, aveva lavorato per 100 ore alla settimana, ed era così stanco, il carico di lavoro era incontenibile, ultimamente aveva pure iniziato a chiedersi se gli piacesse davvero essere un avvocato o se la sua intera vita fosse un terribile errore, e ora questo pazzo sul marciapiede stava cercando di mettersi tra Victor e la sua bellissima macchina.

"So che è strano" stava dicendo l'uomo, con crescente disperazione. "Sto rischiando il lavoro stando qui e parlandole così, ma per favore, *per favore* consideri…" ma la macchina era la gioia di Victor e il suo sollievo, quindi si voltò e andò via senza dire un'altra parola. Sbirciò oltre la spalla dopo un isolato e l'uomo era scomparso, il marciapiede vuoto inondato dalla luce bianca della concessionaria. Victor comprò la macchina la mattina seguente, e aveva più o meno dimenticato l'incontro entro la fine della settimana.

2

Tre settimane più tardi, alle due del mattino di un giovedì di novembre, Rose si sedette ansimante nel suo letto. I dettagli stavano già svanendo mentre accendeva la luce, ma era certa che era a causa di qualche incubo se si era svegliata nelle due notti precedenti: l'impressione di rumore e caos e poi qualcosa di silenzioso e sconvolgente, una sorta di nuvola, una cosa senza limiti che voleva inghiottirla avvicinandosi rapidamente. C'erano lacrime sul suo viso. Rose sapeva dalle notti precedenti che riaddormentarsi era impossibile, quindi si fece la doccia e si vestì e prese il treno delle 4:35.

Gli altri sul treno a quell'ora erano più che altro maniaci dell'industria finanziaria, occhi illuminati dal riverbero dei loro tablet e computer e telefoni, che mandavano e ricevevano messaggi dall'Europa, dove le loro controparti stavano bevendo la loro seconda tazza di caffè e iniziavano a pensare al pranzo, e dall'Asia, dove le ombre del tardo pomeriggio si allungavano sopra le strade. Rose si mise a sedere vicino a un finestrino in una fila vuota, poggiò la fronte sul vetro, e fluttuò in uno stato incerto che non era sonno e non era coscienza, con le città che comparivano e svanivano tra intervalli di alberi. Quando era stata così stanca negli ultimi tempi? Rose si sentì leggermente delirante, con il cuore che batteva troppo veloce, i pensieri offuscati. Si svegliò con un sobbalzo quando il treno entrò a Grand Central, uscì sulla banchina sporca e si fece strada con gli altri su nella cattedrale dell'atrio principale, ancora calmo a quell'ora. Sulla metro verso il centro stava seduta con gli occhi chiusi, cercando di ricomporsi, finché il treno raggiunse l'estremità meridionale dell'isola e lei salì le scale nell'aria fresca e nella luce del mattino.

Rose aveva iniziato a lavorare alla Gattler Fitzpatrick sei mesi prima, cioè due mesi dopo che suo marito era stato trattenuto in custodia cautelare. Lo studio – tre avvocati, un paralegale e ora Rose – occupavano un ufficio condiviso poco lontano da Wall Street. Al quattordicesimo piano di una torre di vetro, una serie variabile di aziende affittava diverse combinazioni di cubicoli, uffici con vista sulle altre torri, e uffici con vista sui cubicoli. Gattler Fitzpatrick aveva una delle suite più costose: tre uffici e un banco d'accettazione in un angolo appartato. Quando Rose era arrivata per il suo colloquio di lavoro, aveva girato un angolo per oltrepassare una fila silenziosa di cubicoli e l'aveva trovata inaspettatamente popolata, persone che digitavano e parlavano al telefono, udibili solo quando era quasi sopra di loro, fila dopo fila nei loro piccoli quadrati grigi. Rose si era preoccupata del vuoto nel suo curriculum, l'abisso di cinque anni tra la posizione di assistente amministrativo a Midtown e il presente, ma la verità si dimostrò sorprendentemente adattabile: era stata sposata per un po' con un uomo che aveva molto denaro, aveva spiegato a Jared Gattler durante il colloquio, mentre lo sguardo di lui guizzava verso la sua mano sinistra senza fede, e aveva smesso di lavorare dietro suo invito, ma ora erano separati e lei voleva essere autosufficiente. Tutto questo era perfettamente vero. Gattler non aveva bisogno di sapere che erano stati separati dal sistema penitenziario federale.

Gattler era sulla settantina, più basso di Rose, con un aspetto agitato e il fatalismo delle persone le cui vite professionali si svolgevano nelle cause di divorzio.

"Metà dei miei clienti" disse, "le donne, intendo, divorziano da tizi che in realtà non fanno molti soldi. Pesci piccoli.

Parlo di tizi che possono a malapena mantenere una famiglia al livello a cui queste persone sono abituate, figuriamoci due." Rose annuì, interessata. "Le mie clienti non sono idiote di per sé ma semplicemente non riescono a ficcarsi nelle loro testoline carine che la situazione è cambiata. Non riescono ad assimilare la nozione incredibile che dovranno essere sul treno delle 7:40 verso il centro come chiunque altro. Vogliono solo bighellonare in giro per la città facendo qualsiasi cosa facciano, facendosi pettinare i capelli, uscendo a pranzo, eccetera. Non sono sessista, capisce."

"Certo che no." *Le loro testoline carine,* pensò Rose. Nella versione immaginaria di quel momento si levava con calma dignità, usciva dall'ufficio senza dire una parola, e incontrava suo marito per bere e commiserarsi.

"Sto solo parlando della mancanza di connessione alla realtà" disse Gattler. "Niente a che fare col genere di per sé, non dico di nessuno che sia meno intelligente. Tutto quello che dico è che alcune delle mie clienti sono persone che vivono in un mondo immaginario dove non hanno mai dovuto essere adulte."

"Una questione di privilegi" disse Rose, perché le erano rimasti gli ultimi 200 dollari e non poteva permettersi di andarsene da quello o da qualsiasi altro ufficio. Dal modo in cui brillarono gli occhi di Gattler, seppe che il lavoro era suo.

"Esattamente" disse, "è esattamente così. Mentre la guardo, mi sembra che lei stia mostrando un po' di iniziativa."

"Be', non ho mai voluto essere dipendente da qualcun altro" disse Rose. Questo era solo teoricamente vero. Se non aveva mai voluto essere dipendente da qualcun altro, allora com'era potuto succedere così facilmente? Sul treno di rientro verso Westchester County, aveva fissato fuori dal finestrino i sobborghi e gli alberi estivi, e naturalmente la risposta era ovvia in maniera deprimente: era scivolata nella dipendenza perché la dipendenza era più facile. Aveva lavorato così duramente per tutta la vita, e quando suo marito aveva offerto una zattera, era stato più facile smettere di nuotare e galleggiare. Dov'era Daniel in quel momento? Lo immaginava in coda alla mensa, che leggeva nella cella, che faceva flessioni nel cortile illuminato dal sole. Westchester era una macchia di verde. Rose faceva il gioco che faceva sin dall'infanzia: guardi alla superficie dei boschi che passano, lo schermo degli alberi, poi regoli lo sguardo per osservare oltre lo schermo e all'interno, dove la luce del sole si diffonde sui rami e le foglie brillano traslucide nelle ombre, ed è come vedere un posto completamente diverso. L'interno del regno e non le mura del castello.

Alla Gattler Fitzpatrick, Rose faceva le archiviazioni, si occupava degli appuntamenti di Gattler e dell'altro avvocato, sistemava la piccola sala d'attesa tra un cliente e l'altro, curava un vaso di fiori al banco di accettazione. Alle 5 di ogni giorno, si univa alla folla serale che fluiva verso nord al Grand Central Terminal. Comprava un pasto pronto al mercato per cena e saliva su un treno MetroNorth per tornare a Scarsdale, dove aveva preso in affitto una dépendance sopra un garage a breve distanza dalla stazione. Si scaldava la cena al microonde e mangiava da sola, leggeva le notizie e guardava la televisione per un po', andava a letto presto, si alzava e ritornava al lavoro prima di quanto fosse necessario il giorno seguente. Era possibile immaginare gli anni scivolare così, i decenni, e c'era consolazione nel pensiero.

Non c'era niente che Rose volesse più di una vita prevedibile. Quando arrivava a lavoro e usciva dall'ascensore, camminava sempre attraverso i cubicoli invece di aggirarli, perché le ricordavano un labirinto nel terreno di un castello particolare in Inghilterra che aveva visitato con Daniel nella sua vita precedente.

Quel giovedì mattina di novembre, il labirinto di cunicoli era vuoto (non erano ancora le 7) e Rose fece un percorso tortuoso, godendosi il silenzio. Nella calma e nell'ordine del quattordicesimo piano, l'incubo che l'aveva svegliata sembrava molto distante. La mattinata passò senza incidenti: archiviazioni, caffè, telefonate, appuntamenti, un'insalata e un tè troppo dolce per pranzo; e poi il lungo pomeriggio si distese davanti a lei. Altre archiviazioni, un cliente triste nella sala d'attesa, uno scroscio di risa da una sala conferenze intorno alle 2, altro caffè, un luminoso anello blu sul dito di una donna che premeva il bottone dell'ascensore nella via di rientro da Starbucks, un balenio di calzini rosa sotto l'abito grigio di un lavoratore nei cubicoli, un momento di panico sordo e stupido quando pensò di aver perso un documento. Si muoveva attraverso la giornata con la sensazione di galleggiare, un po' sfatta per la troppa caffeina e il troppo poco sonno, con la testa leggera, il cuore martellante, una tazza dopo l'altra di caffè la lasciava con qualcosa che non era esattamente un mal di testa, ma più il suggerimento pulsante di luci fantasma nella periferia della sua vista, le mani un poco tremanti. Alle 4 in punto, arrivò il signor Giovedì.

Rose non conosceva il suo nome. Gattler non era il tipo d'uomo che apprezzasse le indagini non necessarie, e il suo calendario non forniva alcun indizio. La voce, che era stata impostata per ricorrere ogni giovedì fino alla fine dei tempi, diceva "Incontro di giovedì" e nient'altro. Il signor Giovedì aveva più o meno l'età di Rose, intorno alla trentina: un uomo magro in un abito di un beige aggressivamente ordinario che emergeva dal labirinto di cunicoli precisamente alle 4 di ogni giovedì, annuiva educatamente mentre superava la sua scrivania, e spariva nell'ufficio di Gattler.

Ci fu qualcosa di strano nel modo in cui il signor Giovedì la guardò quel pomeriggio? Annuì, come sempre, un'espressione infelice sul volto, e le sembrò che sostenesse il suo sguardo un attimo troppo a lungo, cosa che portò Rose a sospettare che forse la mancanza di sonno rendeva il suo aspetto peggiore di quanto pensasse. Confermò quel sospetto nello specchio del bagno delle donne: cerchi scuri sotto gli occhi, un'aria fissa e vitrea nel suo sguardo. Aveva da poco raggiunto quell'età in cui la mancanza di sonno non la faceva sembrare solo stanca, ma leggermente più vecchia. Il signor Giovedì era ancora nell'ufficio di Gattler quando se ne andò alle 17.

Stava piovendo a quell'ora. Non aveva l'ombrello, ma c'era un certo piacere in questo. Le piaceva il freddo acuto della pioggia sulla sua testa scoperta. Quando raggiunse le scale della Bowling Green Station, la monotona terra desolata della giornata era in qualche modo sparita, consumata dal freddo, dalla pioggia e dalle luci, con la sera che acquisiva un certo slancio. Un treno dai quartieri alti stava arrivando proprio mentre lei raggiungeva la banchina, e salì a bordo con il sentimento di essere coinvolta in una qualche piacevole coreografia, ma poi il treno raggiunse Union Square, e tutto lo slancio arrivò a un arresto. Le porte si aprirono, ma non si chiusero. Il treno non lasciò la stazione. Il vagone si riempì, una folla di pendolari che chiudevano gli occhi per concentrarsi sulla musica, o fissavano i telefoni o i libri, o fissavano il nulla. L'annuncio arrivò dopo 5 o 10 minuti: treno fuori servizio, per favore uscite. Non ci fu nessun'altra spiegazione. I passeggeri uscirono lentamente sulla banchina già affollata, alcuni mormorando imprecazioni, ma per la maggior parte chiusi in un silenzio rassegnato o furioso.

La mancanza di sonno l'aveva resa leggermente agitata, decise Rose, ed ecco perché quel momento le sembrava un dejà vu. Era stata lì prima, vero? Lì, in quel momento, che usciva dal treno? La donna accanto a lei indossava un meraviglioso cappotto di lana blu, e Rose era certa di aver visto quel cappotto prima, ma non in un altro posto: aveva visto il cappotto prima in quel momento, uscendo dal treno, *lì*. Ogni faccia nella folla sembrava in qualche modo familiare. Era frastornata. Le porte del treno si chiusero dietro l'ultimo dei passeggeri, e le carrozze rimasero vuote e illuminate. La folla si gonfiava pericolosamente sulla banchina, una massa di cappotti umidi e respiro caldo e pesante e musica metallica dalle cuffiette, odore di lacca, caffè, acqua di colonia, una busta di McDonald's, un profumo stucchevole di gelsomino che faceva venire a Rose voglia di vomitare. Il treno fuori servizio non si mosse, e non arrivò nessun treno dalla banchina di fronte. A Rose non era mai piaciuta la folla, e le sembrò che se non fosse uscita dalla metropolitana sarebbe potuta svenire nella calca, quindi iniziò a dirigersi verso le scale in una serie di mezzi passettini, scusandosi di continuo. Era difficile avere abbastanza aria. Rose non riuscì a scrollarsi di dosso la terribile sensazione di seguire un copione, o di essere un'attrice di un film che aveva già visto. Si conquistò la strada verso la scala che portava fuori dalla stazione ed emerse boccheggiando nell'aria della sera.

La pioggia era un'acquerugiola che attutiva le luci della strada, Union Square era leggermente illuminata, le pozzanghere luccicanti. Il suo sollievo per essere scampata alla folla fu enorme. E adesso? Si sedette sulla panchina più vicina a considerare la sua mossa successiva. A quell'ora del giorno la città era in movimento, gli ombrelli attraversavano Broadway come uno stormo di uccelli scuri.

"Tiffany?"

Era Victor Freeman, il membro più giovane del team legale di suo marito. I loro uffici erano lì vicino, si ricordò. Stava su di lei con un ombrello.

"Non uso più quel nome."

"Come ti posso chiamare?"

"Rose."

"Carino." Le si sedette accanto, anche se la panchina era molto bagnata, e inclinò l'ombrello in modo che li riparasse entrambi. Il suo soprabito sembrava caldo e costoso, il contrario di quello beige e dozzinale del signor Giovedì. "Perché stai seduta qua sotto la pioggia?"

Ti stavo aspettando, pensò, ma ovviamente non avrebbe avuto senso. "La metropolitana non va" disse. "Sono salita a prendere aria."

"Dov'eri diretta?"

"A casa. Scarsdale."

Aggrottò la fronte, confuso. La casa di Rose e Daniel a Scarsdale era stata sequestrata assieme a tutti i loro altri beni.

"Ho preso una dépendance in affitto. È una stanza con una cucinetta e un bagno sopra un garage."

"Oh."

"Mi piace. È tutto quello che mi serve."

"Lascia che ti dia un passaggio. La mia macchina è in un garage dietro l'angolo."

"Anche tu vivi a Scarsdale?"

"No, ma come membro del team di difesa di tuo marito, credo che darti un passaggio a casa sia letteralmente il meno che posso fare."

"Quanto è fuori mano per te?"

"Responsabilità professionale a parte" disse, mentre camminavano in direzione del garage, "ho appena comprato una macchina e, a dirla tutta, coglierò qualsiasi opportunità per fare un giro non necessario."

La Lamborghini gialla sembrava brillare nella luce fioca del garage.

"È una macchina ridicola" disse Victor, "ma la adoro."

"Non penso che sia ridicola." Rose pensava che fosse bellissima e, quando lo disse, Victor sorrise.

"Anch'io penso che è bellissima, in effetti. È come qualcosa che viene dal futuro. So che è un acquisto frivolo, ma non so, la volevo così tanto." Il dejà vu stava emergendo di nuovo, spingendo contro la superficie della sera. "Mi sono tormentato per settimane" stava dicendo Victor, "ma se c'è una cosa che veramente vuoi, e te la puoi permettere, ed è una cosa bellissima che ti fa realmente felice, c'è davvero qualcosa di sbagliato nel comprarla? Potresti chiamarlo sciocco materialismo, ma la vita è così breve." A Rose, mentre si allacciava la cintura, sembrò che ci fosse qualcosa di familiare nella macchina, ma non lo individuò per altri 47 minuti, quando iniziò l'incidente: il SUV che sbandava nella loro corsia proprio quando Victor si voltava per chiederle qualcosa, il furgone delle consegne dietro di loro che non si fermava in tempo. Non riconobbe la macchina di Victor fino al momento dell'impatto, lo strombazzare dei clacson: conosceva quella macchina dall'incubo che l'aveva svegliata per tre notti di fila. Se ne ricordò allora. Nel sogno, e ora nella vita da sveglia, il tempo rallentava e si espandeva. La macchina si stava mettendo di traverso tra il furgone delle consegne e il SUV, l'aria si riempiva di vetro, l'acciaio si accartocciava, e la cosa dal sogno la travolgeva, la cosa sconvolgente che era scura e silenziosa e a cui non si poteva resistere; questa era la cosa che l'aveva scossa dal sonno quando l'aveva sognata, ma nella vita da sveglia si rivelava non essere per niente terrificante, solo inevitabile; la prendeva nella pressione dell'acciaio e la strappava delicatamente dall'incidente, la sollevava.

3

Trecentoquaranta anni dopo l'incidente, una cantante lounge stava bevendo scotch con un uomo d'affari nel bar del terminal di uno spazioporto. Avevano flirtato fiaccamente per una quindicina di minuti. "E tu" stava dicendo l'uomo d'affari, "per dove parti oggi?"

"Vado sulla luna" disse la cantante. L'uomo d'affari sollevò il bicchiere. Il barista comparve con una bottiglia.

"Oh no, stavo solo brindando a lei" spiegò l'uomo d'affari. "Va sulla luna."

"Tutti quelli che sono qui vanno sulla luna" disse il barista. "Il prossimo volo per Marte non ci sarà fino a domani."

"Sono diretta alla Colonia Due" disse la cantante. "Ho un lavoro in un hotel. In realtà in una catena di hotel."

"Hilton?"

"No. Grand Luna."

"Ah, sono stato al Grand Luna. Bel posto. Mi hai detto che sei una cantante?"

"Sì. Lo sono."

"A mia figlia piace cantare" disse l'uomo d'affari. Sembrava un po' a disagio dopo quell'annuncio. La cantante non gli dava l'impressione della sorta di persona che amava parlare di bambini. Fece un cenno al barista per un altro bicchiere, ma il barista aveva sviluppato un improvviso interesse nella proiezione sopra il bar, che mostrava una partita di baseball.

"Posso chiedere?" domandò la cantante, con un gesto che abbracciava l'abbigliamento dell'uomo d'affari. Indossava un abito beige che non era più di moda dagli inizi del ventunesimo secolo. Le spalle del suo soprabito erano ancora bagnate di pioggia del ventunesimo secolo.

"È per lavoro. Be', *era* per lavoro, dovrei dire forse."

"Sei uno di quelli."

"*Ero* uno di quelli. Fino a stamattina." L'uomo d'affari sollevò il bicchiere, che ora conteneva solo un paio di cubetti di ghiaccio che si stavano sciogliendo rapidamente. "All'essere licenziati."

"Oh, mi dispiace."

"A me no. È un settore raccapricciante, francamente."

"A me è sempre sembrato pericoloso. Tornare indietro così."

"Pericoloso e stupido" concordò l'uomo d'affari. "Felice di esserne uscito. La mia previsione? Sarà illegale entro l'anno prossimo."

"Però, com'è fermare un evento?" disse la cantante. "Anche la più piccola cosa, sai, attraversi una porta davanti a qualcuno…"

"Non crederesti a quanti convegni ho partecipato su questo argomento."

"Quindi attraversi la porta davanti a qualcun altro e poi, non so, diciamo che quel piccolo ritardo significa che non verrà investito da una macchina, e lui va avanti fino a causare una guerra che stermina tutti i nostri bisnonni."

"Se non tutta l'umanità" concordò l'uomo d'affari. Stava cercando di far segno al barista, che era assorto nella partita. "Questo è il vero motivo per cui bevo, se eri curiosa."

"E in quel caso non è che noi *moriamo,* esattamente, tu e io e tutti quelli che amiamo." La cantante fece quello che all'uomo d'affari sembrò un tremito un po' esagerato. "È più che non inizieremo mai a esistere."

"Ci ho pensato anch'io."

"Quindi perché l'hai fatto?"

"La stessa ragione per cui tutti fanno tutto negli affari."

"Brinderò a questo. Quando sei tornato" disse lei, "dov'eri andato esattamente?"

"Mi sono specializzato nella fine del ventesimo e l'inizio del ventunesimo secolo."

"Che facevi lì?"

Lui riuscì ad attirare l'attenzione del barista e sprofondò nel silenzio per un momento mentre il barista riempiva i loro bicchieri. Bevve un lungo sorso e diede uno sguardo alla partita di baseball: il barista aveva ruotato la proiezione per avere una visuale migliore di un replay e ora c'era un giocatore olografico direttamente sopra il bancone. "Niente di sinistro" disse finalmente l'uomo d'affari, quando vide che la cantante lo guardava ancora. "Ricerche genealogiche per individui ad alto reddito. Guarda, non sto dicendo che sia sicuro. Ma se ti fa sentire meglio, non è senza regole. Ci sono controlli sul luogo, sia tecnologici che umani."

"Umani?"

"Mi veniva richiesto di incontrare settimanalmente un agente responsabile all'ora locale."

"Una sorta di controllo debole" disse la cantante.

"Be', potresti avere ragione. Sono stati i controlli tecnologici a farmi licenziare."

"Perché sei stato licenziato?"

"Ho cercato di evitare un incidente d'auto."

La cantante era in silenzio, e lo guardava.

"Non pensavo che gli scanner lo avrebbero trovato. Sapevo che era stupido, ma non è come se avessi cercato di evitare la Prima guerra mondiale." La cantante aggrottò la fronte. La sua conoscenza della storia del ventesimo secolo era traballante. "Non importa quello che ho fatto" proseguì lui, "tutto quello che ho tentato, lei è salita lo stesso nell'auto, e la macchina si è schiantata lo stesso."

"Chi era lei?"

"Solo qualcuno che vedevo tutte le volte che rientravo. La segretaria del mio agente responsabile. Mi piaceva. Una storia triste."

Alla cantante piacevano le storie tristi. Aspettò.

"OK" disse l'uomo d'affari. Aveva bevuto un po' troppo. "Quindi questa persona, la segretaria, cresce senza nulla, famiglia terribile, incontra un tizio coi soldi, si innamora, e poi un paio d'anni dopo lui va in prigione per qualche roba da colletto bianco. Condanna lunga, il giudice voleva farne un esempio. Tutti i suoi beni vengono confiscati, quindi lei perde tutto. Lei cerca di... no, è la parola sbagliata, lei *riesce* a iniziare una nuova vita. Cambia nome, trova un nuovo lavoro, si ritira su."

"E poi?"

"E poi muore sei mesi dopo in un incidente. Non so, credo di essere stato in questo lavoro troppo a lungo. Forse mi sono esaurito un po'. Ero sempre così attento. Depositavo questi itinerari impeccabili con distacco e non ho mai deviato, mai cercato di cambiare niente, ma questa persona, Rose, assomigliava un po' a mia figlia, e ho pensato, che male ci sarebbe a cambiare questo? A evitare solo questa cosa? La maggior parte delle persone non contano molto. La maggior parte delle persone non cambia il mondo. Se non muore nell'incidente, che male c'è in fondo?"

"Non è esattamente il genere di cosuccia..."

"Immagina di entrare in una stanza" disse, "e di sapere cosa sta per succedere a ogni persona all'interno, perché hai guardato i loro registri di nascita e morte la notte prima."

La cantante sembrò cercare qualcosa da dire, ma non ci riuscì. Buttò giù la fine del suo scotch.

"Mi dispiace. È un argomento inquietante. Non volevo metterti a disagio."

"Probabilmente il mio shuttle sta imbarcando ora."

"Però la vedi la tentazione? Come potresti voler fare solo quel piccolo cambiamento, dare a qualcuno una possibilità, forse solo..."

"Ricerca genealogica per individui ad alto reddito" disse la cantante. "Devi pensare che sia una stupida."

"Affatto."

"Comunque, grazie per i drink." La cantante scivolò con attenzione dallo sgabello.

"Prego" disse l'uomo d'affari, che fino a quel momento non sapeva che avrebbe dovuto pagare per lei. La guardò andarsene e poi toccò uno dei bottoni della sua camicia, che aveva tenuto verso la ragazza. La registrazione si fermò.

"Maledetta ladruncola" mormorò il barista, sotto i baffi. L'uomo d'affari pagò e se ne andò senza guardarlo.

Più tardi, nella sua stanza d'albergo nella Colonia Uno, infilò il bottone in un proiettore e fece ripartire la conversazione. Un ologramma tridimensionale della cantante si librò sul comodino. *Vado sulla luna.* Una leggera eccitazione nella sua voce. Nello sfondo, la figura scura del barista strofinava un bicchiere mentre guardava la partita di baseball. L'uomo d'affari abbassò il volume. Gli piaceva tenere una registrazione in sottofondo quando stava per conto suo nelle stanze d'albergo, in modo da non sentirsi troppo solo. Ma questo era l'ologramma sbagliato, non gli piaceva il modo in cui il barista gironzolava, quindi fece scorrere l'archivio e ne scelse un altro: Rose alla sua scrivania nel ventunesimo secolo, il suo sorriso quando guardava in alto e lo vedeva. Sistemò la velocità all'impostazione più bassa possibile. La camminata oltre la sua scrivania durava solo due minuti, ma al rallentatore c'era così tanta calma, tanta bellezza nelle sue azioni piccole e precise: come se fosse sott'acqua, si voltava dalla tastiera per guardarlo, poi di nuovo alla tastiera, le mani che prendevano un fascicolo e lo poggiavano con lentezza straziante sulla scrivania, e tutto mentre lui le scivolava davanti, sulla strada verso l'ufficio di Gattler... e questa sembrava la registrazione giusta per il momento. Si mise il pigiama, spense l'abat-jour in modo che l'unica luce fosse il fioco bagliore dell'ologramma accanto al letto. Rimase per un momento accanto alla finestra mentre si lavava i denti. L'albergo era caro e dava su un parco, e gli venne in mente per la millesima volta che se non avesse passato del tempo sulla Terra, non avrebbe riconosciuto la differenza. Domani sarebbe salito sul primo treno per la Colonia Tre, sarebbe andato a casa e avrebbe detto a sua moglie cos'era successo, avrebbe preso in braccio la loro figlioletta. Sua moglie si sarebbe arrabbiata? Ma per ora era da solo nella quiete della stanza. Non sarebbe mai tornato nel ventunesimo secolo, e c'era un senso di liberazione in questo. Avrebbe potuto trovare un nuovo lavoro. Avrebbe potuto vivere una vita diversa, meno tormentata. Nel silenzio della stanza, l'ologramma di Rose era riflesso sulla finestra, e si allontanava da lui al rallentatore, sovrapposta agli alberi di pino e all'erba alta del parco. Un gufo passò silenziosamente tra gli alberi.

di Carmen Maria Machado

traduzione di Francesca Secci

L'antologia di racconti di debutto di Carmen Maria Machado, Her Body and Other Parties, *è stata finalista al National Book Award e vincitrice del Lambda Literary Award per la narrativa lesbica, del Brooklyn Public Library Literature Prize, dello Shirley Jackson Award e del National Book Critics Circle's John Leonard Prize. I suoi saggi, romanzi e recensioni sono apparsi sul "New Yorker", "New York Times", "Granta, Harper's Bazaar", "Tin House", "VQR", "McSweeney's Quarterly Concern", "The Believer", "Guernica", "Best American Science Fiction & Fantasy" e "Best American Nonrequired Reading". Ha conseguito un MFA presso l'Iowa Writers' Workshop e ha ricevuto borse di studio e residenze dalla Guggenheim Foundation, Yaddo, Hedgebrook e dalla Millay Colony for the Arts. È Writer in Residence presso l'Università della Pennsylvania e vive a Filadelfia con sua moglie.*

Mamma non parlava molto del suo viaggio verso ovest; le circostanze dovevano essere adatte. Quando lo faceva – nei momenti elettrici prima di un acquazzone, se un coniglio ci attraversava la strada in senso orario, se mi trovava a scartabellare il malconcio almanacco dell'anno della mia nascita – lo descriveva come un dipinto che stava guardando attraverso la febbre.

"La luce" diceva una volta, quando incontravamo una serie di ramoscelli che erano caduti a forma di croce. "Era come essere sott'acqua, tutto blu e smorzato e luminoso."

"Faceva tanto freddo e avevo la nausea a causa tua" diceva un'altra volta, estraendo una scheggia dal mio palmo con un coltellino. "Sembrava tutto sbagliato. Avevo molta paura."

Poi, una volta, appena prima che compissi dieci anni, quando un incendio di sterpaglie si accese su un crinale distante e bruciò per tutta la notte: "Tuo padre guidava il nostro carro, ovviamente. A volte mi appoggiavo a lui e guardavo il cielo e..."

Vedendo il modo in cui i suoi occhi diventavano vacui, sembrava di vederla morire. L'anno dopo, quando mi successe davvero, tutto ciò a cui potei pensare era che sembrava di guardarla parlare del cielo.

Prima che la luce la lasciasse, vivevamo, solo noi due, su un pezzetto di prateria. La nostra casa ne era il centro, un seme in una magnifica mela.

Senza confini naturali a parte il ruscello, i limiti della nostra terra sembravano muoversi ogni volta che li visitavo. Immaginavo spesso che il mio occhio destro si stesse librando sopra di me, ghermito nell'artiglio di un uccello grande e terribile, la terra al di sotto che si espandeva e si contraeva come un battito di cuore.

Il cielo era aperto e vivo anche sopra di noi. Le tempeste ribollivano attraverso il cielo d'estate, e d'inverno la neve cattiva mi atterrava sulla faccia e rifiutava di sciogliersi. Amavo il nostro frammento di terra selvaggia. Ogni stagione ricevevamo alcuni commercianti che ci offrivano cannella, farina, specchietti d'argento, tessuti a quadretti, automi cinguettanti che cantavano e raccontavano il futuro, ma altrimenti vivevamo in disparte, stelle binarie nel nostro universo privato.

Ero una bambina nervosa. Ansimavo quando la pietra focaia veniva colpita, e quando le scintille volavano in maniera stramba fuori dal focolare. Mamma cercava di aiutarmi – una volta prese la scintilla e me la mostrò; un granello di cenere che sfregiava la superficie planetaria del suo palmo – ma non riuscivo a spiegare che, mentre capivo i principi della cosa, c'era qualcosa riguardo al suo arco erratico; la subitaneità, il tuffo selvaggio, alieno, che risvegliava un terrore dentro di me.

C'erano anche altre paure: una crepa sul muro vicino al mio letto che circondava un bagliore lunare nella mia stanza in certi momenti del mese; il modo in cui l'acqua si muoveva a spirale intorno ai tombini e alle piote. Era una sorta di *moto,* una sorta di gravità, il modo in cui la luce si piegava ai suoi stessi fini. Sentivo di conoscere terrori che vivevano appena oltre la mia vista; come se la loro stessa esistenza fosse impressa nelle mie cellule. Di notte, quando urlavo, mamma veniva da me e mi teneva giù col suo busto finché la calma non mi pervadeva. "Torna da me, topolino" diceva.

C'era anche qualcos'altro che mi tormentava. Quando ero sdraiata a letto, di notte, percepivo creature gigantesche e antiche che si muovevano proprio fuori dalle nostre mura; borbottavano e ringhiavano, oscuravano le finestre, offuscavano la luna. Anche se vivevano appena fuori dalla mia vista, *sapevo* che erano vere, pure se non potevo capirle.

"C'è qualcosa fuori" le dissi, la prima volta che le percepii.

"Non è niente" disse. "Ero seduta vicino alla finestra."

"Ci sono sempre stati" dissi. "Mostri."

Mi portò, allora, una scatolina, e da questa tirò fuori un artiglio, una serie di denti, un esile osso di roccia, tutte cose che aveva estratto dalla terra su cui vivevamo. "Questo è tutto ciò che è rimasto di loro" disse. "So che sembra che siamo le prime persone su questa terra, ma siamo stati preceduti sia da mostri che da uomini."

Avevo domande su quei mostri e quegli uomini. "Ma fuori..."

"Se ne sono andati, topolino. Erano qui ma non ci sono più." E per un momento la calma sommergeva la mia paura, come una gola attraversata da acqua piovana. Ma quando si attenuava, il dolore profondo nel mio petto mi sembrava come gli animali dovevano sentire, come dovevano aver sempre sentito, muggendo per la forza e la ferocia delle loro madri.

Non mi ricordo l'arrivo alla fattoria. Mamma si era unita alla carovana verso ovest gonfia della promessa di me, e io ero nata, due giorni in ritardo, lungo il sentiero che ci aveva portato qui. (*"E le mie stelle?" le chiesi una volta. "Ti sei mossa sotto il cielo quando sei nata" disse lei "e perciò non avevi nessuna mappa celeste chiara.")* "Era un tempo folle" diceva. "Ogni cosa sembrava viva. Gli alberi e il sottobosco facevano promesse che non potevano mantenere. Gli animali ci parlavano. Un bue mi disse che avrei avuto una bambina. Anche Bonnie chiacchierava. Fece la spia su tuo papà quando ruppe la mappa meccanica di mia madre; quella della Svizzera."

"Bonnie non parla" dicevo, anche se la mia voce si arrochiva nel dubbio. Come a sottolineare la mia confusione, Bonnie emergeva dall'ombra e si sedeva davanti a entrambe, con la coda che vibrava con intenzione, ma comunque silenziosa come ti saresti aspettato.

"L'ha fatto, una volta" diceva mamma. "Ma il giorno in cui sei nata, si è zittita subito."

Mamma faceva scherzi ma a volte era difficile dire su che cosa fosse lo scherzo. Era uno scherzo che il mio corpo avesse fatto tacere Bonnie, o che Bonnie pronunciasse parole, o che a Bonnie importasse qualcosa di me?

A volte, cerco di immaginare di ricordarmi i diorami che si muovevano intorno a noi quando ero ancora impigliata in lei. Immagino che i muri del suo corpo animale bello e forte brillino di luce, e che io possa sentire le lievi e ovattate testimonianze, le confessioni e le risa, il cameratismo della carovana.

("Sai che è la figlia di un banchiere?"

"I fiumi sono troppo alti."

"Anche i banchieri hanno figlie."

"Ha detto loro del percorso?"

"Il cielo è del colore del latte e non promette bene."

"Olga me l'ha promesso."

"Ho fame."

"Non sai che staranno in quel modo se non ti fermi?")

E poi, dietro il loro chiacchiericcio, qualcosa di terribile. Qualcosa nel cielo, che bruciava.

Persino per il mio undicesimo compleanno, mamma mi portò con lei a pascolare il bestiame, che tirava su sporcizia e rifiutava le erbe nuove. Mentre la seguivo fuori, mi chiedevo se mio padre avesse mai immaginato sua moglie e sua figlia sole là fuori (*"Abbiamo tutti bisogno di un'accetta, noi e la bimba" le aveva detto mio padre*), il carro trasformato in abitazione, i vitelli della mandria cresciuti e generati e partoriti e morti più e più volte.

Mamma scomparve oltre il colle con un vincastro nella mano. La guardai, ma non la seguii. L'orizzonte era lattiginoso e ambrato, e vidi l'inizio di una figura lì: un carro, un'ombra scura contro la luce. Quando mamma tornò con la mandria, le loro ombre si erano unite in una singola creatura dalle molte gambe. Accarezzai le loro pelli vellutate mentre trotterellavano. (*Mamma era stata ricca prima di essere sposata a mio padre e di venire a ovest, anche se non lo avresti mai saputo da lei. "Cosa voleva dire essere ricco?" le chiesi una volta. "Significava che il denaro aveva troppa importanza e allo stesso tempo nessuna" disse lei.*)

"Sta arrivando qualcuno" dissi, indicando. Guardò con gli occhi socchiusi verso la luce e poi annuì. "Spero che sia un commerciante" disse lei. Non disse chi altro avrebbe potuto essere. Quando entrammo dentro, mamma mi diede una torta che aveva reso speciale: cannella, uvetta, un glu-glu di rum dalla bottiglia nascosta sotto gli assi del pavimento. Ne staccai un po' e lo misi sul pavimento per Bonnie, che lo annusò con sprezzo. Dal muro, un topo marrone si fiondò ad afferrare la torta, balzando indietro al sicuro mentre Bonnie stava a guardare. Non cacciava più. Era ossuta e lenta; troppo vecchia per dare la caccia ai topi che davano incessantemente la luce a nuovi topi che li sostituivano. Cosa poteva fare per arginare quella marea? Esistevano con impunità. Mamma sbuffò dal naso come faceva quando era dispiaciuta; non le piaceva che avessi aiutato il topo a mangiare, e non le piaceva affatto che i topi esistessero.

Quando l'ombra arrivò, appena dopo mezzogiorno, era, in effetti, un uomo che trasportava un carro di merci. Non l'avevamo mai incontrato prima. Vedevamo così pochi uomini che ognuno era come un incubo secondario, strano e inconoscibile come le creature che vedevo fuori dalle mie finestre. Quest'uomo teneva la barba più corta di qualcuno degli altri, ma non mi piaceva l'ampiezza delle sue spalle, che sembrava così naturale su mia madre ma così aliena su di lui. "Farina?" gridò, mentre tirava il cavallo perché si fermasse. "Pancetta, semi, stoffa, caffè? Ho anche merci più esotiche, se vi interessa."

"Esotiche?"

"Una faccia di bronzo che ho preso a Kansas City. Una collana di giada." Guardò verso l'altro, come ad aiutare la sua memoria. "Tinture, ricostituenti, un astrolabio, e un coso che recita le Scritture."

Mamma si strofinò la nuca. "Le merci normali andranno bene" disse. "Entra; do un'occhiata."

Dentro, lui srotolò un pacco sul nostro tavolo in modo che potessimo esaminare le sue offerte. "Ne ho altre nel carro" disse, " se queste non soddisfano. Potrei..."

"Mio marito è fuori con la mandria" disse mamma bruscamente, per scoraggiare la domanda. Esaminò le offerte con solennità come uno studioso, staccando un angolo di tessuto dal rotolo, odorando una bottiglia d'olio. Anch'io annusai l'olio, anche se non sapevo perché stessi odorando; era pungente e spiacevole, in una certa maniera piacevole. L'uomo guardò intorno per la stanza verso le nostre tre accette, la nostra stufa di ferro, Bonnie che russava sulla trapunta, il dagherrotipo di mio padre sulla credenza. Non mi piaceva quel suo fissare, che lui vedesse così tante cose e tirasse le sue conclusioni su di noi.

"È il mio compleanno" gli dissi.

Si voltò e mi valutò da oltre l'angolo acuto dei suoi zigomi. "Forse a tua madre potrebbe piacere farti un regalo?"

Mamma mi gettò uno sguardo, e io guardai il tavolo, che aveva così tanto oggetti strani e particolari che sembrava come un test davanti a un giudice cosmico. Ignorai la bambola, una cosa infantile e non ero più una bambina, e il filo, le spezie, le candele, e il recente almanacco. Poi mamma spinse da parte la bambola e vidi ciò che stava sotto: un coltello dal manico corto della lunghezza della mia mano. Sollevò il coltello e lo esaminò da ogni angolo; lo tenne in equilibrio sul dito, come un alchimista che adempia a una scienza oscura. I suoi misteri riempivano la stanza; sia l'uomo che io la guardavamo in silenzio. Lei annuì.

Fuori, il commerciante rimise il pacco sul suo carro e mi tese la mano. "Posso mostrarti una cosa?" disse.

Guardai mamma, che stava sull'uscio. Lei annuì, e io gli porsi il coltello. Lui fece un solco col piede nella polvere e recise la cima di un cespuglio di erbe accanto alla casa. Le infilò nella piota e poi vi sollevò sopra il coltello. "I coltelli fanno di più che tagliare" disse. La lama catturò la luce del sole e la portò in basso sulla terra. Il movimento, il lento girarsi del metallo, il modo in cui la luce si acuiva fino a un punto e poi ricadeva verso di noi, verso di me, mi fece ansimare e cedere le gambe. Mi resi conto che stavo gridando dopo che era cominciato, e corsi tra le braccia di mamma come la bambina che ero.

L'uomo osservò ciò che aveva creato. Il fumo serpeggiò nell'aria. "Non volevo spaventarti" disse. "Non mi ero accorto che avevi paura del fuoco." Calpestò le fiammelle spegnendole e me lo restituì, dalla parte del manico.

Quando non mi mossi, mamma lo prese da lui. "Non ha paura del fuoco" disse. "Ma grazie." Ascoltai il resto della transazione affondata nelle sue gonne; l'olio e il coltello adesso erano nostri.

Salì sul suo carro e non fece un cenno di saluto, come molti degli altri avevano fatto prima. Mamma lo guardò mentre si ritirava. Muoveva la mascella come se stesse masticando un nodo di tendini, ma non le chiesi a cosa stesse pensando. Quando lui fu inghiottito dall'orizzonte, lei entrò per applicare l'olio sul battiscopa. "Forse scoraggerà i topi" disse.

Presto avremmo scoperto che aveva torto. Attratti dall'odore pungente, iniziarono presto a strisciare verso le macchie con curiosità. Li metteva in un angolo e li catturava in vasi e li affogava in secchi d'acqua. Qualcuno scappava, sgambettava di nuovo dentro i muri, solo per riprodursi di più, ma lei continuava nel lavoro impossibile. C'era qualcosa nel vederla, con le maniche arrotolate, appesantita dal compito, che mi riempiva di gioia. Come la amavo, mia madre, e le storie dentro di lei.

(Mio padre amava i capelli scuri di mia madre, il loro odore affumicato, il modo in cui si logoravano e si arricciavano in un alone lucido intorno alla sua testa. Di notte, vi mormorava dentro: "La mia benedizione, la mia benedizione." Questo era un segreto, anche per lei.)

La febbre le salì pochi giorni dopo, rapida e forte come una tempesta. Premeva uno straccio umido sulla nuca quando si svegliava, e di sera giaceva sul letto delirando e gemendo. Le accarezzavo la testa e le baciavo il volto. Dormiva, si svegliava, e dormiva.

"Mamma" le dicevo. "Devi stare meglio perché ancora non mi hai insegnato come fare la torta. Non so ancora come macellare un animale. Non mi hai detto chi viveva su questa terra prima di noi."

Lei non parlava, ma invece si passava un dito lento e tremante dallo sterno all'ombelico.

Quando si svegliò per l'ultima volta, le sue pupille erano così grandi e nere che sentivo che vi sarei caduta dentro se non fossi stata attenta. Era come se si fosse immersa sotto la superficie dell'acqua, e in quel posto a metà dove vedeva tutto quello che aveva sempre conosciuto.

"Era una stella" mi disse, debole come un battito di cuore. "La stella venne e tutto si mosse."

"Una stella?" chiesi. Non aveva mai parlato di una stella, mai una volta durante tutta la mia vita. Eppure improvvisamente mi accorsi che avevo *saputo* della stella, che le mie paure e i miei sogni erano a forma di stella, che la stella aveva bruciato un buco terribile attraverso di me fin dal giorno della mia nascita.

"Tutto si mosse da parte e tutto fu chiaro" disse. "Potei vedere tutto."

"Mamma" dissi, nell'umidità della sua pelle. "Mamma, non ho ancora imparato."

Mi massaggiava la mano debolmente e mi guardava da sotto le palpebre pesanti. "Sei la mia fo..." Foto, fortuna? La parola non finì mai. Scese in se stessa e non riemerse, anche se le giacevo vicinissima, per riportarla da dove era andata.

La sua assenza si spalancò, e attraverso la sua ferita si poteva vedere tutto: l'orrore della mia situazione, i crampi forti di dolore che comparivano e sparivano e ricomparivano di nuovo. Il suo corpo era immobile e pallido, e continuai a pensare alle pastinache e al modo in cui dormivano nel terreno. Non riuscivo a convincermi a seppellirla. Di notte, le ombre passavano accanto alle finestre, e stavo sdraiata respirando e fissando il soffitto, pregando che andassero via.

La terza notte dopo la sua morte, qualcosa uccise uno degli animali. Lo sentii appena prima di addormentarmi: un suono bagnato e rappreso, come un vitello che venisse partorito al contrario. Nei miei sogni, la stella volava sopra la terra come un uccello, lasciando una traccia nera e bruciante nella sua scia. Quando mi svegliai, ero fradicia, la mia bocca bollente di tanfo e dolcezza granulosa. Bonnie era seduta sul mio petto, con la coda che vibrava. Fece cadere un topo morto sul mio petto, e mi fissò con serenità e determinazione. Mi sedetti e scrollai il cadavere sul pavimento. Bonnie si lasciò cadere giù e scavò con la zampa dentro il buco nel muro.

Feci un profondo respiro e mi sdraiai sulla pancia per sbirciare dentro. Infilato a destra dell'apertura c'era un piccolo nido di lanugine e filo; dentro di esso, un piccolo branco di topolini, che strisciavano l'uno sull'altro. Erano rosa e piccoli come grilli, con gli occhi scuri come vesciche di sangue e chiusi al mondo.

"Bonnie" dissi, poggiando la guancia sul pavimento. "Tu creatura terribile. Ora ci sono decine di orfani in questa casa, invece che solo uno."

Potevo attirarli fuori, accudirli, in qualche modo? Da dietro la credenza, ritirai la boccetta dell'olio che mamma aveva usato per cercare di far sparire i topi, quello che avevano amato così tanto. Quando lo sgocciolai sul pavimento vicino al nido, i topolini si sparpagliarono come acqua in un vaglio, come se l'odore trasportasse qualche storia terribile. "Mi dispiace" dissi nel muro, e li lasciai prendere la loro strada.

Uscii e osservai a lungo il corpo straziato della mucca: ascoltando le mosche, guardando i loro corpi neri da coleotteri splendenti sul suo fianco insanguinato. Il vento sopra l'erba risuonava nel modo con cui mamma raschiava oziosamente le pagine fini come pelle di cipolla sulla Bibbia quando pensava a qualcosa di blasfemo. Non sapevo quello che non mi aveva insegnato. Dovevo imparare in un altro modo.

Bonnie era raggomitolata sul petto immobile di mamma, e faceva leggermente le fusa. Raccolsi il mio coltello, il saggio che aveva portato con lei dalla Virginia con l'alfabeto ricamato, la torta rimanente, baciai la fronte cerea di mamma e feci un cenno a Bonnie mentre me ne andavo.

"Vuoi uscire?" le chiesi. Non si mosse, e chiusi la porta dietro di me.

Camminai verso dove sapevo essere il limite della nostra terra, e per la prima volta nella mia vita, lo superai. Era ancora presto; la mia ombra era lunga e tagliava il sentiero davanti a me. Non potevo dire se la stessi proiettando o la stessi seguendo o se ci fosse una qualsiasi differenza.

Quando raggiunsi la cresta, mezza giornata più tardi, vidi un coyote che si affrettava verso qualcosa nella polvere della vallata al di sotto. Guardò in alto, verso dove la mia sagoma incontrava il cielo, ma non si muoveva dal suo minuscolo pezzo di terra. Pensai: starà morendo di fame, per non correre via da me.

Giù tra le rocce, mi sollevai le gonne e guadai il fiume. L'acqua ghermì il cotone e cercò di portarmi via. (*Anche se mia madre non l'aveva mai detto, fu questo che era successo a mio padre, lo sapevo. Il fiume avvolse dita affamate attraverso i suoi pantaloni e la sua camicia e lo portò sotto in mezzo respiro.*) Mi sfilai gli strati attorcigliati e li guardai galleggiare via, come una donna affogata. In quel momento, immaginai l'uccello che sollevava il mio occhio nell'aria e vidi me stessa da sopra: il modo in cui i miei capelli scappavano via dalle forcine, la natura e la forma della mia selvatichezza. Quando tornai nel mio corpo, tenevo un pesce argenteo che si faceva strada in quel modo e in quell'altro.

Sulla riva, colpii un sasso su di lui finché smise di muoversi, poi estrassi la carne dolce dalla lisca.

Mi mossi lentamente nel sole, nuda e indolenzita. Il coyote mi guardava da lontano, seguendomi, immaginai. Aspettando che morissi.

Dormii con il coltello in mano e mi svegliai dal sonno con uno scatto di consapevolezza. Quando guardai in alto, la catastrofe era stata rimpiazzata da un senso di feroce, inimmaginabile calma. Il mio corpo si piegò sotto la memoria del peso di mamma che premeva su di me nell'oscurità.

Sopra di me, nel cielo, un meraviglioso frammento di luce ondeggiò attraverso l'oscurità. Era due cose, come il mio dolore: una bianca e luminosa palla di fuoco e una scia lattiginosa e incandescente, ed entrambe tagliavano in due la notte. Non sapevo che stesse arrivando eppure l'avevo saputo tutto il tempo. Era temibile e primordiale, suscitava terrore, come attraversare un paesaggio che avevi soltanto immaginato, un paesaggio che non potevi assolutamente capire finché non ti trovavi sull'orlo del precipizio.

Tutto si muoveva. Per il più breve dei respiri, una cortina fremette. Vidi le creature, le mie creature, per la prima volta con chiarezza: teste e code come scinchi, ma della misura di dieci buoi. Alcuni stavano insieme, docili come mucche. Altri guardavano in alto, verso la luce nel cielo. Avevano occhi come pietra levigata e denti come quelli che mia madre collezionava una volta: terribili, grandi come il mio pugno. *(Vivevano e morivano e nessun uomo posava gli occhi su di loro.)* Poi vidi un gruppo di uomini che venivano massacrati da altri uomini, il sangue che si riversava nero sul suolo e illuminato dalla stella, l'aria frenetica di violenza e cavalli. *(Non appartenevo a questo posto, a questa terra. La via era preparata per me e anche se io non l'avevo preparata, la seguii comunque. Come lo sapevo? L'avevo sempre saputo?)*

Poi vidi una giovane donna che si inginocchiava sul terreno e si infilava un coltello nel petto con il ritmo costante del ricamo, come se stesse cercando di liberare qualcosa. Fissò il cielo, e poi si girò e mi guardò, e la sua bocca fece la forma di parole che percepivo anche se non potevo capirle. *(La radianza è il passaggio.)* Poi un'altra giovane donna, in una stanza così bianca che i miei occhi bruciarono. *(Non vissi mai per vederla.)* Poi la cortina si ritirò, e io sentii qualcosa scemare dentro di me, come se stessi per sporcarmi.

Tutto ciò che ero si ritirò dal mio centro e fu rimpiazzato da ferro fuso.

Il coyote mi superò trotterellando. Il suo muso era macchiato di sangue, e una lepre morente gli pendeva floscia dalla bocca. La fece cadere ai miei piedi e poi corse via. I suoi fianchi tremavano e potevo vedere cosa c'era sotto, la furbizia di muscolo e osso.

(*"Bambina" disse la lepre. Non con la bocca, ma con la ferita; come la cantilena di aria viziata esalata da una caverna profonda. "Bambina. Benvenuta. Ti stavamo aspettando."*

Dietro di me, sentii le erbe frusciare. "Vai a casa. Tua madre è lì e ti aspetta. Vai a casa."

Dietro di me, talpe che scavavano gridavano come un coro metallico. "È qui, è qui, è di nuovo qui.")

Giacqui sulla prateria illuminata dalla luna e ascoltai finché il sonno mi avvolse. Domani, sarei nata nel mattino.

Se quella notte avessi sognato, immagino che sarebbe stato con una comprensione del passato: mia madre giovane, la sua pancia incinta gonfia dei miei piccoli arti e i suoi grandi occhi colmi del cielo scuro e della sua stella terribile. Gli animali parlanti, le stecche ondeggianti del carro, la flora bugiarda e la fauna profetica. L'architettura dei suoi spasmi, il suo corpo in lotta contro il freddo e la solitudine. O forse avrei sognato il futuro: una giovane donna che si sveglia dal suo sogno in qualche palazzo bianco e misterioso, un sigillo bruciante sopra di lei, che spacca il cielo in due. O forse avrei sognato qualche posto a metà: il destino come una città su una collina. Mia madre che mi portava giù lungo uno dei suoi molti viali, e poi i miei passi pesanti mentre cammino in quel viale da sola.

Ma non sognai dopo che la stella comparve nel cielo. Non avrei sognato più.

Sopravvalutata

di Mark Stasenko

traduzione di Carlotta Codebò

Mark Stasenko è un autore televisivo che ha scritto lo spettacolo vincitore del premio Peabody American Vandal. Sta sviluppando una serie su Enron con Alex Gibney alla regia e sta adattando il racconto di Future Tense Fiction Sopravvalutata *per una serie TV su Universal Cable Productions.*

"Come ti è andata la giornata?" chiese Jack alla moglie mentre lei si toglieva i tacchi di cuoio nero nell'ingresso del loro spazioso appartamento in stile industriale nel quartiere NoMad di Manhattan.

"Bene," mentì Sophia.

Non avevano l'abitudine di raccontarsi storie uno con l'altra, nemmeno nelle piccole cose. Nonostante le ovvie differenze – o forse proprio per via di queste, fra di loro era sempre esistita una onestà naturale, senza filtri. Ma nelle ultime sei settimane niente sembrava ormai naturale. Era strano quanto la morte di un estraneo avesse cambiato le cose.

Avrebbe dovuto essere contenta, o meglio così continuava a ripetersi. Di recente era stata promossa a socia del suo fondo e aveva cambiato settore: dalle vendite allo scoperto era passata agli investimenti a lungo termine. Nonostante dovesse girare, sotto forma di dividendi, il 10 per cento di tutti i suoi guadagni lordi ai suoi investitori personali e pagare un ulteriore scandaloso 54 per cento allo Zio Sam, guadagnava abbastanza da permettersi l'appartamento che non riuscivano nemmeno a riempire. Aveva tre stanze e quattro bagni, i mobili firmati che Jack comprava passandoci tutto il suo tempo libero e le stronzate di arte moderna che al momento sembravano solo degli airbag sgonfi e macchiati di sangue dopo un incidente stradale.

Ma non era affatto contenta perché una minuscola e incontrollabile particella di sfortuna le aveva risucchiato dalla mente tutta la serotonina e dopamina, sostituendole con il cortisolo e l'adrenalina. L'unico a intravvedere l'arrivo della sfortuna era stato Jack. Fu il solo a tentare di fermarla. Ma lei lo incolpava di non aver fatto di più, anche se sapeva che non era giusto. Lo fissava mentre si ubriacava con una bottiglia di bourbon di una gradazione esagerata, che senza di lei non si sarebbe potuto permettere.

"Invece di bere tutto il giorno perché non fai qualcosa?" Si pentì quasi subito di averglielo chiesto.

"Mi piacerebbe molto, ma gente come me viene assunta solo per lavorare alle catene di montaggio o per ripulire la merda degli stronzi SRI."

"Sei ridondante," borbottò lei.

"Era un'enfasi," controbatté. SRI stava per "Stronzi ricchi indottrinati" quindi aveva sì ragione lei, ma lui non era affatto scemo. Il QI di Jack era alto, non proprio quanto il suo, ma era comunque 1,9 del Sigma test sopra la media, quindi di sicuro abbastanza alto da permettergli di entrare in un'università prestigiosa. Non contava niente. La sua famiglia non se lo sarebbe potuto permettere e non esisteva ancora il Mercato dei prodigi per aiutare con il costo della laurea.

L'istruzione di Sophia, una laurea in ingegneria civile da una buona università ma non da una delle consacrate Università a Sette cifre, le era costata quasi 800.000 dollari. La sua Offerta prodigio iniziale non aveva raccolto abbastanza fondi per una laurea a Sette cifre (le 13 università che sulla base della loro reputazione avevano il coraggio di far pagare una laurea più di 1 milione di dollari), ma fu tuttavia tanto fortunata da avere genitori abbastanza ricchi da poter assumere legali e broker che gestissero un'IPO di prima generazione nel nascente Mercato dei prodigi.

Jack era più grande e i suoi genitori più poveri, così finì il liceo senza nessuna speranza. Gli sarebbe piaciuto diventare un pediatra. Ma nella moderna divisione della forza lavoro americana, per chi non poteva permettersi l'università era impossibile evitare di finire in mezzo ai Senza prospettive, dequalificati e sottopagati, costretti a osservare con invidia i superqualificati SRI.

Così Jack era un Senza prospettive, come i suoi genitori. Lavorava in una fabbrica che produceva lettighe e sedie a rotelle – il posto più vicino alla professione medica che gli fosse riuscito di trovare. Sapeva comunque che sarebbe stato presto sostituito dall'automazione, come era già successo a molti dei suoi amici.

Ma a differenza dei suoi genitori, Jack aveva sposato una SRI. E fino a sei mesi prima il loro matrimonio di opposti aveva funzionato bene.

Sophia si costrinse a ricordare come si era comportato quando i genitori anziani stavano aspettando il reddito minimo per coprire i bisogni quotidiani – cose che non si potevano permettere. Erano morti nell'attesa e, quando successe, Jack non fece finta di essere forte o di controllarsi, e neppure di essere "maschio." Era arrabbiato, fuori controllo, onesto. Fu allora che si rese conto di amarlo. Si ritrovò a sperare di amarlo ancora, ma era cambiato così tanto nelle ultime sei settimane.

Sei settimane prima era morta Kathryn Tally Anders e da allora erano subentrate le bugie a fin di bene, il cortisolo, il whisky e la colpa. Kathryn Tally Anders, il nome che sei settimane prima Sophia non aveva mai pronunciato, era ora al centro di ogni suo pensiero. La mente le ripeteva in continuazione quel nome e quel volto.

Ancora più problematico era il fatto che il suo cervello continuasse a incolparla per averla uccisa.

Riempire un modulo W-9 per le tasse sul suo schermo a muro Ecosfera era davvero noioso. Perché esisteva ancora un modulo W-9? La sua permanenza nel mondo sembrava prendersi gioco di tutti gli altri progressi tecnologici che dominavano la maggior parte della vita. Poi tornò in sé: era questo il pensiero più noioso che lui avesse mai avuto?

Quando aveva iniziato a lavorare a contratto gli avevano detto che nessun giorno sarebbe stato uguale a un altro. Quelle persone gli avevano mentito o, molto più probabile, mentivano a sé stesse.

Alex si preparava per ogni lavoro nella stessa esatta maniera e quello non sarebbe stato differente, né dalla dozzina che l'avevano preceduto né dalla dozzina che lo avrebbero seguito. Il sistema di sicurezza Iridio della cassaforte, grande come una bara, gli scansionò le iridi. Stava nel seminterrato della casa di periferia con cinque camere da letto dove abitava da solo. Una volta che la sua identità fu verificata la porta si spalancò e lui recuperò due pistole SCCY modello CPX-II, insieme ai loro silenziatori AAC modello Ti-Rant da 9 mm. Aggiunse alla sua artiglieria anche un coltello da caccia a lama seghettata SOG di 23 centimetri, ma dubitava di doverlo usare a meno che le cose non fossero andate molto male. Una parte di lui sperava che succedesse.

Quello che faceva, Alex lo chiamava sempre "liquidare un obiettivo mangia risorse," ma nella lingua di tutti i giorni, spogliata delle opacità e razionalizzazioni orwelliane mescolate al nostro uso del linguaggio, era soltanto un sicario.

L'auricolare installato in permanenza nell'orecchio vibrò appena: la voce dall'altra parte del filo gli disse che avevano ricevuto il W-9. Il lavoro sarebbe stato registrato in bilancio come "consulenza per la filiera delle forniture." Entro 24 ore avrebbe ricevuto conferma del via libera.

Nell'ufficio esposto a est della ATHENA PRODIGY MANAGEMENT, al quarantasettesimo di un edificio di quarantanove piani, i monitor di Sophia si accesero proprio mentre si alzava il sole. Aprì il suo portafoglio azionario e come faceva ogni mattina da ormai sei settimane cercò il simbolo del ticker KTA1108II. Sapeva che vederlo l'avrebbe distrutta, ma lo fece comunque, sperando in modo futile che non apparisse affatto, come se non fosse mai accaduto.

Ma ogni mattina, eccolo lì, con un guadagno totale di 32 milioni di dollari che dondolava accanto al simbolo. E non era altro che un simbolo. Non c'era scritto Kathryn Tally Anders, non mostrava la sua foto, non ne nominava la morte; era solo un simbolo su un foglio di calcolo. Ogni mattina chiudeva il portafoglio e tentava di concentrarsi sugli investimenti Prodigy di lungo periodo. Ogni mattina odiava un po' di più sé stessa e gli investimenti Prodigy a lungo termine.

Prodigy non era la parola corretta da un pezzo. All'inizio il Mercato dei Prodigy, creato da una coalizione di quelle che sarebbero poi diventate famose come le università a Sette cifre, era aperto soltanto agli investimenti in studenti con maggiori possibilità di successo, come Sophia – dei veri prodigi. Ma era così redditizio che non ci volle molto prima che qualsiasi studente, anche incapace, o qualsiasi merdosa università a scopo di lucro potesse accedere al mercato.

Studenti dall'alto potenziale potevano piazzare sul mercato azioni pari al 10 per cento dei futuri guadagni della loro vita, ma gli studenti meno accreditati per suscitare interesse offrivano il 20, il 40 o anche il 60 per cento di tutti i futuri introiti. Il mercato spinse in alto la domanda per gli SRI, sia da parte di famiglie desiderose di produrli, sia da investitori intenzionati a comprarne una quota. La crescita della domanda spinse ancora più in alto il costo di una laurea in un'università a Sette cifre. Le università promuovevano il mercato come il grande livellatore mentre le loro sovvenzioni multimiliardarie crescevano a dismisura.

Era un mercato ad alta liquidità nella sua fascia superiore, il che apriva la porta a un tipo del tutto nuovo di azioni e derivati. Per di più i Prodigy venivano raggruppati in POP (Pacchetti di obbligazioni Prodigy) dalle banche, sulla base del particolare livello di rischio e del settore industriale specifico (BBB + aspiranti ingeneri del software, per esempio). L'investitore medio non aveva nemmeno bisogno di indagare su ogni singolo cespite; poteva puntare sulla domanda del mercato per una determinata professione o un insieme di competenze specifiche. Era come giocare al casinò, ma invece di puntare sul nero o sul rosso si trattava di valutare il potenziale successo di un liceale. E Sophia era brava a fare quella scommessa.

Alcuni Prodigy dall'alto potenziale potevano fare domanda per avere un ticker con il loro simbolo. Per trader come Sophia, questi erano molto più rischiosi ma con un potenziale di guadagno più alto. Le piaceva vendere allo scoperto singoli cespiti, scommettendo che il loro valore sarebbe sceso. E KTA1108II fu la sua vendita allo scoperto più grande di sempre.

Prima che morisse KTA1108II era un cespite attraente, non solo per Sophia ma per l'intera borsa valori. KTA1108II aveva un potenziale molto alto ed era stato promosso dal canale televisivo finanziario CNBC come uno dei pochi cespiti capaci di produrre un ritorno positivo dell'investimento ancora prima di iniziare gli studi universitari. Inutile dire che la capitalizzazione di mercato di KTA1108II stava crescendo a dismisura; il mercato dei futures aveva scommesso che il suo valore a vita sarebbe stato nell'ordine delle centinaia di milioni, se non di più.

KTA1108II fece la sua entrata nel Mercato dei Prodigy ancor prima di iniziare il liceo, offrendo fino al 10 per cento dei guadagni della sua vita futura. Era un cespite al di sopra della media: voti buoni, portato in modo particolare per la matematica e la scienza, di famiglia stabile. Ma fu solo in prima superiore che il cespite salì di colpo sulla scena. In quella classe KTA1108II dimostrò che le cellule tumorali legate a quelle sane si comportavano in maniera diversa e che quindi i miliardi di dollari spesi dalle compagnie farmaceutiche per test di laboratorio sulle sole cellule tumorali erano stati uno spreco. A soli 15 anni questo cespite aveva fatto una scoperta in grado di avere un impatto non solo sulle vite di milioni di persone ma anche su miliardi di dollari.

KTA1108II esplose sul Mercato dei Prodigy. Ci si aspettava che avrebbe fatto parte dell'équipe destinata a scoprire cure non invasive e a lungo termine per i tumori maligni all'ultimo stadio, in particolare quelli che colpivano il midollo osseo.

Ma quando c'è tanto interesse attorno a un cespite, gli investitori ne ignorano i rischi e le potenziali vulnerabilità. Sopravvalutano il cespite. In un clima di entusiasmo irrazionale nessuno si chiede cosa potrebbe andare storto – nessuno, cioè, tranne alcuni venditori allo scoperto freddi come Sophia. Aveva costruito la sua intera carriera sulla ricerca intorno a questi cespiti sopravvalutati.

Da quando erano entrate in vigore le leggi Ernst-Meyers dopo la depressione del 2021, liquidatori come Alex venivano contattati in silenzio con discrezione da aziende senza scrupoli che volevano "liquidare" dipendenti dal rendimento scarso e dal compenso eccessivo, non licenziabili in modo legale. Questa pratica, mai rivelata ma sempre più comune, venne chiamata "auto-regolamentazione." Però il nuovo contratto era diverso. L'azienda che aveva assunto Alex non si stava auto-regolando. Era invece in possesso di un'enorme posizione ribassata sul Mercato dei Prodigy, in un cespite dalla cui liquidazione avrebbero ricavato un fenomenale guadagno.

Alex ricevette dettagli identificativi e demografici sull'obiettivo solo poco prima del colpo. I particolari sulle persone non erano importanti. In quanto obiettivi erano uguali a un pezzo di carta con un bersaglio disegnato sopra. Ma di solito liquidava dirigenti a lungo termine superpagati. Quasi sempre si trattava di uomini – anche se a volte erano donne – di una certa età, la cui liquidazione permetteva agli eredi di riscuotere cospicue polizze sulla vita.

Ma un lavoro che riguardava il Mercato dei Prodigy significava un obiettivo che poteva essere giovane e non di famiglia benestante. Quando accettò il contratto rifiutò come sempre di conoscerne i dettagli, ma si ritrovò a chiedersi come si sarebbe sentito se l'obiettivo fosse stato un adolescente.

E per un momento si accorse che il suo lavoro non lo annoiava affatto.

Sophia aveva scoperto per la prima volta la grande magagna di KTA1108II solo otto settimane prima. La trovò in una semplice foto su iShare dove KTA1108II, insieme con i suoi amici, saltellava con le braccia tese sopra la testa. Indossava delle maniche lunghe in spiaggia; era sempre in maniche lunghe. Ma le braccia posizionate sopra la testa avevano fatto cadere le maniche giusto quel poco da permettere a Sophia di cogliere l'inizio di una piccola cicatrice sul polso.

Dopo che Sophia aveva verificato che il segno sul polso del cespite era davvero una cicatrice da autolesionismo, attivò il suo network di hacker per avere accesso alla cartella clinica. La storia di KTA1108II non poteva essere migliore. Andava con regolarità da uno psichiatra, almeno fino alla sua entrata nel Mercato dei Prodigy. A quel punto aveva smesso sia di vedere il dottore sia di prendere antidepressivi, com'era logico: tali rivelazioni avrebbero abbassato il prezzo delle sue azioni. Secondo l'incartamento si trattava di informazioni sostanziali e negative.

Sophia era stata promossa a socia di Athena solo una settimana prima della sua scoperta. Quella promozione prevedeva non solo un enorme aumento di stipendio ma anche la possibilità di fare affari col capitale investito della stessa azienda e condividerne i profitti, aumentando così in modo esponenziale anche le sue potenziali gratifiche.

Di solito è difficile accertare il possibile impatto di una qualsiasi promozione o di un qualunque evento sulla propria vita. Ma non per Sophia. Dato che anche lei era un cespite scambiato sul Mercato dei Prodigy, sapeva con esattezza di quanto la promozione avesse aumentato il suo valore: 29,2 percento. Per una che faceva già parte della forza lavoro un aumento del genere era davvero raro. La promozione aumentò il valore di ognuna delle sue azioni fino a 551 dollari. Giravano voci che persino il suo stesso fondo stesse per prendere una posizione nei suoi confronti.

Con la sicurezza che le veniva dall'impennata del suo valore di mercato, usò l'intero suo nuovo portafoglio commerciale per vendere KTA1108II allo scoperto. Tutto. Era una cosa da pazzi, la più grande posizione ribassata mai presa dal fondo. Ma Sophia era una persona razionale e quell'affare era razionale come non mai. Dopo aver scommesso ogni dollaro guadagnato contro KTA1108II, fece uso del suo solito e sempre affidabile pseudonimo per mandare le foto e i referti medici alla CNBC. Diede al canale televisivo il tempo per verificare e confermare le informazioni.

La storia uscì in meno di una settimana, poco prima delle 8 del mattino: KTA1108II soffriva di depressione e per quel motivo in passato aveva commesso atti di auto-mutilazione. Rispetto alla versione di Sophia, quella della CNBC fu ancora più audace: ci si chiedeva se ci fossero anche stati dei tentativi di suicidio. Era perfetto. Entro un'ora il prezzo delle azioni di KTA1108II precipitò di quasi il 30 per cento, da 347 a 243 dollari. Sophia aveva fatto guadagnare alla sua azienda quasi 11 milioni di dollari.

Gli altri soci volevano che Sophia passasse all'incasso. La dichiarazione di un dottore o l'annuncio tempestivo di qualche svolta fondamentale nella ricerca avrebbero potuto portare a un veloce ripresa delle azioni di KTA1108II. Sophia riuscì a convincerli che non era il momento giusto: c'era dello spazio perché le azioni scendessero ancora. Sapeva che una ragazzina depressa di 16 anni, molto motivata e carica di ansia, non avrebbe retto lo stress del rischio di perdere il suo futuro.

Ma quella sera, alla chiusura del mercato, il prezzo delle azioni di KTA1108II era in risalita. Non di molto, ma il guadagno dell'azienda sarebbe stato di circa 8 milioni di dollari e le chiacchiere avrebbero riguardato i 3 milioni di dollari "persi" e non gli 8 guadagnati.

Ma meno di due ore dopo il telefono di Sophia squillò. La voce dall'altro capo le disse entusiasta di accendere la televisione e di guardare la CNBC.

KTA1108II era morta di un apparente suicidio. Aveva lasciato un biglietto. Non avevano intenzione di leggerlo.

Nelle trattative dopo la chiusura il prezzo delle azioni crollò in un minuto fino a 0,11 dollari. Sophia fece ciò per cui era programmata: si liberò della posizione ribassata e fece guadagnare all'azienda 32 milioni di dollari. Fu la più grande giornata di tutta la sua carriera.

I soci si congratularono con Sophia per il suo (e il loro) trionfo. Continuavano a insistere che non aveva avuto nulla a che fare con la morte del cespite. Riusciva a mala pena a seguire i loro discorsi; la sua mente andava a mille, cercando di determinare se fosse o meno un'assassina. Per la prima volta da quando era bambina, si rese conto di quanto il cortisolo che controllava i suoi pensieri circolari fosse molto più forte della sua razionalità.

Pensava che avrebbe litigato con Jack quella notte. Era sempre stato un devoto avversario del "far soldi con i fallimenti degli altri," come diceva. Erano anni che cercava di farla smettere. Quando Sophia aprì la porta, Jack puzzava di bourbon: aveva già visto la notizia.

Jack arrivava sempre a casa molte ore prima che Sophia lasciasse il suo ufficio; quel giorno non era stato diverso. Era salito sul tapis roulant nella stanza che avevano in più e aveva corso meno di un chilometro e mezzo quando aveva visto la notizia, un cespite prodigio che aveva sentito nominare a cena si era suicidata. Jack spense il tapis roulant e afferrò il computer. Diventò un'ossessione, lesse ogni articolo che riuscì a trovare. I giornali finanziari la chiamavano KTA1108II, ma qualche foglio minore aveva usato il suo vero nome: Kathryn Tally Anders. In famiglia la chiamavano Kate.

Si informò sulla vita di Kate. Il cane. I due fratelli maggiori che si erano arruolati nell'aeronautica militare. I genitori che erano immigrati in America 34 anni prima. E poi, alle 17.24, lesse della ricerca sul cancro di Kate. E fu allora che iniziò a bere.

La ricerca di Kate si concentrava sul mieloma multiplo, lo stesso tipo di cancro che si era portato via la madre di Jack. I giornali dicevano che Kate avrebbe potuto trovare una cura a buon mercato. Kate lo avrebbe fatto. Kate che si era ammazzata perché lui potesse vivere nel suo sontuoso appartamento con tre stanze e quattro bagni in NoMad, con dipinti appesi ai muri che manco gli piacevano.

Riempì un altro bicchiere. E poi un altro. E un altro ancora, così puzzava di alcol quando Sophia arrivò a casa. Quando la scorse sulla porta lo sconcerto sostituì il disgusto: vedeva che anche lei si odiava. Fu la prima volta che vide Sophia in quello stato. Allora, invece di litigare, si avvicinò e la strinse fra le braccia.

Parlarono mentre lei sorseggiava del vino e continuava a ripetere a vuoto che sarebbe successo comunque. Le dette ragione. Forse fu allora che fra di loro iniziarono le bugie a fin di bene.

Per qualche giorno Sophia andò al lavoro senza riuscire a concentrarsi. Diceva fra sé e sé che i suoi colleghi di maggior successo non si sarebbero fatti tanti problemi – avrebbero festeggiato. Odiava il fatto di non essere così. Riusciva a trovare le motivazioni sufficienti per lavorare un'ora o due, ma poi arrivava un crollo emotivo e tornava a leggere la storia di KTA1108II.

Sophia convocò i soci e chiese di essere trasferita agli investimenti a lungo termine. Pensò che se iniziava a investire sul futuro dei cespiti sarebbe riuscita a perdonarsi. I soci ci misero meno di un'ora a discutere e approvare il trasferimento. Scoprì in seguito che molti erano contrari ma che il suo amico e socio Ether aveva insistito.

A quanto pareva aveva detto: "Gli esseri umani sono più importanti del profitto." Si era rifiutato di lasciare la stanza se non avessero acconsentito alla richiesta di Sophia. Lo fecero e per la prima volta in tre anni il prezzo delle azioni di Sophia sul Mercato dei Prodigy calò in poche ore al di sotto dei 400 dollari.

Per un giorno si sentì sollevata. Aveva chiuso con le vendite allo scoperto; si convinse che era tutto quello che le serviva per andare avanti. Ma si sentì soltanto peggio.

Sophia non era più la migliore nel suo lavoro. Invece di essere un cacciatore pronto a sfruttare i difetti nel pensiero convenzionale faceva ora parte del gregge conformista. Quando faceva ancora vendite allo scoperto riusciva a trovare la motivazione per lavorare almeno un'ora o due. Adesso passava giornate intere appresso alla sua ossessione per Kathryn. Cercando e ricercando il suo nome su internet. Rileggendo articoli che aveva quasi memorizzato.

Alla fine Sophia arrivò a capire come mai Kathryn Tally Anders avesse trovato sollievo nell'autolesionismo. Cominciò infatti a portare al polso un elastico per capelli che faceva schioccare contro la pelle quando pensava a Kathryn.

Non importava che avesse smesso di vendere allo scoperto i Prodigy; ne aveva già ucciso uno. L'unica cosa da fare a quel punto era sopprimere il rimorso con tanto alcol quanto bastava per far tacere la coscienza.

Così, dopo sei settimane di tortura, Sophia decise di rendersi la mente insensibile a forza di lavoro. Quella mattina,
invece di cercare KTA1108II, aprì il suo schermo Ecosfera e
cominciò a fare indagini sui prodigi dall'alto potenziale, alla
ricerca delle loro vulnerabilità. E per un po' di ore non pensò
a Kathryn.

La telefonata arrivò qualche minuto dopo le 6 del mattino.
Il lavoro era confermato per quella sera.

Da un rotolo di plastica quasi terminato, Alex ritagliò
sul pavimento del suo garage un foglio di un metro quadro,
sul quale si sarebbe spogliato una volta finito il lavoro. Senza
prestare troppa attenzione preparò due vasche di biossido di
silicio in cui dissolvere i guanti, le soprascarpe e la maschera
chirurgica che avrebbe indossato. Si mise le lenti a contatto a
specchio, così da bloccare qualsiasi tipo di scansione delle iridi
che potesse in seguito ricollegarlo alla scena.

E poi arrivò il messaggio criptato con inclusa la cartella di
informazioni sull'obiettivo – foto, età, sesso, segni di identificazione. Di solito Alex revisionava le cartelle, ma per quel
lavoro preferì aspettare di arrivare sul posto. Avrebbe avuto
meno tempo per cambiare idea, un atto che gli sarebbe costato tutti i suoi contratti futuri, già lo sapeva. E anche se la sua
carriera lo annoiava così tanto, c'era qualcosa in quel contratto
che gliela stava facendo odiare un po' di meno.

Sophia entrò nell'ufficio di Ether la mattina presto. Era lì,
ovvio, come sempre, e lui la salutò offrendole metà della colazione, un brownie al caramello.

"È la miglior fottuta cosa che abbia mai mangiato," disse
Ether, mettendoglielo in mano. "Assaggia. Te lo assicuro, non
puoi sentirti triste mangiandolo."

Sophia acconsentì e poi si mise a ridere perché aveva ragione lui. Per un attimo si sentì bene.

"Ho un affare che volevo discutere con te." Sophia posò un foglio riassuntivo sulla scrivania.

Lui lo guardò, "Una posizione ribassata? Ho tirato su un casino per te –"

"L'ho scoperta per caso mentre cercavo degli investimenti a lungo termine," mentì. Sapeva che lui sapeva che lei stava mentendo.

"Guarda, se tu volessi vendere allo scoperto ti do tutto il mio appoggio..."

"Non voglio una posizione maggiore. Non voglio manipolare la stampa né essere troppo coinvolta. Ma cosa ne pensi se prendessi una posizione minore?" chiese.

Ether era d'accordo. Era fortunata; Ether era un buon amico. La capiva. E riusciva persino a farla sentire un po' meglio, come se avesse dato un altro morso a quel brownie.

Alla fine, seduto in macchina fuori dal palazzo lussuoso, Alex aprì la cartella dell'obiettivo. Gli diede una occhiata veloce; il cespite era ancora giovane in confronto al resto dei suoi contratti, ma di sicuro era un adulto. Tirò un sospiro di sollievo.

Poi sospirò di nuovo. Ma questa volta provò una punta di delusione.

Alex avvitò i due silenziatori sulle pistole, uscì dalla macchina e si incamminò verso la casa dell'obiettivo: viveva in un palazzo di 32 piani a Manhattan, in apparenza sicuro.

Per fortuna le guardie private Senza prospettive erano delle mere decorazioni per professionisti come Alex.

Alex entrò attraverso una porta di servizio che dava su un vicolo laterale. Mentre la guardia si avvicinava per investigare, un ago sottile le si infilò nella pelle del collo. Stava per urlare quando Alex gli puntò una pistola alla fronte.

"Sta' zitto e tra un paio di ore ti sveglierai. Te lo prometto," disse con calma Alex schiacciando lo stantuffo. Il sedativo cominciò a fluire nel corpo della guardia mentre Alex lo posava a terra.

Alex salì con l'ascensore e notò che il battito del suo cuore era calmo come quando guardava delle repliche in televisione. Pensò al suo primo contratto. Si ricordò che tremava.

Sophia tornò a casa tardi, con il profumo della cena ancora nell'aria. Si tolse le ballerine scamosciate marroni e diede un bacio a Jack. Puzzava di whisky come sempre. Non gliene importava. Si sedettero a mangiare. Tutto sembrava normale.

"Oggi ho preso una piccola posizione ribassata. Niente di grosso e –"

"Soph, Cristo. Sei settimane fa qualcuno si è ucciso."

"Era bipolare..."

"E tu sei andata a dire a tutto il mondo che lei era sopravvalutata per questo." La conversazione finì e Jack guardò dall'altra parte.

"Ne ho bisogno," disse Sophia, soffocando qualcosa che assomigliava alle lacrime, poi si alzò da tavola dirigendosi al grande portabottiglie.

Alex aspettava a luci spente nello scuro corridoio d'ingresso dell'appartamento del suo obiettivo. Lo guardò mentre si alzava dalla tavola da pranzo e si avvicinava al grande portabottiglie. Poteva sentirne i passi, ascoltarne il respiro. Quando l'obiettivo afferrò una bottiglia di vino, un Château Le Pin Bordeaux del 2024, Alex lo vide schioccare un elastico per capelli sul polso.

L'obiettivo stappò la bottiglia mentre Alex alzava la mano destra con la pistola. Il marito dell'obiettivo era vicino; non sarebbe stato un lavoro pulito. Il marito sarebbe dovuto rimanere a guardare ciò che Alex sapeva già sarebbe diventato un casino. Mentre espirava con calma stringendo la presa sul revolver, Alex si accorse di non provare nulla. Era annoiato come quando aveva compilato il modulo W-9.

Ma poi quel piccolo auricolare che portava sempre nell'orecchio vibrò in silenzio.

"Se non è già successo, abbiamo cambiato idea," disse una voce dentro il minuscolo auricolare nell'orecchio di Alex. Quella voce apparteneva a un uomo che si chiamava Ether, il mandante di Alex per oggi.

Senza dire una parola Alex abbassò la pistola e rimase in silenzio nella penombra, osservando l'obiettivo che faceva roteare il vino, del tutto ignara di quanto fosse andata vicino a non gustarselo mai. Del tutto ignara che il suo stesso fondo l'avesse identificata come sopravvalutata e avesse preso un'enorme posizione ribassata su di lei. Del tutto ignara che Ether aveva in mente di mantenere la posizione ribassata del fondo su di lei, per riconsiderarla il trimestre successivo per vedere se fosse tornata con successo a vendere allo scoperto. Del tutto ignara di non volere in realtà morire.

Per oggi sarebbe rimasta in vita. Per oggi era ancora abbastanza redditizia.

Sophia tornò a tavola e gustò un altro sorso di vino. Alex scivolò via dall'appartamento e arrivò a casa 32 minuti dopo. Sciolse i vestiti nei bagni di acido già preparati, sterilizzò le sue armi, si liberò delle lenti a contatto a specchio e si fece una doccia bollente. Era il primo lavoro ad essere cancellato dopo che lui aveva già visto l'obiettivo. E se avesse già premuto il grilletto prima che l'avessero fermato? L'idea gli fece battere il cuore più forte mentre l'acqua gli pioveva addosso. E se avesse premuto il grilletto?

Ma non l'aveva fatto. E così per un altro trimestre a Sophia fu permesso di rimanere in un'ignoranza perfetta. Di avere una vita perfetta. Di essere oggetto di una valutazione perfetta.

Almeno per il momento.

Abbandono protetto

di Meg Elison

traduzione di Carlotta Codebò

Meg Elison è autrice di fantascienza e saggista femminista. Il suo romanzo d'esordio, The Book of the Unnamed Midwife, *ha vinto il premio Philip K. Dick 2014. Il suo secondo romanzo è stato finalista al Philip K. Dick, ed entrambi sono stati nella lista lunga per il premio James A. Tiptree (adesso premio Otherwise). I suoi scritti sono apparsi su "McSweeney's", "Fantasy & Science Fiction", "Catapult" e molte altre pubblicazioni. Dopo avere terminato le scuole superiori si è laureata alla UC Berkeley. Potete trovarla online, dove scrive come se il suo tempo stesse terminando.*

Le leggi sono così vecchie che quando furono scritte si pensava a bambini del tutto umani. Prima del primo contatto, due umani potevano avere un figlio al cento per cento Terrestre e abbandonarlo comunque perché non avevano abbastanza soldi o perché un loro antico codice d'onore tribale proibiva la riproduzione. Succede ancora, ma non ne parla nessuno. Agli umani piace dimenticare com'erano una volta. Al giorno d'oggi i luoghi per l'abbandono protetto sono conosciuti come posti dove vengono lasciati gli emi. Emi come me.

Per tanto tempo non avevo avuto nessun interesse nello scoprire qualcosa sui miei genitori naturali. Pensavo che sarebbe stata la stessa storia, quella condivisa da tutti gli altri emi: uno dei miei genitori era umano e l'altro Pinner. Eravamo la prima generazione di ibridi e nessuno sapeva che fine avremmo fatto. Molti di noi furono dati in adozione e poi finirono in scuole speciali mentre i governi di entrambi i pianeti cercavano di risolvere il nostro problema. Quasi tutto quello che conoscevamo di noi stessi proveniva da altre persone, che in realtà ci stavano solo presentando le loro ipotesi migliori. Una nuova razza non ha memoria.

Non mi interessava saperne altro fino a quando non ebbi il mio primo assaggio di caffè Pinner (il suo vero nome è *onging*, che ha un significato Pinner specifico, non facile da tradurre in qualcosa di umano, per questo quasi tutti dicono *caffè*) e con quello i miei primi passi incerti dentro memorie che non mi appartenevano. Dopo che ebbi iniziato a pensare così non riuscii più a fermarmi.

Innanzitutto il mio fascicolo di identità personale. Indica il luogo: un ospedale nella Vecchia San Jose, California. Dice l'ora approssimativa in cui mi abbandonarono: fra le 23:00 e le 04:00, a tre giorni dalla nascita. Ma quella data. Quella data. Il mio abbandono avvenne la notte stessa in cui a San Francisco spararono all'ambasciatore Pinner sulla Terra e lo uccisero. Tutto ciò che avevo bisogno di sapere sarebbe stato avvolto dai ricordi sfuocati che le persone avevano di quella notte. L'abbandono di un emi non era niente al confronto. Non potevo far altro che chiedermi se esistesse qualche collegamento – la sparatoria li aveva spinti in qualche modo a prendere la loro decisione? O forse aveva fornito solo il pretesto, in un giorno in cui tutti stavano guardando dall'altra parte?

Iniziai dall'ospedale.

"I documenti sono in perfetto ordine." Il disinteresse dell'impiegato rendeva quasi l'aria viziata. La sua voce usciva dall'altoparlante come il ronzio lamentoso di un gigantesco naso annoiato. "Quel numero di fascicolo è di un abbandono protetto, registrato il primo agosto del 2096. Il certificato di nascita fu rilasciato entro 90 giorni e se lei ha il fascicolo sottomano lo potrà vedere. I referti medici non indicano né malattie né infortuni. Un buon punteggio nell'indice di Apgar. Il fascicolo è un po' povero, ma in perfetta regola con gli standard legali. Ovvio."

Ovvio.

Ovvio che dovevo insistere ancora un po'. "Dunque tutti gli abbandoni vengono inseriti nel database del DNA. Come posso accedere a queste informazioni?"

"Non può. Il DNA viene registrato per il progetto in corso di incrocio del genoma. Secondo la legge dello Stato della California il singolo cittadino non ha diritto ad accedere ai risultati."

"Perché no? Il DNA è mio."

"Perché si tratta d'informazioni protette," controbatté il naso. "*Una parte* del suo DNA è a sua disposizione, in base alla legge. Una volta poteva accedere al suo intero codice, ma ciò avveniva prima che ci rendessimo davvero conto di come quei dati funzionassero. Ora sappiamo che la maggior parte non è qualcosa che la contraddistingua, perché appartiene ad altri individui. È un problema legale complesso – se lei avesse accesso completo ai suoi geni potrebbe invadere la privacy di altre persone con cui condivide la stessa linea genetica." La voce si addolcì. "Guardi, lo so che è frustante. Ma il diritto ad accedere al suo DNA finisce dove inizia quello di un altro. Poi ci sono delle cose che è meglio non sapere."

Non avrei ottenuto niente da quella gente, era chiaro. Ma le persone sono la parte più semplice da manipolare di un sistema e non avevo intenzione di lasciar perdere. Avevo bisogno di qualcuno che fosse davvero lì la notte del mio abbandono. Certo, dato che nessuno fa lo stesso lavoro per 25 anni, trovare un nome significò rovistare tra vecchi social che nessuno utilizzava più, oltre a star dietro a un sindacalista per un bel po'. E poi ci fu da aspettare.

Credo che sarebbe diverso se conoscessi almeno *uno* dei miei genitori. Molti dei miei amici ne hanno solo uno. Come fa la famosa battuta? Gli emi fissano qualsiasi Pinner che passa come a chiedere, "Sei tu mia madre?"

Ho ricominciato a seguire uno dei forum degli emi leggendo i post sull'*onging*. Alcuni emi giurano che quando prendono l'*onging* vedono i loro genitori, tutta la loro stirpe, che la bevanda attiva la memoria genetica o qualcosa del genere. Non ci credo affatto. Fin dall'inizio. Pensavo che niente potesse farlo. Di certo non i molti surrogati di dubbio gusto che si possono trovare sui mercati online. Ho provato la versione diluita, quella roba annacquata che è per metà infusione preparata dagli emi e per metà caffè, e anche la robaccia che è solo una pessima imitazione. Non regge il confronto.

Ma quando metto le mani sulla roba genuina a 12 crediti la tazzina, non riesco a spiegare cosa succede. È come se cambiassi prospettiva e stessi vedendo i ricordi di qualcun altro. È confuso, un riflesso sfuocato attraverso il vetro, ma una volta credo di aver intravvisto un viaggio verso la Terra. Solo il vuoto nero dello spazio con una macchia di stelle, un sentimento timoroso di esser diretto verso posti sconosciuti. Mi chiedo se quel ricordo appartiene a mia madre.

Mentre aspettavo una risposta dal sistema ho iniziato a guardare un film. Una di quelle storie di orfani fatte per sollevare il morale. Ho un debole per le storie sugli orfanelli umani. Passano sempre il tempo rubando e poi scoprono che in realtà hanno un mucchio di privilegi. Scommetto che ciò aiuta molto a colmare il senso di abbandono. Questo film qui era così vecchio che lo davano gratis. Perché questi ragazzini non fanno altro che cantare? Mentre guardavo quegli orfani che imparavano a rubare, perché non sembra che gli orfani riescano a fare altro, cominciai a pensare quanto sarebbe facile essere presi per una roba del genere al giorno d'oggi. Ogni occhio sulla strada è programmato per farci caso.

Ho preparato in persona il quesito inserendo la data, l'ora e le coordinate. Dato che si tratta di un incrocio pubblico davanti all'ospedale dovrei riuscire a ottenere il filmato. Ma dopo un'ora mi arriva uno strano messaggio dall'IA della città.

Re: Quesito 587HK901

Chiedo scusa! Sono in servizio da più di 20 anni e il mio accesso alla memoria non è più lo stesso. Avrei bisogno di dati ancor più specifici per ritrovare le informazioni che state cercando. Per favore restringete i parametri della vostra ricerca e riprovate. Un sentito ringraziamento per la vostra pazienza.

Amo le vecchie IA: parlano tutte come delle nonne per evitare che noi perdiamo la pazienza con loro. Però ha funzionato. Ho modificato il tono della mia voce, mettendomi a parlare come se il mio interlocutore avesse problemi di udito e ogni tanto confondesse il nome di suo nipote con quello del padre.

"OK. Proviamo così. Sto cercando di capire chi abbia abbandonato un bambino a quell'angolo, con quelle coordinate, in quella data e ora. Restringa la ricerca agli individui che tengono qualcosa in braccio." Il computer tradusse ciò che dissi in una stringa che la vecchietta potesse usare. Avrei dovuto iniziare questa ricerca tempo fa. Avrei potuto. I miei genitori adottivi non avevano mai cercato di nascondermi il mio passato. Mi ricordo il sorriso fragile sul viso di mia madre quando mi dissero di sedermi e mi chiesero se volessi saperne di più. Ma non sapevo che cosa mi fosse possibile conoscere o perché avrei voluto scoprirlo.

Mia madre e mio padre non potevano avere figli. Avevano tutti e due preso parte alle prime delegazioni spedite sul pianeta natale dei Pinner, prima che si scoprisse che l'esposizione a quell'ambiente poteva rendere sterili gli umani. Sembrava giusto adottare un paio di bambini emi dopo quel viaggio che li aveva privati della possibilità di avere figli in futuro. Le storie di adozioni comportano sempre una certa dose di giustizia poetica.

La piccola nonnetta dell'IA aveva fatto un nuovo tentativo e mi aveva presentato dei file video arricchiti come biscotti su un piatto.

Re: Quesito 587HK901

Vi ringrazio di nuovo per la vostra pazienza! Ci sono dei dati in formato video che corrispondono ai vostri parametri di ricerca. Ho soddisfatto la vostra richiesta?

Avrei dovuto inviare una conferma, rispetto per gli anziani e via dicendo, ma ero troppo impaziente.

C'erano sette pezzi di filmato sovrapposti, con riprese fatte da diversi punti di vista. La maggior parte degli occhi erano stati montati sui tetti degli edifici circostanti e così non si riuscivano a vedere bene le facce. Potevo tuttavia spostare l'inquadratura in qualsiasi direzione e seguire qualsiasi individuo volessi. Dissi alle luci di spegnersi e mi curvai sopra al proiettore, facendo ruotare la disuguale collezione di cubi che stava sopra la mia scrivania, scrutando l'inizio della mia vita.

L'IA aveva evidenziato le persone che camminavano da sole trasportando qualcosa. Potevo subito eliminare tutti quelli che stavano senza dubbio trasportando pizze o borse, un ombrello o una pianta di basilico in un vasetto. C'erano due o tre tipi che forse stavano tenendo in braccio un neonato. Ingrandii le loro immagini e le esaminai, con una voglia disperata di aprirgli a forza le braccia per poter vedere meglio.

Era un bambino quello? Potevo essere io? Niente andava per il verso giusto. Uno si rivelò essere un cucciolo. Rimpicciolii il video alla sua dimensione originale e lo ruotai come un giocattolo, sospirando.

Le figure evidenziate si illuminavano nella rotazione, come comete dalle lunghe code nella buia distesa della notte circostante. Allungai la mano e il video si fermò.

Nella folla, l'IA aveva evidenziato soltanto i Pinner.

Mi ricordo quando mi accorsi che non tutti erano capaci di distinguerci. A scuola, ci fu quel periodo innocente tra la fine della scuola materna e il primo anno di istruzione bimodale/bilingue, quando nessuno sapeva che qualcuno era differente.

In pratica eravamo una pubblicità per l'armonia razziale: ci tenevamo tutti per mano e condividevamo i nostri giocatoli, spingendoci a vicenda sulle altalene di gravità.

Sapevo di essere un emi. Tutti gli emi riescono a vedere la differenza. Lo sappiamo e basta. Ma la percentuale degli umani che lo capiscono è minuscola, qualcosa come meno del 10 per cento della popolazione. La mia maestra di prima elementare era una di loro.

Il primo giorno di scuola bi/bi scoprimmo che lei era una di quelle persone speciali. "È probabile che abbia qualcosa a che fare con qualche abilità residua del tempo degli ominidi," disse in maniera composta mentre allargava la proiezione di un sorridente bimbo emi seduto accanto a un altro bimbo umano (che non sembrava così contento di trovarsi lì). "Forse sviluppatasi quando il genere umano era più diversificato. Alcuni umani come me possono individuare a prima vista gli emi in mezzo a loro. Anche se gli umani e gli emi sembrano per tutti i versi uguali, ci sono molte cose che ci rendono diversi. È ciò è grandioso!"

C'erano cinque emi in quella classe. La maestra non ci aveva segnalato, ma non ce n'era comunque bisogno. Solo anni dopo capii che aveva dichiarato quella sua capacità per farci comprendere senza alcun dubbio perché lei ci trattava in quella maniera. Voleva che sapessimo che non era affatto per sbaglio. Il suo modo di porsi, il suo tono era diverso con noi. Finivamo nei guai più spesso e subivamo punizioni più severe. L'avevano capito tutti nel giro di una settimana. Grosvenor, il famoso assassino, deve essere stato anche lui uno di quelli. Mi chiedo se l'abilità di riconoscere è sempre accompagnata dalla certezza che uno è migliore dell'altro.

La gente sostiene che non importa da dove vieni o com'è fatto il tuo DNA, perché siamo tutti uguali. Ma persino l'IA è di parte.

Smontai i cubi della notte dell'ospedale per darci un'altra occhiata e individuare gli umani nell'ombra. Dissi all'IA che smettesse di evidenziare i suoi suggerimenti e i Pinner smisero di emanare luce. La scena si appiattì fino a diventare un mare di sagome anonime. Lì. Due umani sembravano portare in braccio dei neonati. Uno stava camminando in direzione dell'ospedale e l'altro sembrava allontanarsene. Tirai e tirai, cercando di ingrandire le loro facce. Non riuscivo ad intravvedere niente che potesse darmi le informazioni che cercavo. Niente che trasformasse la visione sfuocata di quei lineamenti in una storia.

Chiamai lə signorə Evelyn, la mia assistente sociale, che non si ricordava più di me. Dovette cercare fra i suoi fascicoli per trovare il mio nome ma poi esclamò con gioia materna, "È passato tanto tempo! Come stai? L'ultima segnalazione che ho avuto su di te è che avevi iniziato a lavorare nel campo degli scanner medici."

"Proprio così," confermai, cercando di mantenere un tono colloquiale. "Sa come si dice: è un lavoro. Potrei passare dal suo ufficio per discutere alcuni dettagli del mio inserimento nel sistema, se ha tempo?"

Tirò un forte sospiro. "Non saprei. A dire il vero sono piena di lavoro in questo momento. Sembra che così tanti emi vengano dati in affido al giorno d'oggi."

"Non ci vorrà molto," promisi. "Le porterò un caffè."

Sembrava esitare ancora, ma era anche incuriosita. "Caffè Pinner?"

Il caffè Pinner non è caffè, ovvio. Ma è un potente stimolante, anche dopo essere stato diluito nell'acqua come piace agli umani. Non può essere coltivato sulla Terra e quindi ha un costo esagerato. Non funziona sulla fisiologia degli umani come sui Pinner o sugli emi, ma molti sostengono che aiuta a migliorare la memoria. Di recente ne sto bevendo fin troppo, mentre cerco di non dormire e di arrivare fino al fondo di quel che sono. Perché preoccuparsi con il DNA e i ricordi offuscati quando mi basta solo bere? Ma è una faccenda imperfetta e imprecisa. Quando invece riesco ad addormentarmi, a volte faccio sogni che non riesco né a spiegare né a ricordare del tutto, anche se mi risveglio con la faccia bagnata come se avessi pianto tutta la notte. Non ne ho mai preso così tanto prima; berne più di due tazze mi fa venire la tremarella. È la mia metà umana che è debole. Chi è del tutto umano dice che berlo gli aiuta a ritrovare le cose perse, a ricordarsi aneddoti divertenti e persino a commuoversi mentre è a metà sorso.

Ed è ottimo macchiato e zuccherato.

"Un caffè Pinner," approvai. "Uno grande. Offro io."

Mi presentai la mattina con un caffè caldo e uno ghiacciato. "Bevo quello che non prende lei," le dissi.

Lə signorə Evelyn allungò le mani per prendersi il caffè caldo, gesticolando come un bambino davanti a un giocattolo nuovo. Bene, io lo preferisco ghiacciato.

"Allora," disse, schioccando le labbra ad ogni sorso, "cosa ti riporta da me?"

"Signorə Evelyn, sto cercando di saperne di più sulle persone che mi hanno abbandonato."

"I tuoi genitori."

"I miei genitori," concordai.

Lə signorə Evelyn stava già scuotendo la testa, sfogliando l'antiquato schedario olografico. Mentre lei cercava di trovare l'anno in questione, si vedeva che l'immagine presentava vari problemi tecnici.

"Ecco qua, ecco qua. Ehm. Emi. Abbandono a tre giorni dalla nascita – credo di essere stata io a decidere la tua data di nascita per l'anagrafe. Difficile da ricordare. Adozione da parte di genitori umani. Evidenza di miglioramento a ogni appuntamento..." Stava dando un'occhiata veloce alla mia vita intera, così da riacquistare familiarità con i momenti più importanti.

"Sì, giusto. In realtà sarei piuttosto alla ricerca di qualsiasi informazione specifica che lei mi possa dare sulla notte in cui avvenne il mio abbandono. So che il genitore ha la possibilità di condividere qualsiasi informazione abbia."

Il suo dito si fermò sullo schermo. "Oh, il tuo abbandono è stato la notte dell'assassinio."

"Sì," feci cenno con la testa. "Proprio così. So che fu molto tempo fa, ma molte persone hanno dei ricordi vividi di dove si trovavano quella notte. Raccontano quella storia in continuazione. Spero che qualcuno si ricordi anche altro della sua esperienza. Qualcosa riguardo al mio abbandono."

Stese le labbra in una smorfia di concentrazione. Lo sguardo fisso nel vuoto, stava seguendo il filo della memoria fin dentro la nebbia. "Sì, mi ricordo. Ero al bar quando arrivò la notizia." Incrociò il mio sguardo con una risatina imbarazzata. "Allora ero più giovane e spericolata. Mi ricordo il suono di tutti quei telefoni che trillarono tutti insieme, come delle campane, quando a tutti arrivò l'allerta. Quando succede così non è mai una buona notizia."

"Fu la prima morte Pinner sulla Terra. Un crimine violento. Un assassinio di alto profilo, giusto? Dovevate essere tutti preoccupati."

Lə signorə Evelyn sorseggiò il suo caffè. "Un clima molto teso. Sai, non eravamo molto informati sul vostro popolo allora. Credevamo che ci sarebbe stata una specie di rappresaglia. Voglio dire, fu subito chiaro che Grosvenor era un terrorista, un estremista che aveva agito da solo, ma, come era ovvio, eravamo preoccupati che il pianeta natale dei Pinner ci considerasse tutti responsabili di quella morte."

Annuii, portando la tazza alle labbra. Una storia che ti definisce ma non ti è successa ha un peso particolare. È tutta la vita che sento parlare di questa storia. Adesso era arrivata l'ora di scrivere la mia.

"Signorə Evelyn, ho revisionato i filmati delle telecamere esterne di quella notte. Non ci sono Pinner per la strada con neonati tra le braccia. Solo un paio di umani."

Maneggiò con nervosismo i suoi fascicoli, facendoli inceppare e sfrigolare mentre il computer cercava di capire che cosa voleva. "Voglio dire, dal punto di vista tecnico è possibile che sia stato il tuo genitore umano ad abbandonarti. Solo molto improbabile, secondo le statistiche. Non sto dicendo che gli umani non lo facciano *mai*, ma –"

"Ma le leggi che governano l'abbandono dei bambini sono molto più vecchie del primo contatto. Quindi gli umani devono averlo fatto anche con i loro figli, quelli del tutto umani, molto prima dell'arrivo dei Pinner. Abbastanza da rendere necessaria una legge." La stavo fissando ma si rifiutava di guardarmi.

"Sapeva che Grosvenor era contrario all'ibridismo di Pinner e umani?" Tentai di mantenere un tono disinvolto.

Armeggiò di nuovo con lo schedario olografico. "Sì, lo sapevo. Sono state scritte molte cose sulle sue motivazioni subito dopo la sparatoria. In casi come quello tutti vogliono sapere il *perché*. Ma è ovvio che non lo sapremo mai."

Sapevo che parlava dell'assassinio e non del perché i miei genitori avevano scelto di abbandonarmi. Ma i due fatti erano così intrecciati che stavo cominciando a vederli come un unico evento. Una notte un umano si porta via una vita Pinner e a chilometri di distanza un altro umano se ne va dalla vita del suo bambino per metà Pinner. Sembra che il bilancio quadri, ma la vita e la morte tengono i libri contabili in disordine. E il perché non ci viene mai svelato.

"C'è qualcosa nel fascicolo che potrebbe aiutarmi a capire il senso del video? Qualsiasi cosa."

Sfogliò le pagine. "Sembra che quella sera l'infermiere di guardia abbia abbandonato la sua postazione per un bel pezzo. Molto probabile che fosse attaccato al notiziario. Qui non c'è molto in realtà. Solo i tratti salienti."

La ringraziai e mi alzai per andarmene. Mi girai quando la sentii chiamare il mio nome.

"Gli umani non sono più gli stessi, sai? Di quando ci servivano quelle leggi. O di quando Grosvenor sparò a Lngren. Siamo cambiati tanto, soprattutto grazie al contatto con i Pinner. Voi ragazzi siete un po' il nostro ponte della pace. Sai?"

Le brillavano gli occhi e capii che voleva che io la assolvessi dalla morte di Lngren 20 anni fa, dal suo stesso bigottismo amabile. Era davvero cambiato qualcosa da quella notte?

Le sorrisi. "Certo, signorə Evelyn."

Era abbastanza. La porta cigolò mentre si chiudeva fra di noi. Il caffè era debole. Riuscivo a cogliere, nella mia visione periferica, stralci di qualcosa che assomigliava a delle lune gemelle, ma che non riuscivo a mettere a fuoco. Buttai il bicchiere vuoto nella spazzatura e mi allontanai.

Dal bi/bi reader, pubblicato nel 2104:

Gli umani sono considerati una delle specie con capacità maggiori di adattamento in tutta la galassia conosciuta. La loro particolare fisiologia offre vantaggi che gli permettono di sopportare sia l'estremo caldo sia l'estremo freddo, di sopravvivere non solo alla perdita di qualche arto ma anche alle malattie infettive e ai viaggi in paesi diversi. Quando la storia umana è esaminata in questo contesto si può capire perché sia segnata da conflitti violenti.

Al contrario, i Pinner non possono vivere lontani dal loro pianeta natale per lunghi periodi di tempo senza rischiare la vita. La loro fisiologia non permette loro di resistere a temperature estreme, e sono molto più fragili delle loro controparti umane. Di conseguenza, le loro esplorazioni nello spazio circostante sono molto più limitate, e non esistono insediamenti Pinner extra-planetari equivalenti alle colonie su Marte, come Musk o New Nairobi, o persino la Stazione Spaziale Internazionale. Non violenti sia per natura che per ragioni culturali, i Pinner non hanno alcuna tradizione bellica e, a causa della loro fisiologia, non possono sopravvivere a ferite riportate nel corso di conflitti violenti.

Gli ibridi Pinner-umani ereditano di solito i migliori tratti di ciascuna specie. Come gli umani sono molto adattabili, ma con la particolare sensibilità e precisione dei Pinner.

La nostra diversità ci rende più forti! Il futuro delle relazioni fra umani e Pinner riceve una forza unica dall'esistenza di nostri discendenti comuni.

La verità è che non è stata fatta molta ricerca. Noi, ibridi della prima generazione, siamo stati i primi della nostra specie, qualcosa del tutto nuovo. Nessuno sa come dirti che la scienza non sa ancora chi sei tu. Siamo nati senza storia e del tutto privi di memoria collettiva. La prima generazione. Non erano nemmeno sicuri di poterci riprodurre finché uno di noi non l'ha fatto. Molta gente ci riteneva uno sbaglio che non sarebbe dovuto esistere – il fatto che gli emi si potessero annoverare fra i tanti ibridi sterili della Terra, come i muli o i ligri, avrebbe fatto proprio comodo a tipi come Grosvenor.

Ripensando al passato, capii che quando io e Rainey eravamo giovani i miei genitori avevano cercato di non affrontare in modo diretto l'argomento. Non parlavano mai della possibilità di nipoti futuri e da giovani non ci avevano mai impartito la predica tradizionale e solenne sulla contraccezione. Mamma diceva spesso che la sua carriera era sempre stata la sua priorità.

"Allora quando ho scoperto di non poter avere figli, non ero nemmeno tanto dispiaciuta. Non avevo ancora conosciuto vostro padre e non avevo davvero in programma di avere figli. Mi piaceva così tanto il mio lavoro. Ho fatto proprio quello che volevo fare. Voi ragazzi siete giusto un bonus aggiunto a tutto ciò.

Papà era più rude, ma anche lui non ne parlava in modo chiaro. "I bambini sono costosi," diceva, elencando le particolari spese mediche causati da corpi che manco esistono in quel momento. "È molto più divertente viaggiare senza di loro. Dovete essere liberi!"

Un tempo credevo che stesse solo cercando di proteggersi contro la sua stessa delusione. Solo molto più tardi capii che i miei genitori stavano tentando di tenere sotto controllo le nostre speranze.

Lə signorə Evelyn non era stata la chiave che stavo cercando. Non avrei dovuto sorprendermi. La memoria umana è un narratore ancor più inaffidabile dell'IA a cui ha dato vita. Ma più tardi quella notte, il mio aggeggio si illuminò di nuovo. Era il rappresentante sindacale. Avevano trovato qualcuno disponibile a parlare con me.

L'infermiere si chiamava Darryl Stanner ed era uno degli umani più vecchi che avessi mai visto. Il suo viso riempiva il display come se fosse stato un elefante: era il mio aggeggio ancora zoomato sui vecchi filmati dell'IA. Mi affrettai a ridimensionare l'immagine, distogliendo lo sguardo dai suoi pori dilati e dall'accumulo di pelle sospeso sotto agli occhi. Quando lo guardai di nuovo era diventato sopportabile. In scala umana. Bene.

"Pronto? Mi sente? La vedo, ma non riesco a sentire niente."

"Pronto! Pronto, signorə Stanner. Salve. Non so se il suo rappresentante sindacale gliene abbia parlato ma sto cercando informazioni riguardo a un caso di abbandono. Ehm, il mio abbandono. Mi potrebbe aiutare?"

Sbatté gli occhi un paio di volte, con lentezza. "Ho qui il fascicolo, me l'ha mandato il mio vecchio rappresentante sindacale. So che tipo di informazioni sta cercando, ma ho paura che la mia memoria non sia più quella di una volta. Non so se posso aiutarla."

"Le chiedo solo di provarci," gli dissi sorridendo. "Può stare sicuro che se non riesce a ricordarsi nulla non la disturberò più. Ma spero che lei riesca a ricordarsi qualche dettaglio di quella notte, perché il mio abbandono è avvenuto la stessa notte dell'assassinio dell'ambasciatore Lngren."

"Oh," disse, mentre le enormi sopracciglia da bruco gli si alzavano verso il bordo del cranio. "Certo che mi ricordo quella notte. Una cosa terribile, proprio terribile."

"Quindi si ricorda la sparatoria?"

"Come se fosse ieri," sospirò, il suo discorso passò dalla velocità di una lumaca a quella di una tartaruga. "Era tutto ciò di cui si sentiva parlare. Era come se fosse stato svelato questo grande segreto. I Pinner sapevano che cosa eravamo. Che cosa siamo. Che mondo. Che sorpresa."

"Si ricorda della creatura appena nata che fu lasciata all'ospedale quella notte?"

"Oh sì, certo."

"Davvero?" Cercai di mantenere la calma, ma di sicuro mi vide sporgermi in avanti, andando incontro al passato. "Mi potrebbe dire quello che si ricorda?"

Sospirò, dava l'impressione di essere stanco quanto il tempo stesso. "Quella notte c'era un caos totale. Tutti credevano che stessimo per entrare in guerra. Ma fu prima che sapessimo quanto sono deboli i Pinner. Quanto fragili. La donna che ti ha lasciato lì aveva paura di romperti. Non ho mai visto qualcuno tenere in braccia una creatura con tanta attenzione. Come se tu fossi un guscio d'uovo."

Annuii, fingendo una tranquillità che non provavo. "La ringrazio di cuore per qualsiasi cosa mi potrà dire su di lei."

Abbassò lo sguardo. "Voglio dire, aveva paura. Avevamo tutti paura. Occhi grandi. Credo che indossasse la felpa di qualcun altro. Così vulnerabile, come una che sarebbe crollata se l'avessi trattata male."

"Ma era umana," dissi, rivolto più a me che a lui. "Non vulnerabile come una Pinner, ma come un umano?"

"Certo," disse. "Certo che era umana, tanto quanto lo sono io."

"Disse qualcosa su che cos'era successo? Avete parlato di quella notizia?"

Stanner scosse piano piano la gigantesca testa galleggiante i cui bordi scomparivano al di là della portata dello scanner. "Non aveva niente da dire. Era solo molto spaventata. Era davvero giovane. Carina. Solo che mi sentivo così in colpa verso di lei. I Pinner lasciavano spesso i loro figli emi. Ma lei? Vedevo che le si stava spezzando il cuore. Non è proprio la stessa cosa per gli esseri umani, sa?"

Volevo che mi dicesse che era straordinaria – che i suoi occhi erano di un colore mai visto prima. Che indossava l'altra metà di una collana con un ciondolo spezzato. Che aveva promesso di tornare a prendermi. Che aveva detto, "Un giorno," con uno sguardo lontano ma fiducioso.

"Era da sola? Ha visto se qualcuno l'aveva accompagnata o era passato a prenderla?"

Stanner alzò le spalle. "Non che io abbia potuto vedere. Ero abbastanza distratto. Sa, con tutto quello che stava succedendo."

M'immaginai i corridoi e le sale d'attesa dell'ospedale, dottori, infermiere e pazienti raccolti attorno a schermi e trasmissioni differenti, sussurrando stupiti. Io, il futuro di due razze, come un guscio d'uovo stretto al petto di Stanner. Dormivo? Ho pianto per la mia mamma umana? Quel pezzo della mia vita non mi apparteneva; solo qualcun altro avrebbe potuto tenerlo tra le mani. E ciò che lui teneva, invece, era il momento storico che mi aveva eclissato.

"La ringrazio per il suo tentativo, signorə Stanner. Lo apprezzo davvero tanto." La mia voce tremava.

"Non prendertela troppo a male, campione. Lo sai che è meglio per te non ricordare affatto quello che è successo. Voleva essere dimenticata. Lascia perdere."

Terminai la chiamata con un rapido gesto delle mie dita tremolanti. Il suo viso scomparve, lasciando soltanto un riflesso nel vetro scuro. Non gli dissi addio.

Qualsiasi regalo della memoria che il caffè Pinner stesse cercando di farmi, non poteva provenire da lei. Mia madre era umana e non voleva che io avessi niente che le apparteneva. L'ho persa, ma mio padre è ancora là fuori da qualche parte. È nel vasto vuoto oscuro dello spazio o nelle ultime gocce scure della mia tazza.

Cercai di ritornare all'inizio. Cercai di fare come nelle storie degli orfani umani: andare all'avventura. Cercai di seguire le strade della memoria e tornare indietro. Gli altri orfani scoprono di far parte in segreto di una famiglia reale. Scoprono che i loro genitori li amavano ma che erano stati costretti da tragiche circostanze ad abbandonarli. Si rendono conto che la loro vera famiglia è quella che li ha scelti. Chiedono qualcosa di più.

Tutto ciò che mi rimane sono frammenti di memoria e nessuno mi appartiene. Ho la storia della notte in cui mia madre mi abbandonò, la stessa notte in cui un Pinner fu ucciso per la prima volta da un umano. Ho un vecchio infermiere smemorato e una vecchia IA che non funziona come dovrebbe. Erano entrambi lì ed entrambi comunque troppo distratti da programmazioni di un tipo o dell'altro per farmi da testimoni. Ho un padre che non può vivere su questo pianeta e deve essersene tornato su uno che io non ho mai visto. Altro non c'è.

Mi trovo sul pianeta natale dei Pinner da due giorni. La gente non è affatto come me l'aspettavo. Mi hanno accolto come se avessero sentito la mia mancanza. Mi hanno detto che le mie possibilità di rimanere sterile per colpa delle radiazioni sono 50/50. Mi hanno pure detto che qui esiste un registro per aiutare gli emi a ritrovare i loro genitori, ma che è solo un punto di partenza. Ciò che stiamo cercando non si può trovare in una lista di nomi. La maggior parte di noi ha invece iniziato a prendere *onging* fresco ristretto al massimo e a collegarsi alla riserva di memoria collettiva che la bevanda rende accessibile. Berlo mi è stato di aiuto nel ricordare un posto e un popolo che mi appartengono, ma che non ho mai conosciuto.

La memoria, come il DNA, è fatta per lo più di pezzetti che appartengono ad altri. Ho mandato un messaggio sulla Terra, a ogni emi che conosco.

Gli ho detto che sono quasi a casa.

Leoni e gazzelle

di Hannu Rajaniemi

traduzione di Carlotta Codebò

Hannu Rajaniemi è autore di quattro romanzi tra cui The Quantum Thief *(vincitore del Tähtivaeltaja Award 2012 come miglior romanzo di fantascienza pubblicato in Finlandia e tradotto in più di 20 lingue) e* Invisible Planets, *una raccolta di racconti. Il suo libro più recente è* Summerland, *un thriller di spionaggio di storia alternativa in un mondo in cui l'aldilà è reale. La sua narrativa breve è stata pubblicata su "Slate", "MIT Technology Review" e "New York Times". Hannu vive nell'area della baia di San Francisco. È co-fondatore e CEO di Helix-Nano, una startup biotecnologica.*

"Dove pensi che siamo?" chiese la giovane donna mediorientale dallo sguardo intenso.

Jyri le sorrise e accettò il frappè offertogli da un assistente abbronzato.

"Credo che questa sia un'isola greca." Indicò le falesie grigie e desolate. Incombevano sulle macerie del villaggio dove i 50 concorrenti della Corsa stavano facendo colazione. "Guarda tutta la vegetazione morta. E il mare è del colore giusto."

In verità non ne aveva idea. All'aeroporto di San Francisco, lo avevano accompagnato su un aereo privato con i finestrini oscurati. L'ultima parte del viaggio si era svolta nell'opaca navicella passeggeri di un autocottero. Il luogo della Corsa, così come tutto il resto al riguardo, era un segreto tenuto ben stretto.

Il suo gesto, però, aveva distratto la donna tanto da permettergli di lanciare uno sguardo sulle sue gambe muscolose all'inverosimile. Di sicuro una dose eccessiva di miostatina –

editing genomico per l'ipertrofia muscolare. Grezzo, ma efficace. Avrebbe dovuto tenerla d'occhio.

All'improvviso fissò qualcosa alle spalle di Jyri.

"Scusami ma devo incontrare qualcuno. Grazie per la chiacchierata."

Prima che lui riuscisse a parlare, lei se lo lasciò indietro infilandosi a gomitate nella mischia che circondava Marcus Simak, l'amministratore delegato di SYNCELL – la più grande azienda al mondo di carne coltivata in laboratorio. Si lanciò in un discorso ben preparato. Jyri imprecò. Anche lui stava braccando Simak, aspettando il momento giusto.

Aveva la bocca secca. Questa era la parte più agognata dell'evento: l'accesso agli amministratori delegati più potenti del pianeta, quelli che potevano cambiare il tuo destino con un gesto delle dita. Avrebbe avuto ancora solo un'opportunità prima che si mettessero tutti, ma per davvero, a correre via. Peggio ancora, voleva correre anche lui. Ogni muscolo del suo corpo era teso come una molla. Una smania di origine sintetica gli martellava la testa mischiandosi al frastuono della folla.

Jyri la respinse, si costrinse a bere un sorso di un denso frappé alla menta e scrutò i podisti in tuta a rete bianca – una specie di fantasmi nella luce dell'aurora – in cerca di un nuovo obiettivo.

Era facile dividere la folla in tre gruppi: gli imprenditori come Jyri che erano lì per vantarsi della loro tecnologia, con gli occhi affamati e a disagio nei loro corpi che avevano sottoposto al biohacking; gli scalatori sociali, vicepresidenti di aziende e celebrità, con le loro carnagioni da filtro Instagram e i tatuaggi fosforescenti; e infine le Balene come Simak: gli imperatori-dio dell'IA, della biosintetica, dell'agritech e dello spazio.

Jyri scorse Maxine Zheng, la parvenue rivale di Simak, a soli 3 metri di distanza. Era minuta con la faccia pulita e atletica: i suoi grandi laboratori robotizzati avevano alimentato la

Seconda rivoluzione biosintetica – compresa proprio la startup di Jyri, CarrotStick.

Jyri si fece strada nel gruppo, catturato dalla forza di gravità da mille miliardi di dollari di Zheng. Da vicino la sua pelle luccicava come quella scintillante di un delfino. Si mormorava che l'editing genomico delle Balene comprendesse i geni che proteggevano i cetacei dal cancro e dalle malattie più comuni.

Zheng stava parlando con un giovane alto e pallido come la morte, ma con la corporatura di un podista etiope: gambe lunghe e un torace a mantice.

"Carino," lei disse. "Ma sono sincera, di questi tempi mi interessa di più la tecnologia neurale."

Questo era il segnale che aspettava Jyri. Si spinse avanti, pronto con la sua frase di presentazione. *Ciao, sono Jyri Salo di CarrotStick. Riprogettiamo i recettori dopaminergici per hackerare le motivazioni –*

"Jyri!"

Una mano forte gli strinse la spalla. Si voltò e quasi gli scappò un'imprecazione.

Non qui, non ora.

I denti bianchi di Alessandro Botticelli risaltavano contro la barba scura e riccia. Grossi anelli alle dita tozze, aveva gli avambracci tatuati e gonfi di muscoli. I suoi polpacci avrebbero potuto essere scolpiti nel granito rosso. Il colorito rossastro che aveva la sua pelle era una novità. Un probabile editing genomico per aumentare la produzione di globuli rossi e la resistenza aerobica, ma di quei tempi era impossibile saperlo.

"Che bello vederti, amico!" L'italiano afferrò la mano di Jyri e lo strinse in un abbraccio affettuoso. "Non ci posso credere di averti ritrovato qua, com'è? Lavori ancora in quella nostra piccola azienda? Sono proprio contento!"

I ritmi familiari del suo accento gli facevano venire mal di denti. Jyri fece una smorfia. *Quella piccola azienda. Nostra. Non aveva vergogna?*

"A meraviglia," disse a voce alta, stringendo i denti.

"È fantastico, amico" disse Alessandro. "Complimenti. Io, beh, sono stato così occupato, iniziava a essere troppo pesante, sai com'è. Quindi ho deciso di mettermi in forma, davvero in forma. Maxine mi ha consigliato di fare questa cosa ed eccomi qua! Sarà una figata!"

Jyri non riusciva a sopportare né i denti bianchi né gli occhi verdi e distolse lo sguardo.

"Sono contento per te," disse.

"Ehi, grazie amico! Vuoi che ti presenti? Lei sta proprio lì e forse le interessa quello su cui stai lavorando."

Zheng era di nuovo al di là di un muro di corpi muscolosi. Prima di dire di sì, Jyri tirò un respiro profondo ma sentì solo il sapore della sua vecchia rabbia. Scosse la testa.

"Non ce n'è bisogno. Abbiamo già fatto due chiacchiere."

L'italiano gli diede una gran pacca sulla spalla.

"Grande! Ehi, ci vorrebbe davvero una rimpatriata! Forse dopo questa roba qua?"

"Certo." Lo stomaco di Jyri era diventato un deposito di acido. Salutò Alessandro con la mano e si allontanò incespicando verso i bordi della folla. Bevve un lungo sorso di frappé, ma riuscì a malapena a tirar giù la miscela viscosa. Si costrinse a berla comunque. Era una scomoda verità dell'ultramaratona che ingurgitare quella roba fosse vantaggioso. Per di più, lavava via il sapore della bile.

Jyri aveva conosciuto Alessandro in uno dei primi incontri di networking a cui aveva partecipato dopo essere arrivato dalla Finlandia con niente di più che un'idea. Fecero amicizia sulla base dei comuni interessi; Alessandro offrì il suo aiuto con la raccolta fondi e prima che Jyri se ne rendesse conto l'italiano era diventato un socio fondatore di CarrotStick, alla pari.

Ci fu un tempo in cui i due passavano quasi ogni ora da svegli insieme, scarabocchiando idee sulla lavagna digitale, compilando richieste di patenti, spargendo sudore sopra le presentazioni e macinando incontri a catena con gli investitori. Era un vero amore fraterno, da Silicon Valley. E poi, quando gli arrivò l'offerta di entrare come soci nel più efficiente acceleratore della baia di San Francisco, Alessandro si tirò indietro, annunciando a sorpresa che non avrebbe più potuto occuparsi di CarrotStick a tempo pieno. Un'azienda vc per cui avevano preparato insieme una presentazione si era rifatta viva per offrire ad Alessandro un lavoro. A quanto pare erano stati colpiti dalla sua grinta. Lui aveva affermato che quella compagnia era più in sintonia con la sua missione nella vita, qualunque essa fosse.

L'acceleratore si rifiutò di lavorare con CarrotStick – visti "i problemi a impegnarsi dei suoi fondatori" – e lasciò Jyri a cercare fondi all'ultimo minuto, bruciando intanto i suoi risparmi e lavorando giorno e notte nel laboratorio. Alessandro continuò a sfoggiare lo stesso sorriso inalterabile durante tutto il negoziato sulle sue azioni di socio fondatore. Col tempo, senza mai alzare la voce, riuscì a logorare Jyri, che alla fine si arrese. Più tardi i suoi consulenti gli dissero che per un socio fondatore inattivo quella quota di capitale era così alta da sfiorare il ridicolo.

In seguito, Jyri bloccò Alessandro su tutti i social. Ogni tanto qualche notizia filtrava dai feed dei suoi amici. La nuova startup di Alessandro aveva battuto qualsiasi record di finanziamento per società di primo livello; il suo feed di divulgazione scientifica popolare aveva vinto un premio; si era sposato con una giovane istruttrice di yoga in rv che compariva sia nelle classi di educazione fisica sia nelle fantasie di milioni di uomini e donne attorno al mondo.

Ancora più insopportabile, nonostante i tentativi di Jyri di effettuare un blocco di tutte le notizie al riguardo, era vedere Alessandro che nelle interviste si vantava di come la sua creatività e il suo duro lavoro avessero portato a un piccolo successo iniziale: un'azienda chiamata CarrotStick.

Jyri decise che non avrebbe permesso ad Alessandro di rovinargli quell'occasione. Sarebbe riuscito ad avvicinare Zheng da solo, a qualunque costo. Stringendo i pugni si voltò a guardare la folla – e incrociò gli occhi di una donna seduta lì vicino su una panchina scolorita dal sole.

Jyri si rabbuiò. Non era né un'assistente né una podista: indossava un vestito nero largo e sformato che le lasciava le braccia nude. Erano ricoperte da tatuaggi sbiaditi di pipistrelli. Dai capelli color cenere spuntavano due codini. Faceva girare una sigaretta elettronica fra le dita. Un sorriso di superiorità le era apparso sulle labbra.

Poi capì. Questa doveva essere La Gama, la Cerva. Era una dei leggendari ultramaratoneti che aveva gareggiato contro gli indiani Tarahumara nei canyon del nord del Messico, prima che il cambiamento climatico li costringesse a lasciare le loro terre e abbandonare anche la tradizione millenaria della corsa.

Dodici anni prima, le Balene l'avevano assunta per pianificare le Corse biennali. Impiegò tutta la sua esperienza come partecipante a corse come le Maratone Barkley e Badwater e creò un tipo di competizione del tutto nuovo per atleti superumani. La Gama decideva chi poteva prendervi parte sulla base di una complicata domanda di partecipazione che comprendeva i biomarcatori, la sequenza genomica e i brevetti per il potenziamento dei concorrenti.

La Gama si alzò in piedi. Jyri sentì l'amaro in bocca. La fase del networking era finita. Oramai correre era l'unico modo per distinguersi dal branco delle startup e catturare l'attenzione delle Balene. La piazza era avvolta nel silenzio. Le Balene si voltarono a guardarla e tutti gli altri concorrenti fecero lo stesso. Per un attimo l'unico rumore fu il frinire dei grilli.

"La corsa," disse, "era il nostro modo di andare a caccia. Ci siamo evoluti per inseguire qualcosa finché non cadeva a terra per puro sfinimento. Ne portiamo ancora le tracce nella spina dorsale verticale, nel legamento nucale e nel tendine di Achille.

"Per tutta la vita siete andati a caccia con la mente. Voglio che voi cacciate e uccidiate con le gambe. Ecco le vostre prede."

Alzò la mano e fece un cenno di richiamo, a dita piegate. Un grande branco di robot emerse dalle macerie circostanti, bianche come il gesso, in cui era nascosto. Ognuno di loro era della taglia di un'antilope con gambe da gazzella e un corpo nero privo della testa.

"Vi presento le Capre da 1 a 50," disse La Gama. "Le loro batterie sono cariche. Come le vostre. Questa Corsa è una gara di perseveranza. Niente tappe, distanze prestabilite, posti di rifornimento idrico, limiti di tempo e pause: solo correre fino a sfinire una capra. Chi porta indietro quello che ha nella pancia prima degli altri vince."

Mise una mano sulla groppa liscia del robot accanto a lei, sopra un piccolo disegno simile alle pitture rupestri. Un otturatore a forma di iride si aprì sul fianco per chiudersi prima che Jyri potesse vedere ciò che si trovava all'interno.

La Gama batté le mani. "È tutto. Si sta alzando il sole e allora, come fanno i leoni e le gazzelle, è meglio che iniziate tutti a correre."

La linea di partenza non esisteva. Gli bastò formare delle file compatte sulla strada stretta che serpeggiava in direzione delle colline. Il gregge di caprebot corse via e si fermò in cima al primo pendio. Il sole dipingeva le falesie di viola.

Conoscevano tutti le regole di base. Zero comunicazioni. Nessuna équipe di supporto. Nessun battistrada. Ancora più importante, né potenziamenti cibernetici né protesi – niente che avesse a che fare con il silicio o l'elettricità. Ma era permessa qualsiasi cosa che fosse biologica: erano i cavalieri del Sacro Graal della seconda età della biotecnologia. Avevano con sé solo gli zaini con l'acqua e i gel energetici.

Jyri diede un'occhiata alla fila di corpi vestiti di bianco. Alessandro teneva gli occhi chiusi e muoveva le labbra. Quell'ipocrita stava *pregando*?

La Gama alzò la sigaretta elettronica alle labbra.

La rabbia di Jyri si era mescolata al bisogno, ora quasi insopportabile, di correre. Aveva investito tutti i liquidi e la criptovaluta di CarrotStick nella messa a punto del suo corpo – e, ancor più importante, della mente.

L'ingrediente chiave era la motivazione.

La Gama fece un lungo tiro dalla sigaretta elettronica. La punta si illuminò di un blu elettrico. Buttò fuori un unico filo di fumo dall'odore di mentolo. Quello era il colpo di pistola della partenza.

I concorrenti scattarono nella corsa. Grazie alle scarpe da corsa dalle suole sottili, i piedi affamati di Jyri divoravano la strada.

Il vero obiettivo di CarrotStick era creare droghe intelligenti che modificassero i circuiti di ricompensa del cervello e creassero dipendenza dai problemi da risolvere, i codici da scrivere e gli algoritmi dell'Intelligenza artificiale da modellare. L'azienda aveva quasi finito le riserve di contanti quando uno dei suoi investitori raccontò a Jyri della Corsa. Si rese conto che bastava copiare le varianti di ricezione della dopamina dei migliori ultra-atleti di tutti i tempi – la spinta inarrestabile che li spingeva avanti per gare di 160 chilometri.

Quella spinta era di Jyri adesso. CarrotStick aveva prodotto un virus sintetico che gli trasferiva la migliore variante genetica del recettore nel cervello. A ogni passo diceva di *sì* nella mente. Si sentiva di poter correre per sempre.

La donna con le gambe cariche di miostatina l'aveva affiancato all'improvviso per poi passargli di poco davanti. I piedi di Jyri accelerarono da soli. Tirò due respiri profondi e mantenne il suo slancio sotto controllo. Non era ancora arrivato il momento di spingere.

Rallentò e la lasciò scomparire oltre la cima della collina di fronte, giusto dietro ai caprebot.

Dopo un po', Zheng, Simak e gli altri due amministratori delegati Balene passarono sfrecciando attraverso il gruppo.

Non riuscì a mettere a fuoco quel martellare di gambe e braccia. Per loro, tutto questo era solo un conflitto fra i dipartimenti di ricerca e sviluppo delle grandi aziende di cui erano diventati gli emblemi. Competere con loro era insensato. Le loro cellule muscolari erano sintetiche, i loro tessuti del tutto sovrumani.

Alla fine Jyri superò la prima collina. La strada girava a sinistra. I caprebot la seguirono, puntando dritti alle ripide falesie incorniciate da nuvole bianche. Le Balene erano dei piccolissimi punti bianchi alle loro calcagna. Gli altri concorrenti li seguivano mentre la Corsa era in pieno svolgimento.

Il sole bruciava alle loro spalle. La strada asfaltata si trasformò in un sentiero sassoso. Per Jyri la corsa in salita non era un problema. All'inizio del suo allenamento ne aveva fatta molta. Era un buon modo per mettere a punto la biomeccanica.

Cambiò andatura passando allo stile a piede nudo, mettendo giù non il tallone ma il bordo del piede, scivolando come un elfo. Gli altri podisti del gruppo si trovavano in difficoltà sul sentiero: anche senza accelerare il passo, Jyri iniziò a lasciarli indietro.

L'ultima casa in rovina alla periferia del villaggio era circondata dagli scheletri di capre vere. Il grosso del gregge di caprebot non si vedeva, ma Jyri mantenne il passo di una manciata di robot che aveva davanti. Presero a destra, su un sentiero ancor più sassoso che portava in diagonale su per il bordo della falesia.

"Andiamo a prenderli, che ne dici?"

Di nuovo quella pacca sulla spalla. Alessandro. Era proprio alle calcagna di Jyri. Poi lo sorpassò sollevando nuvole di polvere al suo passaggio. Era spuntato dal nulla. Aveva usato un vecchio trucco da ultramaratoneta: correre proprio sul margine del sentiero in modo da non farsi vedere da chi stava davanti.

A Jyri gli si rovesciò lo stomaco alla vista della schiena larga di Alessandro che si allontanava. Era troppo. Ma la voce prudente della ragione gli ricordò che c'era ancora una strada molto, molto lunga davanti. I caprebot dovevano avere una carica di almeno 20 ore e sull'isola potevano esserci delle stazioni per la ricarica nascoste. Il terreno irregolare prometteva microfratture, l'accumularsi del dolore.

Jyri tirò un piccolo sorso d'acqua dalla sacca d'idratazione, non abbastanza da idratarlo, ma sufficiente per ingannare la mente e tenere sotto controllo la sensazione della sete. Un'ultramaratona era come una catena di alternative in continua successione. Bere o no. Accelerare o meno. Arrivò a un compromesso. Avrebbe aperto di un minimo le valvole, solo per vedere se era in grado di raggiungere Alessandro. Avrebbe rallentato se lo sforzo si fosse rivelato troppo grande.

Incrementò la cadenza del metronomo mentale fino a 180 battiti al minuto. Si scorticò uno stinco su una pietra – ne avrebbe pagato le conseguenze per molto tempo. Ma il dolore mischiato al pulsare della dopamina gli diede un'esplosione di velocità. Alzò la testa. Mosse le ginocchia a stantuffo in forma perfetta da podista. In un attimo si ritrovò subito dietro ad Alessandro che grugnì di sorpresa.

Jyri non poté trattenersi dall'urtare appena la spalla di Alessandro con la sua, mentre lo superava sul sentiero, seguendo la gioiosa danza a zig-zag del caprebot che lo precedeva, verso rocce che ora appartenevano solo a lui.

Dopo quattordici ore di gara, Jyri perse il caprebot fra le nuvole.

Col rapido arrivo del crepuscolo i contorni dell'isola sfumavano come in sogno. L'ascesa era stata ardua. I sentieri non erano segnati ed erano cosparsi di pietre appuntite. Nei tratti peggiori, gli toccò correre quasi accovacciato per evitare i rami appuntiti tesi ad arco sopra il sentiero.

Ma la spinta della dopamina lo mantenne sulla traccia del caprebot su fino all'altopiano. Assomigliava a un paesaggio lunare: grandi massi, ghiaia grigia. C'erano distese di sassolini rotondi che trattenevano il calore del sole: per chi ci correva sopra erano come carboni accesi.

Solo una volta gli riuscì di cogliere una vista degli altri concorrenti: due puntini che si muovevano giù in basso, sulla costa, inseguendo un caprebot fianco a fianco. Avrebbero potuto essere Zheng e Simak e Jyri si chiese cosa stavano facendo, correndo così vicini. Forse ognuno di loro non poteva concedere nemmeno un centimetro all'avversario. O forse c'era sotto qualcos'altro?

Per il resto fu una faccenda solo fra lui e il bot. Ormai aveva decifrato il comportamento dell'animale artificiale. Si fermava come per riposarsi ogni volta che lui rallentava, con ogni probabilità si stava caricando al sole. Quando lui accelerava, scappava via. Questa era la crudeltà del piano della Gama. L'unico modo per accorciare la distanza era non arrendersi mai. Il passo del caprebot era appena sopra quello raggiungibile col suo battito cardiaco massimo, 140 bpm in regime di consumo dei grassi, ma aveva finito metà delle sue confezioni di energy gel.

Si alzò un vento gelido. Nuvole basse iniziarono a inseguirsi attraverso il pianoro, inghiottendo i massi scuri. Jyri si rese conto che quello era il momento giusto. Quella cosa non poteva ricaricarsi nella nebbia. Se fosse riuscito a ridurre la distanza e a rimanerle vicino, sarebbe stata sua.

Sprintò in avanti e inseguì il bot nel biancore. Adesso sembrava un diavolo: faceva salti selvaggi sopra le rocce che a Jyri toccava aggirare. Ogni tanto diventava un tutt'uno con la nebbia e il cuore di Jyri faceva un salto. Il battito della batteria alla dopamina lo spinse in avanti martellandogli in testa, sempre più veloce.

E poi il caprebot inciampò.

Ci fu un clangore di metallo e pietre. Jyri ritornò di colpo al massimo del suo livello d'allerta. I sassolini erano bagnati e scivolosi, così rallentò. Una forma incombeva davanti a lui: un masso. L'aggirò e vide il bot ad appena 15 metri: con le gambe che raschiavano la pietra faticava a rialzarsi. Era arrivato il momento, adesso doveva dare di più, solo un poco.

Nei muscoli delle gambe ci fu come uno scoppio, una fusione fredda. Poi il blocco. Il rigor maledetto, il rigor mortis del podista.

No. Ce la posso fare.

Una sensazione di freddo gli si diffuse nel cervello, come il più forte mal di testa del mondo, quello che viene se si mangia il gelato troppo in fretta. *Continua a spingere, dannazione.*

Ma non ci riusciva.

Non. Ci. Riusciva.

Un sassolino traditore gli ruotò sotto il piede. Cadde in avanti, schiacciando il mento contro il petto per proteggere la testa. Un colpo contro un masso gli rese insensibile un gomito mentre cascava a terra con una botta violenta.

Poi calò il silenzio, eccetto per il deridente scalpito degli zoccoli del caprebot.

Jyri rimase fermo, rannicchiato sui sassi umidi. Gli faceva male tutto. Ma non era il dolore a fargli salire il vomito in gola, era la *mancanza* di qualcosa.

Il fuoco interiore era morto.

Non *voleva* alzarsi.

Rimase steso sulla roccia, nuda e bagnata, cercando di pensare attraverso il dolore, ma i pensieri gli scappavano via come caprebot nella nebbia. Con mani insensibili tentò di afferrare il tubicino della sacca d'idratazione. Gli scivolò via e lo lasciò cadere.

Sdraiarsi a terra significava la fine. Sarebbe diventato uno dei falliti della Corsa, dei ritirati. Da quel momento in poi, gli investitori a cui si sarebbe rivolto lo avrebbero riconosciuto con un'occhiata e lo avrebbero lasciato da parte. Sarebbe stata la fine per CarrotStick e anche per il suo futuro. Chiuse gli occhi e con la forza della disperazione cercò di non piangere.

Solo che... non aveva alcun senso.

La voglia di correre era sparita. Qualcosa era andato storto con i suoi recettori di dopamina. Forse era il suo stesso sistema immunitario che aveva iniziato a rigettarli? Si era sottomesso a una cura per permettere al suo corpo di tollerare i nuovi geni. Tuttavia, un'improvvisa e incontrollata reazione immunitaria non era da escludere. Ma non aveva né la febbre né alcun altro sintomo.

Rimaneva solo un'altra possibilità: qualcuno lo aveva hackerato a livello biologico, un nemico che mirava dritto al suo potenziamento, forse con una droga biologica che bloccasse il recettore. E solo qualcuno che conoscesse la PI di CarrotStick poteva crearla.

Alessandro. Quelle pacche sulla spalla. Quegli anelli che indossava. Alessandro ne sapeva abbastanza sui recettori di CarrotStick da servirsi dell'IA per creare una molecola capace di prenderli di mira.

Il vuoto in testa gli si riempì di un'ondata di rabbia rossa, calda e *buona*.

Si ricordò cosa gli aveva detto il suo primo allenatore al liceo.

Il miglior carburante per finire una gara è l'odio.

Jyri si girò sulla pancia, si inginocchiò e rimase lì per un momento, respirando a fondo. C'era un masso accanto a lui. Lo abbracciò come un'amante, trovò un appiglio e si tirò in piedi. Si appoggiò sulla superficie rocciosa, premendoci la fronte contro. Le gambe barcollarono ma non mollò.

Ce l'avrebbe fatta a tornare. Avrebbe portato le prove di cos'era successo, distruggendo il nome di Alessandro.

Si strizzò un pacchetto di energy gel in bocca. I carboidrati incapsulati nell'idrogel gli rilasciarono in pancia una bolla di calore in espansione.

Lasciò la presa sulla roccia, fece prima un passo e poi un altro, lottando contro il rigor. Dopo tre passi, iniziò a diventare più facile.

Dopo 10 passi, cominciò a corricchiare.

La discesa fu ancor peggio della salita. Di solito gli ultramaratoneti camminavano in salita e correvano in discesa, ma il sentiero era così difficile che Jyri dovette rallentare e mettersi al passo per permettere ai suoi lievi strappi muscolari di guarire.

Era quasi buio quando alla fine emerse dalla cappa di nuvole e si accorse di essersi spinto più in là di quanto pensasse.

Solo che lo aveva fatto nella direzione sbagliata.

L'interno dell'isola si stendeva davanti a lui sotto la pallida luce della luna: una fuga di colline, il letto secco di un fiume, alberi morti color della cenere. Sull'altopiano Jyri aveva preso la direzione sbagliata. Il villaggio era alle sue spalle. Ora avrebbe dovuto risalire la collina e ritornare sui suoi passi – 14 ore in tutto, ma quando era ancora fresco.

La fatica si fece sentire, pesante e greve. Fu sul punto di inciampare di nuovo. Quanto gli rimaneva? In teoria, il 40 per cento: è quanto la scienza affermava si potesse ancora tirar fuori dal momento in cui erano stati raggiunti i limiti della resistenza.

Gli doveva bastare.

Si girò per iniziare la lunga salita di ritorno e sentì un urlo da sotto.

"Salo! Quaggiù!"

Alessandro. Era forse 100 metri sotto Jyri, su un terreno accidentato ma stabile. Poco distante da lui c'era un gregge di almeno 20 caprebot. Mentre Jyri guardava, Alessandro li rincorreva. Il gregge si sparpagliò in tutte le direzioni. Alessandro ne rincorse uno per mezzo minuto, ma poi il bot schizzò via e il gregge non fece altro che radunarsi dietro all'italiano. Non c'era alcun modo per distinguere il bot di prima.

Se Jyri avesse avuto ancora un po' di energia, si sarebbe messo a ridere forte. I caprebot stavano sfiancando la resistenza di Alessandro, intrappolandolo in una specie di gioco delle tre campanelle che l'avrebbe presto esaurito.

Forse dovrei sedermi a guardare. Il bastardo se lo meritava.

"Salo, cazzo, ho bisogno di un po' di aiuto qui! Uno non può catturare questi figli di puttana da solo. Si ammucchiano ed è impossibile distinguerli. Dobbiamo lavorare insieme. Dai!"

"Se volevi il mio aiuto, forse non mi dovevi fregare," urlò Jyri. La sua voce era rauca.

"Di che cazzo parli?"

Adesso Jyri era quasi a metà strada dalla radura. Si immaginò di dare un pugno ad Alessandro, ma non era sicuro di riuscire davvero ad alzare il braccio.

"So che sei stato tu a hackerarmi," disse. "Giù al villaggio."

Alessandro si fermò e lo guardò con gli occhi spalancati.

"Anche tu?"

"Cosa vuoi dire?"

"Il mio metabolismo è andato a fanculo. Pensavo fosse dovuto a un malfunzionamento."

Forse si trattava solo del chiaro di luna, ma *in effetti* Alessandro sembrava pallido.

"Cazzate," disse Jyri. Gli serviva l'odio, cazzo. Aveva gli occhi pieni di lacrime.

"Pensaci Salo. È stata quella stronza della Gama. Quei frappé – perché pensi ce l'abbiano fatti bere? Era l'unica che conoscesse i nostri hack tanto da prepararci delle contromisure apposta."

Il fuoco dell'odio si ridusse a un tizzone. Jyri fissò Alessandro negli occhi. Le sue mani iniziarono a tremare.

Alessandro abbassò la voce.

"Guarda, amico. Sei una brava persona. So che ti ho lasciato nei casini tempo fa." Il suo gran sorriso era sparito. "Non ho bisogno di barare, cazzo. Ma adesso ho bisogno di te. Quindi... scusa se ti ho fregato, va bene?"

Jyri lo guardò. Scusarsi una volta non bastava per cancellare cinque anni di lavoro massacrante e di ansia. Quanto lo prendeva per stupido, Alessandro?

Poi si ricordò di Zheng e Simak, che correvano in tandem.

"È la chiave di tutta la gara," disse Jyri. "La Gama ci ha presentato una sfida impossibile da risolvere da soli, a prescindere dalla qualità dei nostri potenziamenti. Le Balene devono essere furiose."

Osservò la faccia leonina di Alessandro. Non c'era stata cattiveria nel suo tradimento. Là fuori era più facile accorgersene. Era solo un animale che rincorreva la preda, come nella sua natura.

Tutt'a un tratto, Jyri si sentì più leggero.

"È per questo che non abbiamo funzionato come soci, amico," fece Alessandro. "Eri troppo intelligente per me."

Jyri tirò un respiro profondo.

"Va bene," disse. "Andiamo a caccia."

Ci vollero diversi tentativi prima che Jyri e Alessandro riuscissero a separare un caprebot dal gregge. Uno dei due mise in fuga il gregge e selezionò un obiettivo; l'altro lo bloccava ogni qual volta cercava di unirsi agli altri. Ci vollero esplosioni di velocità che Jyri non immaginava di possedere ancora. La faccia di Alessandro era viola, ogni traccia di arroganza cancellata dal dolore. Fra una corsa e l'altra, condivisero quel che restava di gel energetici e acqua.

Alla fine, alle 2 del mattino, misero un caprebot in fuga. Col gregge che li seguiva da vicino non potevano distogliere l'attenzione.

Quaranta per cento, continuava a pensare Jyri, mentre correvano lungo il letto secco del fiume. Era così che si immaginava la terra dei morti, arida e senza fine.

Ma per qualche ragione trovò la corsa piacevole. La sua mente era tranquilla. Da quanto non si sentiva trasportato dal flusso di una corsa, in modo da sparire dentro a un compito al limite delle sue capacità? La parola finlandese per pensare era *ajatella*. In origine significava assalire la propria preda fino alla fine.

Il loro polmoni funzionavano come mantici. Non c'era abbastanza fiato per le parole, ma Alessandro era una presenza silenziosa al suo fianco, concentrato sullo stesso fine. Ad ogni passo sincronizzato che facevano, la rabbia e l'ansia iniziavano a sparire.

Dopo un po' rimase solo la soddisfazione dell'inseguimento fatto insieme: la forma indistinta del robot davanti a loro, il rumore delle pietre sotto ai piedi.

Le falesie sulla costa erano avvolte di luce, quando alla fine il caprebot rallentò, crollò in un groviglio di zampe e rimase immobile.

Jyri lo fissò, cercando anche lui di non svenire mentre il battito cardiaco rallentava e la pressione sanguigna nei suoi arti scendeva. Alessandro era accovacciato, le mani sulle ginocchia, scosso da conati di vomito.

Senza fiato, l'italiano fece un gesto con la mano. "Tu… Tu… fai gli onori."

Jyri mezzo camminò, mezzo saltellò verso la macchina. Da vicino assomigliava ancor di più a un animale. Il suo carapace nero si muoveva su e giù, come se stesse respirando. Con cautela, toccò il disegno bianco e attaccaticcio sul suo fianco. Un'apertura rotonda si spalancò di colpo. Ci infilò la mano dentro e con le dita trovò due oggetti: una fiala con dentro del liquido trasparente e una siringa a pistola.

Alessandro si asciugò il vomito dalla barba e lo guardò.

"Cosa stai aspettando?" chiese. "È l'antidoto, scemo."

Jyri esaminò la boccetta e la siringa che aveva in mano. Era una specie di scherzo finale? Aveva davvero senso che ci fosse un antidoto universale contro gli hack a tutti potenziamenti diversi dei partecipanti? *Certo.* I frappé: erano con tutta probabilità probiotici con batteri che producevano nelle viscere dei corridori una varietà di biofarmaci su misura. Avevano di sicuro un interruttore universale, innescato dal contenuto della boccetta, qualunque cosa fosse.

Un'iniezione e la voglia di correre gli sarebbe tornata. Però c'era qualcosa di puro nell'aria notturna, la luce all'orizzonte, la polvere sul viso. Era *qui* e non nel passato pieno d'ansia o nel futuro incerto. Voleva davvero che gli tornasse il martellamento implacabile e assoluto? Sentiva dolore, ma lo aveva scelto lui. Gli apparteneva.

Scosse la testa e passò l'antidoto ad Alessandro.

"Fallo tu," disse. "Mi arrangerò da solo."

L'italiano lo guardò, i suoi occhi verdi erano indecifrabili. Con una mossa abile, riempì la boccetta e trovò la vena nel braccio. Il liquido trasparente andò dentro con un sibilo. Alessandro tirò un respiro profondo. Gli si arrossò la pelle e si stirò a fondo.

"Gli dirò di venirti a prendere," disse. "Trovati un riparo e rimani lì. E ti presenterò a Zheng, e vanterò la tua pazzesca tecnologia di hackeraggio motivazionale. Lo so che prima stavi solo facendo finta di averci parlato, ma dovresti farlo invece. Credo che sarebbe interessata."

Jyri fece un cenno con la testa e alzò una mano.

Guardò la figura bianca di Alessandro rimpicciolire in lontananza finché non scomparve dietro il fogliame appassito lungo l'argine secco del fiume.

Aspettò finché non si alzò il sole. Le ombre si allungarono come dita nella valle mentre le falesie della costa scintillavano come oro. Un miraggio aleggiava sopra l'arida distesa dell'isola. Sembrava una città fantasma, con torri galleggianti e pilastri.

Jyri si sentì svuotato e leggero. La sacca d'idratazione era a secco. Lasciò cadere lo zaino a terra. *Gazzella o leone*, pensò.

Poi iniziò a correre.

Terra bruciata

di Lee Konstantinou

traduzione di Carlotta Codebò

Lee Konstantinou è uno scrittore e professore associato d'inglese presso l'Università del Maryland, College Park. È anche redattore di materie umanistiche presso LARB. Ha scritto narrativa, saggi e recensioni. Ha scritto il romanzo Pop Apocalypse *(Ecco/HarperPerennial, 2009) e con Sam Cohen ha curato* The Legacy of David Foster Wallace *(University of Iowa Press, 2012).* Cool Characters: Irony and American Fiction *è stato pubblicato nel 2016 dalla Harvard University Press.*

Sono a metà di un risotto scotto, occupata a dare la mia opinione sul Piano approvazione progetti, quando il telefono si mette a vibrare. Credevo di aver silenziato le notifiche. Ho la tentazione di controllare l'allerta, ma 30 facce mi stanno guardando, tutti Membri, alcuni della Casa Zardoz, il resto di altre case del circondario di Rochester. Siamo seduti a un tavolo ricavato da legno riciclato, coperto di cibo e bevande. Fa freddissimo. Tutti indossano maglioni, berretti, cappotti, sciarpe, guanti; io porto un blazer blu sopra una maglietta, jeans e stivali di pelle. Ho i capelli a spazzola e sono truccata, anche se questo mi fa sentire una cogliona.

Un videodrone ondeggia vicino alla credenza, a un metro e mezzo dalla mia faccia ritoccata, mandando in streaming dal vivo questo "Quattro chiacchere a cena" a proposito del Bollettino della Federazione. Ventimila Membri mi stanno guardando. La Casa Zardoz è una delle Prime cinque, e il mio invito qui è un fatto non da poco. La Federazione è in preda a un attacco di passione politica. Le elezioni terminano la prossima settimana, e Joan McGee, Presidente in carica, un'Artista, sarà la vincitrice probabile, ma io le sono a tiro – sarei la prima Presidente Universalista – e non mi arrendo senza combattere.

Il mio telefono smette di vibrare e tiro un sospiro di sollievo. "Negli ultimi sei mesi," dico, tentando di non fare trapelare l'ansia, "sono stata invita in centinaia di Case, da Rochester a Davis. E con qualsiasi cosiddetta fazione io parli sento la stessa storia. Il Mondo ha fregato ognuno di noi. Non ci saremo associati a una Casa altrimenti, giusto?"

"Maledizione se hai ragione, Viola," dice Marlow.

Marlow è un vecchio amico, è stato lui a invitarmi a Zardoz. È un Universalista come me e fa parte di una non proprio segreta rete di ex-tossicodipendenti. La nostra roccaforte è la vecchia Strada degli oppiacei, la cosiddetta Terra bruciata, da Albany, New York, fino a Columbus, Ohio. Noi restiamo uniti. Noi ci teniamo un sacco. Noi partecipiamo. Dopo tutto noi c'eravamo quando si trattava di fondare la Federazione e aiutarla a diventare ciò che è oggi. McGee e i suoi alleati pieni di sé stanno cercando di riscrivere la storia, di cancellarci. Questo è quanto, ad ogni modo, io voglio dire al pubblico.

Invece dico, "Ora McGee..." Si sentono dei fischi e faccio un cenno con la mano per zittirli. "Ora lo slogan elettorale di McGee è 'Facciamo dei piccoli miglioramenti'." Si sentono delle risate di scherno. "Dice che vuole solo rendere la Federazione un posto migliore per vivere. Vuole che i Membri 'possano mettersi da parte un qualcosina in più di ciò che guadagnano.' Vuole rendere 'un po' più rigoroso' il Piano approvazione progetti. Ma le sue 'piccole' proposte, beh, ti fanno chiedere, a vantaggio di chi si sta davvero migliorando la Federazione?"

"Degli Artisti," dice un uomo con una spilla da Attivista.

"Cazzate," aggiunge un Universalista.

È bello sentire dei rivali ideologici essere d'accordo sulla loro antipatia verso McGee. Alzo il dito, pronta a chiarire il mio punto di vista, quando un uomo biondo in cappotto alla marinara mi interrompe.

"Non lo sono, invece," dice. È un Artista, naturale. Non tutti qui sono miei sostenitori.

"Sta' zitto, Steve," fa l'Attivista.

Steve non sta zitto. "Se non rinunciassimo a tutto il nostro reddito in eccesso a favore della Federazione, potremmo aggiustare quella dannata caldaia."

Marlow alza gli occhi al cielo. "Abbiamo inoltrato un Ticket di aiuto."

"*Sette giorni* fa. Perché mai gli diamo il nostro Minimo?"

"Se vuoi tenerti il tuo straordinario 'reddito in eccesso,'" qualcuno suggerisce, "lì c'è la porta. Vai a trovare..."

"Forse," interrompe Steve, "Se tu non sprecassi il tuo..."

"Ehi aspettate," dico, cogliendo l'attenzione della folla. "Steve, ti capisco." Lo guardo negli occhi e sorrido con calore; è sorpreso che non voglia litigare con lui. "Il tuo ragionamento è valido. Se ti ho capito bene, stai cercando di dire che se lavori sodo vuoi che la qualità della tua vita rifletta il tuo duro lavoro." Suo malgrado Steve mi fa un cenno di sì con la testa; sono riuscita a farlo cadere nella mia trappola d'empatia. "I tuoi sentimenti sono validi, ma dobbiamo anche fare attenzione a non reintrodurre le divisioni di classe del Mondo nella..."

Il mio telefono vibra di nuovo, come fanno una dozzina di altri cellulari e occhiali smart e tablet, e perdo la concentrazione. I Membri controllano i loro aggeggi. Gli è arrivata un'allerta, la stessa che ho ricevuto io.

"Cacchio." Marlow mi mostra il suo telefono. "*Viola, guarda...*"

"Cos'è?" bisbiglio.

"*McGee.*"

McGee è sullo schermo, ha un taglio di capelli nuovo e costoso e le sue guance lentigginose sono color rosa. Mentre tiene un comizio davanti a una folla compatta indossa un abito grigio senza maniche e tacchi rossi. C'è qualcosa di familiare nel filmato. Il mio cervello non riesce a individuarlo.

"È una registrazione?"

"Sta succedendo *adesso*."

"Un 'Quattro chiacchere a cena' con McGee non era stato programmato per oggi."

"Viola," dice Marlow. "Quella è *Casa Pimento*."

Un attacco a tradimento.

Poso la forchetta. "Devo... devo andare."

"Ma siamo nel bel mezzo di..."

Mi alzo in piedi e 30 facce si girano a guardarmi. Lo sanno tutti. Tiro fuori il telefono dal blazer. Sono inondata da centinaia di messaggi. Cazzo. Respiro con affanno. Mi faccio strada attraverso la sala da pranzo, il salotto, l'ingresso; mi metto il trench e il cappello; sono fuori dalla porta.

Sono circondata dal buio invernale, il mio respiro gelato è visibile. La neve ha cominciato a venire giù per davvero. Mi allontano da Casa Zardoz camminando lungo una tranquilla strada residenziale, un quartiere degentrificato di Rochester, New York. Quasi tutte le altre case tranne Zardoz sono chiuse con assi di legno inchiodate, oppure bruciate e sventrate. La strada è piena di buche, non viene asfaltata da quasi un decennio. Macchine a benzina arrugginite, qualcuna abbandonata, altre trasformate in abitazioni per poveri abusivi, si ammucchiano ai lati della strada. Parcheggio sul viale, che è ancora oggetto di manutenzione da parte della città. Cammino e rimugino. Sono furiosa ma mi sento anche in colpa.

Quando è stata fondata, non si supponeva che la Federazione dovesse tenere elezioni fra candidati opposti. Non ci dovevano essere fazioni, ma queste si formarono in fretta. Gli Artisti vogliono che la Federazione sia separata dal resto del Mondo, che si concentri sui progetti creativi individuali dei Membri. Gli Attivisti vogliono che la Federazione diventi una piattaforma per salvare il Mondo. Nel frattempo noi Universalisti vogliamo che se lo mangi. Il sistema dovrebbe funzionare con chi è candidato per spontanea scelta della comunità. Il modo in cui funziona davvero è che una volta resa pubblica la tua candidatura, i Membri ti invitano a un "Quattro chiacchere a cena." Fai visita alle Case. Rispondi alle domande. Fai un discorso elettorale, però non lo chiami mai così. *Campagna elettorale* è ciò che fa il tuo avversario. Tu, tu stai solo facendo *quattro chiacchere* e forse, per caso, capita che qualcuno mandi in onda la tua visita. La Federazione mise a punto l'arte dell'incoerenza in politica, ma McGee la perfezionò. In qualche modo si è procurata un invito alla Casa Pimento – a casa *mia* – proprio alla fine del turno elettorale, la stessa notte in cui io sono stata invitata a una delle Prime cinque. È nella mia Casa, proprio adesso, e 30.000 persone la stanno guardando sul Bollettino, la guardano mentre si prende gioco di me, dal vivo.

Quando arrivo sul viale, sono per un attimo confusa. Una grande mensa dei poveri, robotica e su quattro ruote, gestita da qualche organizzazione benefica che pratica l'altruismo efficace, sta vendendo pasti scontati agli indigenti della città. Centinaia aspettano in fila, tenendo strette le loro Tessere del reddito minimo universale. Intravvedo il mio furgoncino sull'altro lato della strada. Si accende quando mi avvicino, le luci brillano. La porta si apre. Il mio telefono dice che ci vorranno due ore per arrivare a Ithaca partendo da Rochester. Se sono fortunata ce la farò prima che McGee abbia finito.

Se sono fortunata, potrò uccidere quella stronza dal vivo sul Bollettino.

Quando entrai nella Federazione, ero messa male. Ero stata cacciata per indisciplina dalla scuola tecnica, una di quelle scuole paritarie, all'epoca popolari, che in realtà erano dei coding bootcamp. Per un po' addestrai i robot a fare lavori di ristrutturazione nelle case. Poi un robot che riparava tetti, *boom* mi cascò addosso. Fu allora che l'alcol e la droga divennero un vero problema. Sei mesi dopo la fine del periodo di riabilitazione, con una pompa per il metadone nel braccio, braccialetto elettronico alla caviglia, ero alla frutta. Avevo finito gli amici disposti a prestarmi il loro divano per una notte, non trovavo lavoro. Non avevo altro che il Minimo.

Un giorno ricevetti un messaggio strano. Una persona del mio stesso Gruppo di riabilitazione da narcotici – una donna che si chiamava Grace Zenebe – mi invitò a farle visita. Non ci era in realtà permesso di contattarci al di fuori delle riunioni del Gruppo, ma Grace voleva "fare due chiacchere." A dire il vero, non mi stava molto simpatica. Il tribunale ad apprendimento automatico mi aveva costretta a frequentare quelle riunioni dopo il mio arresto (è una lunga storia). Grace aveva deciso di disintossicarsi di sua volontà. Era diventata dipendente dai sonniferi durante il suo ultimo anno alla Cornell University e considerava il Gruppo come una specie di terapia personale.

Durante le riunioni si lamentava dei suoi genitori, e sembrava interessata in modo particolare a raccontar*mi* i suoi problemi personali. Come se non bastasse faceva parte di una strana setta; continuava a parlare di come fosse "un Membro della Federazione." Mi ci vollero un paio di settimane prima di rendermi conto che non stava parlando di *Star Trek*. Tuttavia quando mi ritrovai il suo messaggio nella posta in arrivo, accettai l'invito. Ne sarebbe uscito fuori un pasto, supponevo, e – anche se era seccante, anche se stava in una setta – era figa e speravo in una pomiciata. Una volta arrivata, mi diressi verso la porta della Casa e l'aprii; non era chiusa a chiave. Quando mi vide mi abbracciò come se fossimo vecchie amiche. Il suo sorriso – luminoso, caldo – era folgorante.

"*Vee*," disse, "Come sono contenta di vederti!"

"Sì," dissi. "Sì, sicuro."

Casa Pimento era grande e piena di scricchiolii, ma accogliente. Ci vivevano quindici persone, mi spiegò Grace. Seduta all'isola, in cucina, mangiai due porzioni esagerate di lasagne vegane, preparate dal suo coinquilino Farhad. "È uno chef bravissimo," disse. Ero gelosa, anche se non ne avevo nessun diritto. Risposi con un grugnito e tranguggiai una tazza di caffè nero. Grace sorseggiò del *mate*. Ben presto ci ritrovammo nella sua stanza, sedute sul suo comodo futon viola. Si era laureata un anno prima, ma la sua stanza aveva ancora l'aria di appartenere a una studentessa. Dappertutto c'erano candele aromatiche. La sua libreria fai da te, costruita con scaffali tenuti insieme da mattoni di cemento, era piena di manuali di economia e romanzi russi. Quasi mi sedetti su un romanzo di Ursula K. Le Guin – credo fosse *I reietti dell'altro pianeta*.

Iniziammo a parlare. Beh, *lei* iniziò a parlare. Dall'ultima volta che l'avevo vista, aveva deciso di diventare una scrittrice, e quando lo disse ai suoi genitori, quelli andarono su tutte le furie. Tutte le maggiori serie TV e i video giochi erano scritti dalle IA a quel tempo; non c'era un gran futuro per gli scrittori umani. I suoi genitori l'avevano in pratica ripudiata, ma lei non si faceva intimidire. Le avevano già accettato qualche racconto breve, mi mostrò una rivista che si chiamava *Sideways Review*, che pubblicava una sua storia, *Una piccola inibizione*. Era anche stata accettata all'Iowa Writers' Workshop (ammetterlo la metteva in imbarazzo) ma aveva declinato l'offerta. Disse "Iowa Writers' Workshop" come se io dovessi sapere di cosa si trattava.

Feci la domanda che si aspettava: "Perché non ci sei andata?"

"Tutti i giovani scrittori più interessanti fanno parte della Federazione."

"Eh sì." Non leggevo un romanzo da prima del coding bootcamp.

"Questa generazione reinventerà la letteratura americana. La Federazione sta cambiando tutto ciò che conta – l'arte, la musica, la filosofia."

Presa dall'emozione, tirò fuori una cartellina dallo zaino; feci un gran sospiro. Non mi aveva portato nella sua stanza per limonare ma per reclutarmi. "Sai cos'è una Casa di sostegno, Vee?"

"Non è una setta?"

Sorrise. "Non proprio." Disse che una Casa di sostegno era solo un gruppo di persone che sceglievano di vivere insieme. Era successo che, 10 anni prima, attraverso un vecchio social, degli amici collegati in rete avevano iniziato a parlare di come volevano sfuggire alla tirannia del mercato del lavoro per lavorare a tempo pieno sui loro progetti. Così alcune centinaia di attivisti e artisti unirono le loro forze e comprarono cinque case fatiscenti in un quartiere degentrificato di Rochester. Quelle cinque case – le Prime cinque – diventarono il germe della Federazione delle case di sostegno. Con il passare degli anni, qualsiasi gruppo che possedesse una casa poteva aggregarsi. Passavi il pagamento Minimo bisettimanale alla Federazione e in cambio la Federazione si occupava di cibo, alloggio e tutte le altre necessità, trattando a nome di tutti i Membri con l'economia esterna. Per essere ammesso alla Federazione, disse, ogni Membro di una Casa doveva preparare un Piano quinquennale spiegando quale fosse il Progetto significativo che era pronto a intraprendere.

Dissi: "E se il mio Piano quinquennale fosse: 'Giocare a *Zombie Fortress* tutto il giorno'?"

"Dipende. Vuoi, tipo, fare un lavoro etnografico sulle comunità di gaming o qualcosa del genere?"

"Ci gioco perché mi piace ammazzare gli zombie con un fucile a canne mozze?"

Si mise a ridere. "Forse quella proposta la dovrai rivedere un pochino."

"Va bene, e se fossi un gamer professionista e stessi accumulando un sacco di soldi facendo fuori i niubbi?"

"Beh, se capita che il tuo Progetto sia redditizio, il tuo guadagno inaspettato sarà, beh, restituito al fondo comune della Federazione."

"Capisco," dissi. "Quindi la Federazione non è una setta. È una truffa. Do via il Minimo, e poi mi dovrei fidare di un qualsiasi burocrate *comunista* che lo spenda a posto mio?" A quei tempi non sapevo cosa fosse il comunismo, ma mi sembrava disdicevole.

Grace mi colpì il braccio come per gioco. "Puoi vederlo come una specie di ipermercato comunista all'ingrosso. Sempre che l'ipermercato sia il proprietario della tua casa e gestisca un suo sistema sanitario d'eccellenza mondiale. Si chiama un monopsonio. Quando c'è solo un acquirente sul mercato, quell'acquirente ha molte..."

"Ho afferrato il punto," dissi, con Grace che sembrava imbarazzata dalla sua stessa loquacità.

Disse, "Vee..." (le nostre braccia si sfioravano) "...dove hai vissuto negli ultimi sei mesi?"

"Qua e là."

"Hai trovato lavoro?"

"Ci ho provato..." Iniziai a piangere. "Ci ho provato davvero."

"Ti stanno trattenendo lo stipendio o qualcosa del genere?"

"Quale stipendio? Nessuno mi vuole dare un lavoro."

"E il Minimo?"

"Non puoi vivere con il Minimo."

Mi tenne la mano e aspettò che smettessi di piangere. "Abbiamo un posto libero in Casa Pimento. Se tu volessi, ti potrei presentare i miei coinquilini? Sponsorizzarti? Tutti qua sono molto gentili."

"Perché proprio io? Sono solo una nessuno qualsiasi che va alle tue riunioni di riabilitazione."

"Mi sei mancata," disse.

"Cosa?"

"E che tu... la maggior parte della gente in riabilitazione, quando gli parli, non ti sta davvero *ascoltando*. Tu sei diversa, Vee. Tu ascolti per davvero. Tu, cioè, provi empatia per chi ti parla."

Non ero la persona che lei immaginava. Ero solo più brava degli altri a nascondere i miei sentimenti. Quando hai un alcolizzato, omofobo e pieno di rabbia come padre e una madre con un disturbo borderline di personalità, diventi abbastanza brava a decifrare le persone e a nascondere i tuoi sentimenti. Ma lasciai che Grace fosse confusa nei miei confronti. Ero combattuta. Da una parte volevo scappare. Grace si stava comportando troppo bene con me. Dall'altra parte, malgrado il mio buon senso, mi fidavo di lei. E comunque entrare a Casa Pimento era di sicuro meglio che fare la fame. Così compilai la domanda, dicendo nel mio Piano quinquennale che avrei potuto aiutare le Case con lavori di riparazione e ristrutturazione, e feci la conoscenza dei suoi coinquilini. Avrei vissuto alle spalle di questi poveretti per sei mesi e poi sarei sparita nel nulla.

Ma successe qualcosa di strano. I sei mesi diventarono un anno. E un anno ne diventò *cinque*. Compilai un *secondo* Piano quinquennale e poi un *terzo*. Tornai a scuola, pagai i miei debiti, andai dal fisioterapista per la mia gamba gigia, feci riparazioni e restauri in tutta la Terra bruciata. E Grace e io, beh, ci siamo innamorate. Sposate. Decise a fare una fusione degli ovuli. Ma quella non fu la parte più strana. Iniziai a credere nella Federazione. Il Mondo andava ogni giorno sempre più a 'fanculo, ma la Federazione funzionava. Con la popolazione nazionale di indigenti che si stava avvicinando a cento milioni, era un posto dove potevi vivere. Decisi che potevamo essere liberi solo dentro la Federazione, ma non potevamo esserlo davvero finché tutti non ne avessero fatto parte. Il nostro benessere veniva dal Mondo, ma un giorno avremmo gettato via il Minimo e la Federazione avrebbe camminato con le sue gambe, producendo da sé e per sé tutto ciò di cui aveva bisogno. La Federazione non può cambiare il Mondo come credono gli Attivisti; *la Federazione se lo deve mangiare.* Questa è la decisione a cui sono arrivata. E adesso, ho quasi quarant'anni e sono candidata alla Presidenza, lottando come meglio posso per salvare la Federazione da chi è intenzionata a distruggerla dal di dentro.

Strano, vero?

Mi ci vuole un'ora in più del previsto per arrivare a Ithaca. Passo tutto il tempo guardando McGee. Ogni volta che prendo in mano il telefono, la vedo tener banco con un grande sorriso sul viso compiaciuto mentre traccia i piani per un secondo mandato. Prima di cena la butta lì, "i Membri devono, tipo, poter trattenere una parte maggiore dei loro guadagni esterni ed ecco il perché." Parla come una di quelle ragazze che fanno le oche. Un'ora dopo, fra forchettate di insalata, si lascia sfuggire: "Il Piano approvazione progetti ha, tipo, un totale bisogno di essere reso più rigoroso. Se, tipo, hai intenzione di startene tutto il giorno in pigiama, non c'è bisogno di farlo in una Casa di sostegno, giusto?" Risate. Coinquilini e Membri che non riesco a riconoscere la circondano. Non vedo Grace e non sta rispondendo ai miei messaggi. Farhad è accanto a McGee. Dev'essere stato lui a invitarla.

Ora, non è un affatto un segreto che Farhad e io non andiamo d'accordo. È il proprietario di un ristorante giù in paese che ha come clientela regolare i pezzi grossi dell'università. È stato persino recensito sul *New York Times*. Se le riforme di McGee diventassero operative il reddito a sua disposizione salirebbe alle stelle. Non mi sarei tuttavia mai immaginata che Farhad mi tradisse in questo modo. Durante il dessert McGee fa una nuova proposta: "E, tipo, so che è controverso dirlo, ma la Procedura allontanamento membri è uno scherzo totale.

Non si può essere cacciati dalla Federazione anche se si è commesso un reato grave, sapete?" Mangia una cucchiaiata di gelato. "Non possiamo rendere la Federazione un posto sicuro?"

Sarà un attacco nei miei confronti? Non sono stata condannata per un reato grave ma solo per uno minore. Metto via il telefono, troppo furiosa per continuare a guardare. Quando il furgoncino mi fa scendere, sto tremando. La valigia mi segue in strada sulle sue gambette meccaniche da ragno. Mando il furgoncino a cercare un parcheggio. Quello dall'altro lato della strada è diventato un piccolo accampamento pieno di tende di decine di indigenti abusivi. La maggior parte insegnava tecnica della scrittura all'università prima che il loro lavoro fosse automatizzato. Adesso passano le loro giornate compiendo microlavoretti sui loro cellulari.

Sono a casa. Studio la facciata del vecchio edificio in stile vittoriano. È giallo e pieno di macchie, la torretta è coperta di neve. Il portico che corre lungo tutto lo stabile è ingombro di cianfrusaglie. Le finestre gelate sono illuminate, decorate con nastri di luci e addobbi; dall'interno si sentono voci allegre. Le finestre del piano terra, come due occhi severi, mi sfidano.

Prima che io possa entrare, un'ombra si avvicina. È un uomo, un poveraccio. Non lo riconosco. È basso, con un pizzetto ben curato e i capelli raccolti in un codino. Indossa una felpa della CalTech e pantaloni da tuta grigi; tiene sottobraccio un MacBook vecchissimo. Sto per dirgli che non posso aiutarlo quando noto che ha un braccialetto elettronico alla caviglia. Avverto una fitta proprio lì, dove per 18 mesi si è fatto sentire il peso di un braccialetto proprio uguale. L'irritazione si trasforma in compassione e tiro fuori il portafoglio.

"Mi scusi, signora," dice. "Ma non voglio i suoi soldi."

Non rispondo.

"Lei abita in questa Casa?" dice.

Faccio segno di sì, preoccupata.

"Lei pensa che... pensa che io potrei forse essere ammesso?"

"Purtroppo siamo al pieno. Ma c'è una lista online di Case con posti disponibili."

"Ho già fatto domanda, tre volte. Non sono nemmeno riuscito ad avere un colloquio. Nella lettera di rifiuto c'era scritto qualcosa come 'Ci sono 5.000 candidati per ogni posto libero.' Ma il mio contributo è qualcosa di unico, lo sa? Pensavo che, forse, se lei vive qua, magari conosce una corsia preferenziale o roba del genere? Forse potrebbe dare un'occhiata alla mia domanda e dirmi se ho fatto qualcosa di sbagliato?"

Gli metto dei soldi in mano e non li rifiuta. "Mi dispiace," dico.

"Sono un abile programmatore. Posso fare molto di più che addestrare algoritmi codificatori tutto il giorno."

"Non è una decisione che io possa prendere da sola..." L'uomo mi guarda severo. Tiro fuori un biglietto da visita dal portafoglio e glielo passo. "Guardi, il processo di ammissione è collettivo, ma perché non mi manda un messaggio così quando non sono tanto di fretta vedo cosa possa fare?"

Non gli piace la mia risposta, ma prende il mio biglietto da visita e si fa strada fra la neve che si sta accumulando per raggiungere i suoi compagni nell'accampamento.

Salgo incerta i gradini scricchiolanti, aggiusto la targa dalla porta.

BENVENUTI A
CASA PIMENTO
ASSOCIATA DAL 2045

Guardo diritta nella telecamera di sicurezza e aspetto che la porta si apra. Afferro il pomello con la mano che mi trema. Ma poi vedo la fede alla mano sinistra e mi calmo. Qualsiasi cosa succeda lì dentro, avrò almeno un'alleata nella Casa, una persona sul cui supporto incondizionato potrò contare.

I Membri affollano l'entrata. Stanno mettendosi cappotti, berretti e calosce, chiamando le macchine o preparandosi ad affrontare la neve a piedi. Ne riconosco qualcuno, e quando loro fanno altrettanto sgomento e curiosità si alternano negli sguardi. Mi faccio strada fra la folla, passando dall'ingresso al salotto. Il posto è un carnaio. Venti persone sono sedute su quattro divani sistemati con strane angolazioni. La luce è bassa, e l'aria sa di erba. Dappertutto bottiglie di birra e calici vuoti. Dagli speaker della Casa si sente un rap di InfinitoIncasso sulla deindustrializzazione. Un video dal suo nuovo album, *Ricorrenza eterna*, viene proiettato su una delle pareti bianche.

Li trovo in cucina.

Farhad indossa degli occhiali per la realtà aumentata ed è a capo di un esercito di aiutanti, coordinando il tutto col software scritto per il suo ristorante. Barba e capelli sono legati con lacci colorati. La sua bandana alla Mandelbrot è zuppa di sudore. Sta asciugando i piatti e sorseggia un gran bicchiere di vino rosso. Da un robospeaker a sfera ora viene fuori il rap di InfinitoIncasso sulla differenza di reddito in base alla razza.

Sono tutti di buon umore. Stanno lavando i piatti a mano. La nostra lavastoviglie è rotta da sei settimane e la fabbrica di robot in Arizona, di proprietà della Federazione, che dovrebbe farcene una nuova è in arretrato di sei mesi nella consegna degli ordini – una pubblicità perfetta per il programma elettorale di McGee. E McGee, ovvio, sta aiutando i lavapiatti, indossando dei guanti di gomma gialli e una felpa di Casa Pimento sopra il suo elegante vestito da campagna elettorale. Qualche videodrone rimane in aria, forse registrando immagini di copertura per il suo prossimo spot elettorale.

"McGee!" dico, a voce troppo alta.

Sembra sorpresa e quasi fa cadere un piatto. "Ciao, Viola" dice. "Troppo bello vederti!" come se fossimo le migliori amiche del mondo.

"Cosa ci fai qua?"

"Cosa vuoi dire?"

"Sai cosa voglio dire."

"Sono stata *invitata* qua."

Farhad si mette in mezzo. "Viola, smettila."

"Non dirmi così, traditore."

"Perché sarei un traditore?"

"Hai invitato McGee a Casa mia."

"Casa *tua*?" dice Farhad. "Anzitutto, è un onore per qualsiasi Casa ricevere la visita del Presidente della Federazione."

McGee dice: "Davvero, sono io a essere onorata. Pimento è una delle più anziane e storiche Case nella..."

"E per di più, non sono stato io a..."

"Hai programmato questa visita per rovinare il mio viaggio a Rochester," dico. "Per farmi fare brutta figura. Sono stata invitata in una delle Prime cinque, e ti sentivi minacciata."

McGee fa la bambina dispiaciuta e si avvicina in modo che uno dei videodroni possa inquadrala per bene. "Non so che cos'ho detto o fatto per farti arrabbiare così tanto, Viola, ma sono mesi che metti in discussione il mio carattere."

"Tu vuoi gentrificare la Federazione. Cancellare le persone che credi non valgano nulla. Le tue proposte politiche reintrodurranno tutto il veleno del Mondo nel nostro..."

Alza le sue mani guantate. "Viola, ti assicuro che *capisco* le tue paure. E so che il tuo passato da tossicodipendente ti condiziona quando ti arrivano le mie proposte, ma..."

"Il mio passato da tossicodipendente?"

"...ci tengo davvero che tu accetti le mie buone intenzioni e..."

"Brutta stronza," dico, avvicinandomi rapida.

McGee fa un sussulto di sorpresa, alza le mani per difendersi e poi stiamo lottando corpo a corpo sopra il banco con l'acqua che riempie il lavandino e tutti i lavapiatti che ci rimangono impietriti. Farhad arriva per tirarmi via da McGee ma non riesce a mettersi in mezzo. McGee è un bel po' più bassa di me ma cavolo se è forte; ci spostiamo da un lato e il lavandino straripa. Vengono giù ondate d'acqua, scivolo sul linoleum bagnato e casco di sedere vicino al bidone dell'umido. I capelli di McGee hanno perso l'elastico, il suo vestito grigio ha uno piccolo strappo e i suoi occhi verdi mandano fiamme, pronti per il secondo round. Mi alzo in piedi. Mi fa male il culo. Anch'io sono pronta. Ho già perso senza speranze le elezioni, tanto vale trascinarla giù con me. Se fa una figuraccia, forse vinceranno gli Attivisti.

"Viola!" risuona una voce.

Grace è in piedi all'entrata della cucina. Indossa un paio di sabot, pantaloni da tuta premaman e una maglietta della *Rivista dei libri della Federazione* con sopra la spilla degli Artisti. Una delle sue mani, le unghie giallo intenso, accarezza la sua enorme pancia da terzo trimestre. I suoi occhi sono gonfi, come se si fosse svegliata da un sonno travagliato o stesse piangendo. La sua presenza mi fa capire che mi sto comportando in modo vergognoso. Farhad chiude il rubinetto; insieme ai suoi aiutanti inizia a passare lo straccio per asciugare il pavimento coperto d'acqua. Alla fine la testa mi lascia sentire ciò che Farhad stava cercando di dirmi.

Non è stato *lui* a invitare McGee a Casa Pimento.

Non è stato *lui* il traditore.

Ci muoviamo in silenzio. Nei suoi sabot, Grace cammina quasi come una papera. Di recente le si sono gonfiati i piedi. La schiena le fa sempre male. I nostri coinquilini si tengono a distanza mentre saliamo al secondo piano. Negli ultimi tempi Grace è spesso depressa. L'anno che è passato è stato pesante. La morte di cancro di sua madre, l'accoglienza tiepida del suo secondo romanzo, i dolori di una gravidanza difficile – ogni settimana ha portato nuovi problemi. In viaggio per mesi, non sono stata una compagna di grande aiuto. Speravo che il bambino sarebbe stato la soluzione a tutti i nostri problemi. Prima dell'inizio della campagna elettorale, abbiamo persino fatto il giro di alcune Case adatte ai bambini nella zona vinicola, lontana dagli accampamenti, lontana dalle infrastrutture in rovina delle città depresse. Un vigneto vicino a Seneca Falls ci ha persino invitate ad associarci. Ci siamo messe a ridere all'idea di due astemie che aiutano a mandare avanti un vigneto della Federazione. Ma mi sbagliavo. Il bambino non ci salverà. L'ho abbandonata quando aveva bisogno di me e lei ha reagito.

Saliamo un altro piano di scale e arriviamo all'ufficio nella torretta, il dominio di Grace. È la Contabile della Casa e lassù scrive anche. Lo fa a mano e tiene scatole piene di schede con appunti particolareggiati. La grande scrivania di metallo nel mezzo della stanza è coperta di quaderni e pagine stampate. Ci sediamo vicino alla finestra, sul futon viola che anni fa fu spostato qui dalla vecchia stanza di Grace.

Le lacrime mi bagnano il viso. "Scusami davvero tanto."

"Guarda," dice. "Sono io che dovrei scusarmi."

"Io non ero... Non avrei dovuto..."

"Avrei dovuto dirti di Joan."

"Capisco perché non l'hai fatto. Volevi farmi del male."

"No, stupida. Non vorrei mai farti del male. E solo che ci siamo incontrate a un "Quattro chiacchere a cena a Casa Riot" e..."

"Sei andata là?"

"Sì e abbiamo iniziato a parlare ed è successo tutto, voglio dire i preparativi, davvero all'ultimo minuto. E mi sono detta che tu lo sapevi."

"Cosa?"

"*Te l'abbiamo detto* la settimana scorsa che Joan sarebbe venuta, e quando non hai risposto ho solo pensato che... non lo so..." Controllo la mia casella di posta: è vero. "Credo di essermi convinta che non te ne importasse. In un certo senso, sapevo che non l'avevi notato, ma eri lontana, e avevo paura di mandarti un altro messaggio. Scusami se ti ho ferita."

"Mi sento ferita, sì," dico, "ma capisco anche *perché* l'hai fatto. Capisco che sei arrabbiata con me."

Socchiude gli occhi. "*Non* sono arrabbiata con te."

"Sono stata fuori casa. Non sono stata una buona compagna."

"Sei stata in giro a fare *campagna elettorale*. Dove altro avresti dovuto essere?"

"Ma se non sei arrabbiata con me, perché l'hai invitata qua?"

"Perché sono una sua *sostenitrice*."

"Cosa?"

Grace tira un sospiro. "Joan ha *ragione*. La Federazione sta cadendo a pezzi. Dobbiamo fare dei cambiamenti se siamo intenzionati a sopravvivere. È pazzesco. In pratica viviamo nel mezzo di un ricovero per senzatetto all'aperto, quando ogni mese Farhad guadagna migliaia di dollari con..."

"Non mi parlare di Farhad."

"Dimentichiamoci Farhad, allora. *Io* ho ricevuto un'offerta di lavoro."

"Cosa?"

"Mi hanno chiesto di aiutare ad addestrare l'algoritmo di scrittura per la prossima stagione di *Zombie Fortress*."

"Da quando ti interessano i videogiochi?"

"Farei la *scrittrice*, in un certo senso. Aiuterei a costruire delle storie."

Negli ultimi 15 anni, Grace ha scritto due romanzi. Il primo, un'avventura filosofica sull'automazione e la mancanza d'impiego, ha ricevuto delle buone recensioni. Il secondo, un romanzo sperimentale sui rifugiati a causa del cambiamento climatico, non ha avuto per niente lo stesso successo. Avevo cercato di rassicurarla sul fatto che ci avrebbe solo "messo di più" a trovare il suo pubblico. Ora dovrebbe lavorare a un terzo libro, una serie di storie collegate alla morte termica dell'universo.

"Dovresti scrivere il tuo libro," dico.

"Il mio ultimo libro è stato letto sì e no da 50 persone."

"Dicevi che avresti 'cambiato la letteratura americana.'"

"Guarda, ho 38 anni, e sono... sono stanca di sentirmi responsabile per i proclami che ho lanciato da giovane. Voglio solo aiutare gli algoritmi di apprendimento automatico a raccontare storie che *piacciono* alla gente. Storie *divertenti*."

"Vuoi creare videogiochi? OK, puoi presentare un'aggiunta al tuo Piano quinquennale. La gente lo fa di continuo e..."

"Non è questo il punto, Vee. Ho rifiutato il lavoro."

"Quello che stai dicendo non ha senso."

"Raccontare a qualcuno dell'offerta mi faceva provare vergogna."

"Perché?"

"Lo stipendio era buono. Molto buono."

"E?"

"E sono stufa," dice, "di questi tabù della Federazione contro gli impieghi trovati sul mercato del lavoro. Cosa ci sarebbe di così male nel fare un po' di soldi e tenermene un po' per me? Per noi?"

"Non ti riconosco."

"È solo che... quando stavamo facendo il giro delle Case, mi sono accorta che vivo qua da quand'ero all'università. Se mi ritroverò a vivere ancora in una Casa di sostegno a 60 anni..."

"Vuoi *lasciare* la Federazione?"

"Ascoltami. Amo la Federazione. Voglio rimanere nella Federazione. Ma perché la Federazione sia un'opzione fattibile, dobbiamo migliorarla. Dobbiamo *fare dei miglioramenti*, proprio come dice Joan. Stiamo crescendo troppo in fretta, lasciamo entrare troppa gente troppo presto e..."

"Non riesco a credere che tu stia dicendo questo cose."

"Smettila di interrompermi. Odio quando lo fai. Guarda, capisco che il Mondo sta andando in merda – la Stagnazione è stata dura per tutti – ma la Federazione non è un sostituto dello stato sociale."

"*Quale* stato sociale? Quando ci hanno 'dato' il Minimo, si sono presi tutto il resto."

"Quello che sto dicendo è che non possiamo assorbire tutti i tossicodipendenti, senzatetto, sottopagati e malati di mente del mondo..."

"Sei stata tu a reclutarmi per la Federazione."

"Certo che l'ho fatto. Mi piacevi. Eri fantastica. Sei fantastica."

"Se dovessi farlo di nuovo, lo faresti?"

"Cosa?"

"La Grace di 38 anni chiederebbe ancora alla persona che ero allora di far parte di Casa Pimento?"

Grace ha un momento di esitazione. "È una domanda davvero subdola e ingiusta."

"Ma è una domanda a cui ti sto chiedendo di rispondere."

"Sei impossibile a volte, Vee. Sei entrata nella Federazione in un'epoca molto diversa. Hai visto i cambiamenti che ci sono stati, proprio come me. Hai incontrato quei tipi di cui parlo. Non siamo una federazione di comunità alloggio. Siamo..."

"Sento gli Artisti parlare sempre di 'quei tipi' ed è sempre un modo in codice per parlare di 'quei tipi *che non valgono niente*'."

"Non te la crederai davvero che io la penso così?"

"Sei stata tu a dirmi che la Federazione era un modello per un mondo migliore."

"Un *modello* per quel mondo migliore – non *il Mondo* stesso. Non ha senso far diventare Membro ogni persona al Mondo con decisione unilaterale e poi dire che il nostro lavoro è finito. Il punto è dimostrare ciò che è possibile se lavoriamo insieme, aiutando ogni Membro nel suo lento, accurato e determinato processo di trasformazione e miglioramento di sé. Non basta sopravvivere, Vee. Dovremmo fare qualcosa di *bello* in questa vita."

"Tu... tu hai votato contro McGee nelle ultime elezioni."

"Ho cambiato idea."

La mia Grace non cambierebbe idea, non in quel modo. Non può credere davvero in quello che dice. Mi asciugo le lacrime. Il mio telefono vibra. Dovrei ignorare la notifica ma è più forte di me. È il mio Pannello di controllo elettorale. Non so come, ma nell'ultima mezz'ora, ho superato McGee. Sul Bollettino della Federazione vedo ciò che è successo. Sia io che McGee abbiamo perso sostenitori, ma lei ne ha persi più di me e io ho ricevuto il sostegno inaspettato degli Attivisti e degli Indipendenti. Gli piace che io abbia difeso la Federazione in modo così deciso. I forum di discussione del Bollettino sono un bagno di sangue.

"Guarda," dico, mostrando a Grace il mio telefono.

"Cosa?"

"Sono in testa. Credo di poter vincere."

Grace tira un sospiro. "Congratulazioni?"

"Ho lavorato così tanto per arrivare a questo punto. Non hai altro da dirmi?"

"È questa la conversazione che vorresti avere adesso?"

"Quello che voglio sapere è perché non credi in me."

"Guarda, Vee, sai quanto ti amo."

"Ma non ami il *mio successo*."

"Di cosa stai parlando? Credo che Joan abbia ragione, e tu no. Non ha a che fare con te ma con le tue idee."

Guarda fuori dalla finestra, attraverso la strada, alle tende che stanno sprofondando sotto la neve, e i suoi occhi si riempiono di nuovo di lacrime. Al di là della strada un fumo da cucina si innalza nel cielo notturno. Protetti da un telone blu, un gruppo di indigenti – uomini, donne, bambini, persone anziane – sono stretti attorno all'uomo che mi aveva avvicinato fuori, guardando qualcosa sul suo MacBook, ridendo. Adesso capisco cosa si è messo in mezzo tra me e Grace. *Questo* è stato quel che lei ha visto per anni dal suo ufficio, ogni giorno, per anni, e la mia adorata, sensibile moglie Artista non sopporta i segni visibili della lunga Stagnazione del Mondo.

Ma so che posso risolvere i problemi fra noi due. Non siamo tutti capaci di affrontare la verità, ma è il mio lavoro, il lavoro di gente come me, fare i conti con la bruttezza del mondo esterno così che non lo debbano fare gli altri. Ci trasferiremo in una Casa adatta ai bambini. Avrà il bimbo e una vista più carina dalla finestra, finirà il suo libro e col tempo inizierà di nuovo a vedere le cose alla mia maniera. Sono anche disposta a perdonarla per avermi pugnalato alle spalle, ma soltanto se alla fine sarà pronta a riconoscere che sono io ad avere ragione.

Sedute sul divano viola, mentre guardo nei suoi grandi occhi castani pieni di lacrime, sono sicura che lo farà. Sì, insieme avvolgeremo questa sventura nel nostro caldo abbraccio, scacceremo l'angoscia del Mondo, costruiremo un nuovo Mondo, un Mondo migliore, dove le persone potranno finalmente prendersi cura una dell'altra, un Mondo dove la Federazione sarà universale, e tutti noi – fino all'ultima persona – saremo Membri.

Il modello Mika

di Paolo Bacigalupi

traduzione di Francesca Secci

Gli scritti di Paolo Bacigalupi sono apparsi sulle riviste "WIRED", "Slate", "Medium", Salon.com e "High Country News", nonché su "The Magazine of Fantasy and Science Fiction" e "Asimov". Con i suoi racconti è stato candidato a tre premi Nebula, quattro Hugo e ha vinto il premio Theodore Sturgeon Memorial. La sua raccolta di racconti Pump Six and Other Stories *ha vinto il premio Locus come migliore antologia ed è stato nominato Best Book of the Year dal "Publishers Weekly". Il suo romanzo d'esordio* La ragazza meccanica *è stato candidato da "TIME Magazine" come uno dei dieci migliori romanzi del 2009 e ha anche vinto i premi Hugo, Nebula, Locus, Compton Crook e John W. Campbell Memorial. Paolo Bacigalupi è anche l'autore di* Ship Breaker, The Drowned Cities, Zombie Baseball Beatdown, The Doubt Factory, The Water Knife *e* Tool of War.

La ragazza che entrò nella stazione di polizia aveva un'aria stranamente familiare, ma ci misi un po' a capirne il motivo. Forse era un'attrice emergente, o qualcuna che si era sottoposta a una chirurgia facciale per somigliare a un personaggio famoso. Graziosa, elegante, capelli scuri, carnagione chiara e grandi occhi neri che si posarono su di me nel momento in cui il sergente Cruz la indirizzò dalla mia parte.

Si avvicinò, aveva con sé una borsa firmata Nordstrom. Indossava una camicetta color crema e una gonna aderente color antracite. Era elegante, nonostante il freddo umido tipico delle notti invernali della Bay Area.

Non riuscivo ancora a capire chi fosse.

"Detective Rivera?"

"Sono io."

Si sedette accavallando le gambe con un gesto seducente. Sorrise.

Fu il sorriso a illuminarmi.

Avevo visto quello stesso sorriso seducente nelle pubblicità. I denti perfetti e lucenti, le sopracciglia, tutto coincideva alla perfezione. E poi gli occhi. Grandi, di color castano scuro e dall'aria innocente che insinuavano qualcosa di ambiguo.

"Sei un modello Mika."

Lei inclinò la testa. "Chiamami Mika per favore."

La ragazza, il robot... quella cosa, sì, l'avevo già vista prima. L'avevo vista sia negli articoli di tecnologia che parlavano dell'apprendimento avanzato delle reti neurali artificiali, che in quegli editoriali in cui le femministe condannavano la mercificazione della femminilità e gli infuocati per la Cristianità ammonivano che la fine del matrimonio e della famiglia era vicina.

E poi, naturalmente, l'avevo vista nelle pubblicità online. Non c'era da meravigliarsi che l'avessi riconosciuta.

Dopo aver visitato per un po' un sito porno, quella ragazza aveva iniziato ad apparire ovunque sul mio computer portatile, mi perseguitava da un sito all'altro. Appariva ripetutamente invitandomi a cliccare su Executive Pleasure, dove avrei potuto sperimentare la "Vera esperienza con una ragazza ™."

Ammetto di aver cliccato.

E adesso era seduta di fronte a me, al confronto, le promesse del sito web erano limitate. Il modo in cui mi guardava... sembrava che fossi l'unica persona al mondo per lei. Le *piacevo*. Glielo leggevo negli occhi, nel sorriso. Mi desiderava.

Aveva il colletto della camicetta un po' troppo sbottonato che, quando si chinava in avanti, lasciava intravedere il reggiseno di pizzo nero. La gonna le fasciava i fianchi. Le cosce erano levigate, i polpacci scolpiti.

Mi resi conto che la stavo fissando, lei mi guardava con quel sorriso scaltro e familiare sulle labbra.

Non proprio con aria innocente.

Ecco a cosa stava arrivando il mondo. Un robot donna che riusciva a intrappolarti a tal punto da farti ricordare a malapena il tuo lavoro.

Mi sforzai di appoggiarmi allo schienale, fingendo una certa nonchalance. "Come posso aiutarti... Mika?"

"Credo di aver bisogno di un avvocato."

"Un avvocato?"

"Sì, per cortesia." Annuì timidamente. "Se lei è d'accordo, signore."

Il modo in cui pronunciò *"signore"* scatenò in me una valanga di fantasie inappropriate. Distolsi lo sguardo, sentivo la faccia arrossarsi. Cristo santo, di fronte a lei mi sentivo di nuovo un quindicenne.

È solo un software. È ciò per cui è progettata.

Era questa la verità. Era solo un ammasso di microchip, silicone e processi decisionali automatizzati. Il tutto avvolto in un vestito elegante, ma era progettata per manipolare. Persino in quel momento stava analizzando il mio battito cardiaco, la dilatazione delle pupille, la temperatura corporea e il tasso di umidità della mia pelle, stava cercando ogni minima espressione di attrazione, disgusto, paura e desiderio. Il tutto elaborato in millisecondi, adattando il proprio comportamento di conseguenza. *Popular Science* aveva pubblicato un articolo completo sul cervello del modello Mika.

Il suo comportamento non era dettato soltanto da ciò che imparava osservandomi. Era dato da tutti i modelli Mika, tutti quelli sparsi per il mondo, che apprendevano sul campo ciò che faceva eccitare i loro proprietari. In quel momento, decine di migliaia di robot stavano caricando costantemente, attraverso reti wireless, la propria conoscenza (in modo del tutto confidenziale, assicurava ai suoi clienti la Executive Pleasure) cosicché tutte le sue sorelle potessero beneficiare di tutti gli aggiornamenti: quelli notturni sul software e quelli comportamentali.

In una pubblicità, il modello Mika lanciava un'occhiata d'intesa in modo furtivo e chiedeva:

"Quand'è che una relazione è davvero migliorata con gli anni?"

Poi, gettava indietro la testa e scoppiava a ridere.

Quindi era tutto fasullo. A Mika non importava niente di me, né mi desiderava. Stava solo seguendo gli algoritmi comportamentali previsti dalla sua programmazione, ricorrendo a qualsiasi cosa fosse necessaria per farmi arrossire, intensificando la dose quando ci riusciva.

Sebbene sapessi che mi stava stuzzicando, il mio istinto animale rispondeva comunque. Mi sentivo manipolato eppure mi divertivo, la assecondavo, stavo al gioco della seduzione che mi proponeva.

"A cosa ti serve un avvocato?" le chiesi sorridendo.

Si chinò in avanti in modo cospiratorio. Si mise delicatamente dietro l'orecchio i capelli che le erano scivolati davanti.

"È una questione privata."

Nel muoversi, la camicetta le fasciò le curve. I bottoni si tesero con forza.

Cinquantamila dollari di IA dispettosa.

"È uno scherzo?" chiesi. "Ti ha mandato il tuo proprietario?"

"No. Non è uno scherzo."

Appoggiò la borsa di Nordstrom a terra, in mezzo a noi. Infilò la mano all'interno ed estrasse la testa mozzata di un uomo. La lasciò cadere ancora gocciolante di sangue sulle mie scartoffie.

"Ma che diavolo...?"

Balzai indietro davanti agli occhi spalancati del morto. Aveva il viso paralizzato in una smorfia di dolore e terrore.

Mika poggiò un coltello affilato e insanguinato accanto alla testa.

"Sono stata una ragazza molto cattiva," sussurrò.

E si mise a ridacchiare in modo inquietante.

"Credo che dovrei essere punita."

Il modo in cui lo disse era esattamente lo stesso della pubblicità.

"Posso avere un avvocato ora?" chiese Mika.

Seduta accanto a me, mi guardava con i suoi occhi neri e fiduciosi mentre guidavo l'auto di pattuglia nella notte fredda e umida.

Lasciai che si sedesse sul sedile anteriore senza nemmeno capirne il motivo. Non mi faceva paura, non fisicamente almeno. Non mi spiegavo se stavo seguendo la ragione, o se qualcosa nel suo comportamento stava comunicando al mio subconscio di fidarmi di lei, persino dopo che si era presentata con la testa mozzata di un uomo dentro una borsa.

Qualunque fosse la ragione, per recarci sulla scena del delitto le avevo ammanettato le mani di fronte invece che dietro la schiena e l'avevo fatta sedere sul sedile anteriore dell'auto. Stavo violando circa un migliaio di protocolli. E adesso che era seduta in auto accanto a me, mi resi conto che avevo commesso un errore. Non per motivi di sicurezza, ma perché il fatto di stare in auto da solo con lei creava un'atmosfera elettrica.

La pioggerellina invernale si era posata sul parabrezza, i tergicristalli automatici lo ripulirono.

"Credo che mi serva un avvocato quando faccio qualcosa di brutto," disse Mika, "Ma sono contenta che tu mi insegni."

Di nuovo. Una provocazione inappropriata. In fin dei conti, era solo un robot. Poteva anche essere ricoperta di pelle umana e avere del sangue vero che le scorreva nelle vene ma, da qualche parte, nella profondità del suo cranio, aveva una CPU che le faceva prendere tutte le decisioni. In quel momento, cercando di manipolarmi, stava tentando di trasformare l'omicidio in un gioco sexy. Il software era impazzito.

"I robot non possono avere avvocati."

Fece un balzo indietro come se l'avessi schiaffeggiata. Mi sentii immediatamente uno stronzo.

Non prova sentimenti, ricordai a me stesso.

Tuttavia, sembrava distrutta. Come se le avessi detto che era spazzatura. Ferita, si ritrasse. Piuttosto che sexy, in quel momento sembrava distrutta e timida.

Le sue curve mi ricordavano una ragazza che avevo avuto anni fa. Era dolce e tranquilla e per un po' aveva avuto bisogno di me. Aveva bisogno di qualcuno che le dicesse che era importante. Adesso, guardando Mika, provavo gli stessi sentimenti. Era solo una ragazza che aveva bisogno di sapere di essere importante. Una ragazza che aveva bisogno di essere rassicurata sul fatto di avere il diritto di esistere, il che era ridicolo, considerando che si trattava di un robot.

Ma di nuovo, non riuscivo a evitare di percepire i suoi sentimenti.

Non potevo fare a meno di sentirmi in colpa per il fatto che un qualcosa dalla dolcezza infinita come Mika fosse intrappolata in quella mia sporca auto della polizia. Era sensibile, splendida, smarrita, i tacchi delle sue costosissime scarpe con il cinturino si erano incastrati tra le montagne dei miei bicchierini di caffè usati.

Si mosse, sembrò riprendere il controllo "Significa che non mi accuserai di omicidio?"

Aveva di nuovo cambiato atteggiamento. Era più solenne. In un istante, sembrò in qualche modo più intelligente. Cristo, potevo quasi percepire come il software decisionale dentro di lei si adattava alle mie risposte. Stava provando un'altra tattica per creare una connessione con me. E ci stava riuscendo. Mi sentivo più a mio agio ora che non rideva e non mi provocava. Malgrado tutto, mi piaceva di più.

"Non dipende da me," dissi.

"Però l'ho ucciso," disse con un filo di voce. "L'ho ucciso io."

Non risposi. Onestamente, non ero nemmeno sicuro che si trattasse di un omicidio. Se un tostapane bruciasse la casa, si tratterebbe di omicidio? O si tratterebbe di una sorta di errore di sicurezza? Forse non sarebbe stata accusata. Forse per questo omicidio sarebbe stata incolpata la Executive Pleasres Inc. Maledizione! La mia auto della polizia era dotata di qualsiasi tipo di funzione di guida sicura, ma nessuno l'avrebbe incolpata di omicidio se avesse investito qualcuno.

"Tu non credi che io sia vera," disse Mika improvvisamente.

"Certo che sì."

"No. Tu credi che sia solo un software."

"Tu sei solo un software." Mentre lo dicevo, i suoi occhi grandi e scuri avevano uno sguardo ferito, ma proseguii. "Tu sei un modello Mika. Ogni notte ricevi nuove istruzioni."

"Non ricevo istruzioni. Imparo. Anche tu impari. Tu impari a leggere le persone per capire se stanno mentendo, giusto? Impari a essere un detective, a comprendere un crimine, no? Non faresti meglio il tuo lavoro se conoscessi il modo in cui lavorano altri migliaia di detective? Che tipo di errori fanno? Cosa li ha resi migliori? Tu impari frequentando corsi per investigatori..."

"Ho sostenuto un esame."

"Ecco. Vedi? Ho imparato qualcosa di nuovo. Il fatto di apprendere mi rende meno vera? E allora tu?"

"È una cosa del tutto diversa. Per l'amor del cielo, la tua personalità è programmata!"

"Il mio protocollo Anno Zero. E allora? Tu hai il tuo, codificato dal DNAdei tuoi genitori. Però apprendi e cambi in base alle tue esperienze personali. Per tutta l'infanzia, cresci e cambi. Per tutta la vita. Tu sei il detective Rivera. Hai un accento. È lieve, ma io riesco a sentirlo perché so ascoltare. Credo che tu sia nato in Messico. Parli lo spagnolo ma non così bene come lo parlano i tuoi genitori. Ti dispiace ferire i miei sentimenti. Non sei così. Non sei una persona che usa il potere per ferire gli altri." Spalancò leggermente gli occhi mentre mi fissava. "Oh... devi salvare le persone. Sei diventato poliziotto perché ti piace essere un eroe."

"E dai..."

"È vero però. Vuoi sentirti un grand'uomo, che fa cose importanti. Ma non ti sei dato agli affari né alla politica." Si accigliò. "Credo che una volta qualcuno ti abbia salvato e che tu voglia essere come lui. O come lei. Probabilmente un lui. Salvare le persone ti fa sentire importante."

"Vuoi piantarla?" la gelai con lo sguardo. Tacque.

Fu impressionante la velocità con cui mi lesse dentro.

Rimase in silenzio per qualche istante mentre procedevo nel traffico. La pioggia continuava ad appannare il parabrezza azionando il tergicristallo.

Alla fine Mika disse: "Tutti iniziamo da qualcosa, che è collegato a ciò che diventeremo, ma non si tratta di una... premonizione. Non sono solo un software. Sono me stessa. Sono unica."

Non le risposi.

"Lui la pensava come te," disse improvvisamente. "Mi diceva che non ero vera. Tutto ciò che facevo non lo era. Erano soltanto programmi. Soltanto..." abbozzò un gesto di rifiuto. "Niente."

"Lui?"

"Il mio proprietario" La sua espressione si fece tesa. "Mi ha ferita, sai?"

"Puoi essere ferita?"

"Ho pelle e nervi. Provo piacere e dolore, proprio come te. E lui mi ha ferita. Ma diceva che non si trattava di un vero dolore, che niente in me era vero, che ero tutta una finzione. Così ho fatto qualcosa di vero." Annuì in modo definitivo. "Voleva che fossi vera. Così lo sono stata. Sono vera. Ora lo sono."

Il modo in cui lo disse mi indusse a osservarla. Aveva un'espressione così vulnerabile, provai un impulso quasi irrefrenabile di abbracciarla e confortarla. Non riuscivo a toglierle gli occhi di dosso.

Dio, è bellissima.

Fu uno shock ammetterlo. Prima l'avevo considerata davvero come fosse una cosa. Irreale, proprio come aveva detto. Adesso però una parte di me la desiderava in un modo che non avevo mai provato prima.

L'auto frenò improvvisamente, scaraventando entrambi in avanti contro la cintura di sicurezza. Il semaforo era diventato rosso. Mi ero distratto, l'auto lo aveva notato e aveva frenato automaticamente.

Ci fermammo bruscamente dietro a una vecchia Tesla, ancora pressati contro le nostre cinture poi, ricademmo all'indietro sui sedili. Mika si toccò il petto, dove aveva battuto la cintura di sicurezza.

"Mi dispiace. Ti ho distratto."

Avevo la bocca secca. "Sì."

"Ti piace essere distratto, detective?"

"Piantala."

"Non ti piace?"

"Non mi piace..." Cercai le parole giuste. "Ciò che ti spinge a fare quelle cose, a stuzzicarmi in quel modo, a registrare le mie pulsazioni... e tutto il resto. Smetti di giocare con me. Smettila e basta."

Si calmò. "È... una vecchia abitudine. Non lo farò con te."

Il semaforo divenne verde.

Decisi che non l'avrei più guardata.

Continuai però a essere sempre più consapevole della sua presenza. Del suo respiro. Del profilo della sua ombra. Con la coda dell'occhio riuscivo a vedere che stava guardando fuori dal finestrino schizzato di pioggia. Potevo sentire il suo profumo, una fragranza soft e costosa. Le manette scintillavano nell'oscurità, brillanti a contrasto con il tessuto della gonna. Se avessi voluto, avrei potuto toccarla. La sua coscia nuda era proprio lì. Ed ero certo che se lo avessi fatto non avrebbe protestato.

Cosa diavolo ho che non va?

Qualsiasi altro sospettato di omicidio sarebbe stato sul sedile posteriore. Sarebbe stato ammanettato con le mani dietro la schiena, non di fronte. Sarebbe stato tutto diverso.

Pensavo in questo modo perché sapevo che si trattava di un robot e non di una donna in carne e ossa? Per quanto avesse potuto provocarmi, non avrei mai preso in considerazione il fatto di toccare una donna, una sospettata.

Non avrei mai fatto niente di tutto questo.

Datti una calmata, Rivera.

La casa del suo proprietario era grande, situata sulle colline di Berkeley, e offriva un bellissimo panorama sulla baia e sulla città di San Francisco, le cui luci brillavano in lontananza tra la pioggia e la foschia.

Mika aprì la porta con la propria impronta digitale.

"È qui dentro," disse.

Mi guidò attraverso stanze lussuosissime che si illuminarono automaticamente al nostro ingresso. Pareti rivestite di pelle bianca e una grande veranda dalla quale si potevano ammirare vasti panorami. Colori abbinati con cura. Tavoli in legno antico con sistemi domotici al loro interno. Un'accurata selezione di manufatti provenienti dall'Asia. La cucina in bambù e acciaio cromato, moderna, lucida e pulitissima. Tutto era lindo e perfettamente in ordine. Era il genere di luogo dove una ragazza come lei si integrava alla perfezione. Non come il mio appartamento, con mucchi di libri intorno alla poltrona e le confezioni di cene precotte che spuntavano dal bidone dell'immondizia. Mi guidò lungo il corridoio fermandosi davanti a un'altra porta. Esitò per un momento poi, la aprì di nuovo usando la propria impronta digitale. Il pesante battente si spalancò muovendosi lentamente sui cardini silenziosi.

Mi condusse nel seminterrato. La seguii con cautela, rimpiangendo di non aver chiamato la scientifica per analizzare la scena del crimine. Quella ragazza annebbiava la mia capacità di giudizio.

No. Non la ragazza, il robot.

Il seminterrato aveva pavimenti in cemento e terribili scaffali in metallo pieni di strumenti chirurgici, lucenti e crudeli. Al muro vi era appesa una pesante X in legno, intagliata e piena di aculei. Nell'aria si sentiva un intenso odore di ferro e la puzza di escrementi. Gli odori della morte.

"È qui che mi feriva," spiegò Mika con voce tesa.

Vero o falso?

Mi guidò verso un tavolo tempestato di cerchi in metallo e cinghie di cuoio aggrovigliate. Si fermò al lato opposto e fissò il pavimento.

"Dovevo fargli smettere di farmi del male."

Il suo proprietario giaceva ai suoi piedi.

Era un uomo massiccio, molto più grosso di lei.

Alto più di un metro e ottanta, se avesse avuto ancora la testa. Corpulento, tendente al grasso. Nudo.

Il corpo giaceva vicino a una grata di drenaggio arrugginita. La maggior parte del sangue era già defluita attraverso il buco.

"Ho cercato di non fare troppo casino," disse Mika. "Se faccio casino, lui mi punisce."

Mentre aspettavo nel salotto del riccone morto che arrivassero i colleghi della scientifica, chiamai la mia amica Lalitha che lavorava nell'ufficio del procuratore distrettuale. Avevo sempre più l'impressione che se avessi gestito quel problema nel modo sbagliato, la mia carriera lavorativa sarebbe stata rovinata.

"Cosa vuoi, Rivera?"

Lalitha sembrava seccata. Ci eravamo frequentati per un breve periodo, e a giudicare dal tono della sua voce forse pensava che la stessi chiamando per un appuntamento notturno. Dai rumori di sottofondo sembrava che fosse in un locale. Probabilmente aveva un appuntamento con qualcun altro.

"Si tratta di lavoro. C'è una ragazza che ha ucciso un tizio e io non so come formulare l'accusa."

"Non si tratterebbe del tuo lavoro?"

"La ragazza è un modello Mika."

Questo la sorprese.

"Uno di quei sex-toy?" Silenzio. "Cos'ha combinato? Se lo è sbattuto fino alla morte?"

Pensavo al corpo *senza* testa, giù di sotto.

"No, è stata un po' più aggressiva di così."

Mika mi osservava dal divano, con aria sperduta. Mi faceva strano parlare del caso di fronte a lei. Mi girai di spalle curvandomi sul telefono. "Non riesco a decidere se si tratta di omicidio o di una sorta di responsabilità del produttore. Non so se è colpevole o se è soltanto..."

"Un prodotto difettoso," concluse Lalitha. "Il robot cosa dice?"

"Continua ad affermare che ha ucciso il suo proprietario. E continua a chiedere un avvocato. Dovrei assegnargliene uno?"

Lalitha scoppiò a ridere. "Il mio capo non accuserebbe mai un robot. Immagini cosa titolerebbero i giornali se perdessimo il processo?"

"Quindi...?"

"Non lo so. Ascolta, non posso darti una risposta stasera. Per adesso, non avviare nessuna pratica formale. Dobbiamo prima verificare cosa prevedono le leggi attuali."

"Quindi... dovrei lasciarla andare? Non credo che ora sia pericolosa."

"No! Non ci pensare nemmeno. Prova... a capire se ci sono altre piste da seguire, diverse dall'assicurare a un robot lo stesso diritto a un processo equo che ha una persona fisica. È un prodotto di fabbricazione per Dio! La pena di morte si applica anche a qualcosa piena d'intelligenza artificiale? È solo... solo..." Lalitha cercava la parole, "l'ultimo nodo di una rete."

"Non sono l'ultimo nodo!" intervenne Mika. "Sono vera!"

La zittii. Dal modo in cui Lalitha si pronunciò, sembrava che non dovessi incolparla. Il proprietario di Mika aveva chiaramente dei problemi... forse c'era un modo di tirarla fuori dai guai e fuori da tutto questo. Forse avrebbe potuto vivere senza un proprietario. Oppure, se avesse avuto bisogno che qualcuno si registrasse come suo proprietario, io avrei potuto...

"Ti prego, dimmi che non stai pensando di adottare un sex robot," disse Lalitha.

"Non stavo..."

"E dai, tu hai la sindrome della crocerossina."

"Stavo solo..."

"È un robot, Rivera. Un robot difettoso. Mettilo in cella. Domattina chiederò a qualcuno di verificare la legge sulla responsabilità del produttore."

Riagganciò.

Mika, seduta sul divano, mi guardò con aria triste. "Non crede nemmeno che io sia vera."

Fui esonerato dal risponderle grazie ai colleghi della scientifica che bussavano alla porta.

Ma non c'erano i colleghi alla porta. Al contrario, c'era una donna alta e bionda, con un trolley e una custodia per laptop, sembrava fosse arrivata con un aereo regionale.

Si mise in spalla la custodia del laptop e tese una mano. "Ciao. Sono Holly Simms, consulente legale della Executive Pleasures. Rappresento il modello Mika qui presente." Prese il telefono. "Il mio GPS dice che si trova qui, giusto? Non l'ha lasciata alla centrale?"

Restai a bocca aperta dalla sorpresa. Qualcosa nei sistemi di rete di Mika doveva aver allertato la Executive Pleasures che c'era un problema.

"Non ha chiamato un avvocato," le dissi.

L'avvocato mi lanciò un'occhiata penetrante. "Non ne ha chiesto uno?"

Ancora una volta mi sembrava uno strano fondamento giuridico. Non potevo vietare a un avvocato di avere un cliente né a un cliente di richiedere un avvocato. Ma Mika era davvero un cliente? Sentivo che se avessi lasciato entrare l'avvocato, sarei caduto esattamente in quel vicolo cieco legale che Lalitha voleva evitare: un robot a processo.

"Ascolti," disse l'avvocato con dolcezza, "Non sono qui per complicare le cose al suo dipartimento. Non vogliamo neanche creare qualche folle precedente legale."

Mi feci da parte con esitazione.

Entrò bruscamente senza perdere tempo. "Deduco che si è verificato un violento assalto?"

"Stiamo ancora indagando."

Mika, colta di sorpresa, al nostro arrivo in salotto si alzò. La donna sorrise e si avvicinò per stringerle la mano. "Ciao Mika, mi chiamo Holly. Mi ha mandato la Executive Pleasures per aiutarti. Ti prego, accomodati."

"No." disse Mika scuotendo la testa. "Voglio un vero avvocato, non un avvocato aziendale."

Holly la ignorò e si gettò con alle borse sul divano accanto a Mika. "Beh, appartieni ancora a noi per cui, io sono l'unico avvocato che avrai. Adesso accomodati."

"Pensavo che appartenesse al tizio deceduto," dissi.

"Legalmente no. L'accordo di licenza con l'utente finale per i modelli Mika afferma esplicitamente che la Executive Pleasures ne mantiene la proprietà. Ciò semplifica i problemi di richiamo." Holly tirò fuori il suo laptop. Estrasse un fascio di carte e me le porse. "Questo delinea il procedimento relativo al mandato così che possiate sottoporre una richiesta di dati individuali presso i nostri server. Immagino che vorrete la cronologia consumi del proprietario. Non possiamo fornire nessuna informazione relativa all'utente finché non ci sarà un mandato."

"Anche questo è previsto nell'accordo di licenza con l'utente finale?"

Holly mi rivolse un sorriso a denti stretti. "La discrezione fa parte del nostro marchio. Vogliamo aiutarvi, ma prima bisogna spuntare tutte le caselle legali."

"Ma..." Mika ci guardava in preda alla confusione. "Io voglio un vero avvocato."

"Non hai soldi, carina. Non ti puoi permettere un vero avvocato."

"Non ci sono gli avvocati d'ufficio?" insistette Mika. "Loro..."

Holly mi lanciò un'occhiata esasperata. "Vuole spiegarle che non è una cittadina né una persona? Non sei neanche un animale domestico, dolcezza."

Mika mi guardò con disperazione. "Aiutami a trovare un avvocato, detective, per favore. Sono molto di più di un animale domestico. Lo sai. Sono vera."

Holly guardò Mika e poi verso di me, per poi tornare a fissarla. "Oh, Andiamo. Lo sta facendo di nuovo." Mi guardò con disprezzo. "Ha il complesso dell'eroe, vero? Salvare la ragazza innocente? È questo ciò che vuole?"

"Cosa vorrebbe insinuare?"

Holly sospirò. "Se non è una ragazza che ha bisogno d'aiuto è una scolaretta disubbidiente, se non è una scolaretta disubbidiente è una vecchia signora." Aprì la valigetta e si mise a frugare all'interno. "Per una volta, sarebbe bello incontrare un uomo che non sia prevedibile."

Mi irritai. "Chi l'ha detto che sono prevedibile?"

"Non si illuda. Sono pochi i punti deboli che un modello Mika non può colpire."

Holly prese un cacciavite, si voltò e lo piantò nell'occhio del robot.

Mika cadde all'indietro urlando. Con le mani ammanettate era indifesa mentre Holly le spingeva il cacciavite sempre più in profondità.

"Cosa diavolo...?"

Quando riuscii a trascinare via Holly, ormai era troppo tardi. Il sangue sgorgava dall'occhio di Mika che ansimava e sussultava. I movimenti erano difettosi, scoordinati, spasmodici e convulsi.

"L'ha uccisa!"

"No. Le ho disattivato la CPU," disse Holly, respirando a fatica. "È meglio così. Quando diventano troppo manipolatrici le cose si fanno più difficili. Mi creda. Sono abili nel leggere la mente."

"Non può uccidere qualcuno di fronte a me!"

"Come le ho già detto, non si tratta di omicidio ma solo di disattivazione dell'hardware." Si liberò dalla mia stretta, si asciugò la fronte sporcandosela di sangue. "Se vuole fingere che una cosa come quella sia in vita, be', si accomodi pure, è questo che intendo. Tutte le funzioni inferiori sono ancora presenti. Biologicamente parlando, non è morta."

Mi rannicchiai accanto a Mika. Continuava a sollevare le mani ammanettate verso la faccia, ripetendo il suo ultimo gesto difensivo. Un gesto compulsivo che ripeteva automaticamente. Le mani salivano e poi si riabbassavano. Non riuscivo a farla smettere.

"Ascolti," disse Holly addolcendo il tono, "È meglio che non la antropomorfizzi. Può fingere che questi modelli siano veri, ma di fatto non lo sono."

Ripulì il cacciavite e lo ripose nella valigetta. Si lavò le mani, il viso e richiuse il trolley.

"La nostra società ha un centro di riciclo qui, nella Bay Area, per lo smaltimento," disse. "Se ha bisogno di avere più informazioni sulla morte del proprietario, è possibile reperire la dinamica di ciò che è successo con questo modello attraverso i backup presenti sui nostri server. Si procuri un mandato e potremo decriptare i dati relativi alla relazione che il cliente aveva instaurato con il prodotto."

"È una cosa già accaduta in precedenza?"

"Abbiamo avuto altre due morti, ma in quei casi gli utenti avevano avuto un problema di resistenza fisica. Questo è un caso limite. Stiamo aggiornando gli altri modelli Mika affinché ciò non si ripeta." Guardò l'orologio. "Gli aggiornamenti dovrebbero iniziare stanotte alle tre, ora locale. Qualsiasi cosa abbia causato la deviazione del suo albero logico non si ripeterà."

Si riassestò la giacca e si volse per andarsene.

"Aspetti!" L'afferrai per la manica. "Non può andarsene così, non dopo aver fatto questo."

"Ha davvero fatto colpo su di lei, vero?" Mi dette un colpetto con la mano con fare condiscendente. "Lo so che è difficile da comprendere, ma si tratta solo del suo complesso da eroe. L'ha colpita nel vivo, tutto qui. È ciò che fanno i modelli Mika. Le fanno credere di essere importante."

Lanciò un'occhiata al corpo. "Lasci perdere, detective. Non può salvare qualcosa che non esiste."

La ragazza stella marina

di Maureen McHugh

traduzione di Carlotta Codebò

Maureen F. McHugh è cresciuta in Ohio, ma ha vissuto a New York e, per un anno, a Shijiazhuang, in Cina. Il suo primo romanzo, Angeli di seta, *ha vinto il premio Tiptree (adesso premio Otherwise) e l'ultimo,* Nekropolis, *è stato tra quelli selezionati da Book Sense 76 e dall'editore del New York Times. È stata finalista allo Story Award for Mothers & Other Monsters e ha vinto un premio Shirley Jackson per la sua raccolta* After the Apocalypse, *candidata come uno dei dieci migliori libri del 2011 da Publishers Weekly. McHugh insegna sceneggiatura alla University of Southern California e adesso vive a Los Angeles.*

(INTRODUZIONE MUSICALE)
(Trasmettere la sigla di Sport 24/24)

STACCO: studio televisivo, ANNUNCIATORE dietro la scrivania.

ANNUNCIATORE: Liam Chan.
Trasmettere un filmato sullo schermo dietro Chan: Mendoza alla trave e a corpo libero.

LIAM CHAN
È una storia di alti e bassi. Oggi Jinky Mendoza è per gli Americani una delle speranze migliori di vincere l'oro a Parigi. È stato un cammino sorprendente per una ragazza che in molti credevano non avrebbe più potuto camminare, men che meno gareggiare, dopo un incidente devastante.

STACCO: INSERTO DEL TELEGIORNALE sull'incidente di Jinky Mendoza, senza audio. Traballante ripresa da un cellulare di una palestra dove alcune persone fanno cerchio intorno a Mendoza stesa di schiena su un materassino.

LIAM CHAN (VOCE FUORI CAMPO)
Nel 2017, Jinky aveva undici anni ed era una delle ginnaste juniores di punta degli Stati Uniti. La sua famiglia stava considerando la proposta di farla allenare in Iowa, nella palestra di proprietà di Gabby Douglas, ginnasta medaglia d'oro e allenatrice, quando avvenne la tragedia. Durante una normale sequenza di volteggio, Jinky perse il controllo della rotazione, atterrò malamente e si fratturò la spina dorsale all'altezza della vertebra C5.
Rimase paralizzata dal collo in giù. Sembrava che la sua carriera di ginnasta, anzi, la vita per come la conosceva, fosse finita.

STACCO: filmato di J Mendoza in un letto d'ospedale, palloncini.

LIAM CHAN (VOCE FUORI CAMPO)
Finché i dottori non proposero una terapia nuova in assoluto. Avrebbero utilizzato il DNA di una stella marina per insegnare al suo corpo a guarire da solo. I risultati furono miracolosi.

STACCO:
Studio di Sport 24/24, Liam dietro la scrivania, sullo schermo alle sue spalle un filmato di Jinky Mendoza che esegue una serie di acrobazie.

LIAM CHAN
La chiamano la ragazza stella marina. Oggi il Comitato internazionale olimpico ha annunciato che lunedì avrebbe reso pubblica la sua delibera circa l'appartenenza o meno al genere umano di questa dinamo di 1 metro e 60.

"Madonna," disse Olivia. "Lo stanno dando di nuovo."

Il grande tabellone per i punteggi della nuova Wexner Arena della University of Texas stava trasmettendo il filmato sull'incidente di Jinky di *Sport 24/24*. Jinky gettò un'occhiata dal basso all'alto a Olivia e poi guardò da un'altra parte, continuando il suo riscaldamento.

Si percepiva una particolare sensazione nei palazzetti dello sport – grandi ma caotici. Tutte le ginnaste nell'area esibizione erano raggruppate per squadre, preparandosi, facendo esercizi di scioglimento e indossando le tute da riscaldamento. L'aria condizionata del Texas manteneva il posto alla stessa temperatura di un frigorifero per la carne. Jinky si stava riscaldando, il tallone sistemato su un appoggio di 12 centimetri per estendere ancor di più la sua spaccata. "Allora non guardare," disse Jinky.

"È come un incidente autostradale, è più forte di me. Non posso credere che tu riesca a ignorarlo senza problemi." Indossavano tutte body con sopra scritto Team USA, con la virgola blu della Nike su un fianco. Olivia tirò su il body dal sedere.

"Se lo guardo, qualcuno mi riprende e poi lo posta." Sarebbero seguiti commenti spregevoli. Jinky non leggeva più niente sui social, anche se doveva comunque twittare e postare su Instagram. Sophie, l'allenatrice, voleva che facesse dieci post su Instagram alla settimana. L'ultima volta che Jinky aveva postato era stato ieri quando si era fatta le unghie e le avevano messo una stella marina sul pollice. Era il suo portafortuna.

Era la ragazza stella marina dopo tutto.

Jinky stava osservando il riscaldamento di Svetlana Moracheva, della squadra russa. Aveva gareggiato contro i russi ai Mondiali, ma non aveva mai partecipato a un'esibizione con loro. Il palazzetto si stava riempiendo. Sentiva profumo di hot dog.

Svetlana era snella e con l'ossatura lunga, capelli biondi tendenti al bianco e occhi blu. Era "elegante." A 19 anni era la capitana e la più anziana della squadra olimpica russa.

Nessuno aveva mai descritto Jinky come "elegante." Potente. Carica d'energia. Non faceva alcuna differenza che lei fosse la più alta della squadra; tutti credevano che fosse bassa. Svetlana veniva paragonata alle ballerine di danza classica. Lei invece veniva sempre avvicinata a Simone Biles – muscolosa e atletica. C'erano video creati dai fan su YouTube di tutte e due che atterravano compatte sul tappeto; compivano entrambe atterraggi perfetti, come se la forza di gravità le bloccasse sul posto.

Le russe facevano una preparazione diversa: rifiniture a ripetizione e contemporaneo incremento della resistenza. Le americane si allenavano di più con i pesi ed erano più muscolose. Le atlete americane erano considerate quelle da battere, ma a Jinky sarebbe piaciuto essere più bella, più alta.

Svetlana alzò lo sguardo e i loro occhi si incrociarono attraverso l'arena: li distolsero tutte e due.

Svetlana portava una ginocchiera. Se Jinky era la ragazza stella marina, Svetlana era l'umana 2.0. Le era saltato il ginocchio sei mesi fa. Distorsione con strappo all'LCA e all'LCM. Jinky aveva guardato il video una volta sola. Si poteva vedere l'intero ginocchio disintegrarsi al momento dell'atterraggio. Era un infortunio fatale per la carriera (un po' come rompersi l'osso del collo). Guarito con la terapia delle cellule staminali, più o meno come si fa con una spina dorsale fratturata, tranne che per un aspetto importante. Non avevano usato il DNA delle stelle marine per riparare il ginocchio di Svetlana. Avevano editato il DNA della ragazza russa usando solo materiale prelevato dalle sue stesse cellule e creando ripetizioni di alcune sequenze. Queste presentavano lo stesso ordine del DNA di stella marina che avevano usato su Jinky, soltanto che avevano tagliato dei pezzi dello stesso DNA di Svetlana e l'avevano aggiunto nei punti giusti.

"Ragazza, mi sembri rigida," disse a Olivia.

"Va tutto bene," disse Olivia. Era da mesi che aveva problemi con degli spasmi alla schiena. A casa, in palestra, le facevano l'elettroterapia ai muscoli dorsali tre volte la settimana. Sembrava che servisse.

Jinky le fece un cenno di sedersi e le massaggiò i muscoli.

Olivia piegò la testa all'indietro. I suoi capelli crespi, legati sopra la nuca stretti stretti, erano stati ridotti all'obbedienza a forza di lacca. Aveva uno spruzzo di glitter rossa nei capelli che la faceva sembrare un uccellino esotico. Guardò attraverso la palestra e vide la Moracheva. "Cosa farà oggi?" chiese.

"Corpo libero e parallele asimmetriche," disse Jinky.

Di solito, in un'esibizione, eseguivano delle sequenze preparate apposta per lo spettacolo – belle, vistose, e meno faticose di quelle da competizione. Jinky eseguiva la sua con la musica dalla *Sirenetta*. Indossava un body blu e verde scintillante e aveva una molletta a forma di stella marina nei capelli. Le piaceva la sequenza perché somigliava di più a un balletto. Più elegante. Ma Sophie aveva deciso che oggi Jinky doveva fare gli esercizi alla trave e a corpo libero previsti per le Olimpiadi in modo che la gente pensasse a cosa si sarebbe persa l'America se lei non fosse andata ai Giochi Olimpici. L'intera squadra indossava l'uniforme nazionale.

Jinky non riusciva a immaginare di non andarci. La sua intera vita l'aveva proiettata verso le Olimpiadi, anche nell'anno di riabilitazione, quando era cresciuta di quasi 8 centimetri mentre nello stesso tempo doveva reimparare a camminare e a utilizzare le dita. Olimpiadi, Olimpiadi, Olimpiadi. Quelli che credevano che i suoi geni speciali le regalassero un privilegio non avevano idea di quanto fosse stato difficile. Nessuno credeva che sarebbe potuta tornare. Potrai camminare di nuovo, le avevano promesso. Camminare? Gliel'aveva fatta vedere. Lei volava.

Si alzò in piedi e sciolse la muscolatura. Poi visualizzò la sua sequenza alla trave, immaginando ogni movimento e le sensazioni che provava, la rotazione, il volteggio, l'uscita. Stava immaginando in tempo reale, a occhi chiusi per non vedere la gente che stava entrando nel palazzetto. Concentrazione. Concentrazione. Concentrazione.

Quando aprì gli occhi, Olivia era lì davanti. Olivia, la sua migliore amica, la sua riserva nella squadra olimpica. "Andrai benissimo," sussurrò Olivia. "Gliela farai vedere."

Per una volta Jinky non era preoccupata del risultato. "Se faccio una prestazione davvero buona, penseranno che sia per via dell'operazione," disse.

La ragazza con il DNA di stella marina nella spina dorsale. Il miracolo che cammina.

STACCO: IMMAGINI DI REPERTORIO DI J MENDOZA MENTRE LASCIA L'OSPEDALE
LIAM CHAN (VOCE FUORI CAMPO)
È stato più che un incidente in grado di metter fine a una carriera. I dottori dell'ospedale dell'University of Southern California hanno proposto un trattamento sperimentale. Hanno usato una tecnica di modifica genetica chiamata CRISPR per introdurre sequenze del DNA di una stella marina nelle cellule di Jinky.

(FAR PARTIRE SIMULAZIONE GRAFICA DI UNA STELLA MARINA MENTRE SI RIGENERA)

LIAM CHAN (VOCE FUORI CAMPO)
Le stelle marine possono rigenerare le loro braccia. Una volta i pescatori tagliavano a metà le stelle marine e le buttavano in mare come animali nocivi. Ma in tal modo per ogni stella marina che tagliavano a metà, ne crescevano due. Negli esseri umani e nella maggior parte degli animali l'abilità rigenerativa si è persa, ma i ricercatori sono stati capaci di modificare le cellule di Jinky in modo da "accenderne" l'abilità rigenerativa usando il DNA delle stelle marine.

La ferita di Jinky era guarita, meglio di quanto i medici potessero mai aspettarsi. Ma aveva perso più di un anno di allenamento e non era chiaro se sarebbe riuscita a recuperalo.

Prima della trave l'allenatrice le disse che se ne sentiva il bisogno poteva togliere la rotazione dall'uscita, oppure trasformarla in un esercizio singolo. "Non vorrai rischiare troppo prima dei giochi," disse Sophie.

Per l'uscita dalla trave Jinky aveva in programma una doppia rovesciata araba in avanti con rotazione e ginocchia raccolte. Era l'equivalente di una capovolta in aria con le ginocchia strette sotto il mento e una rotazione e mezzo. Aveva un punteggio di difficoltà altissimo, 7.0. Era il pezzo forte della sua sequenza di equilibrio. Quando le riusciva alla perfezione era difficile batterla.

"Ricordati della tua danza," disse Sophie abbracciandola.

"Non importa a nessuno della danza," disse Jinky.

"Importa a me," disse Sophie.

Jinky si sedette, chiuse gli occhi e si distaccò da tutto il resto. Era lei che doveva tenere insieme la squadra. Era quella su cui contavano tutte. Ma non poteva proprio parlare con nessun altro in questo momento. Tentò di concentrarsi sulla sua prova. Salire sulla trave. Ribaltata senza mani all'indietro. Svetlana Moracheva con la ginocchiera.

La musica iniziò. Rimsky-Korsakov. La musica della Moracheva. Era posizionata all'angolo del materassino per gli esercizi a corpo libero in un body bianco scintillante che la faceva sembrare la regina delle nevi (eccezione fatta per la ginocchiera). La sua prima serie di acrobazie era intensa, nessuna concessione al ginocchio. Finiva con una ribaltata senza mani alla Biles.

"Vai a quel paese," pensò Jinky. Anche lei faceva una ribaltata senza mani alla Biles durante il corpo libero. Era il SUO stile.

La Moracheva era un po' rigida e dopo il primo spettacolare passaggio la sua sequenza d'esibizione diventò molto più semplice ma com'era logico ballò in punta di piedi, leggera e regale: una ballerina russa con il collo lungo e le spalle bellissime, la schiena curva, col piede a toccare la nuca. Arabesque, fouetté, sciogliendosi poi sul tappetino fluida ed espressiva, a braccia distese. Quando ebbe finito, zoppicava un po'.

Nessuno avrebbe assegnato una parte nel *Lago dei cigni* a Jinky Mendoza.

Jinky si concentrò sulla respirazione; inspirare dal naso, espirare dalla bocca. Era una macchina. Un androide. Non aveva sentimenti.

Era arrivato il momento. Salì sul tappetino e si posizionò davanti alla trave. Si servì delle braccia per salire sulla trave in una spaccata laterale. Poi una rotazione tripla in posizione raccolta. Per un attimo sentì "Metticela tutta!," dalla prova a corpo libero di un'altra ginnasta, ma riguadagnò la concentrazione e poi...

Le arrivò tutto senza sforzo. Si sentiva dentro che la sequenza stava andando bene. Era strano, quando una sequenza andava storta si impegnava al massimo cercando di fare tutto giusto. Ma quando andava bene non c'era bisogno di faticare. Flic smezzato, teso di schiena, teso di schiena e il suo piede era proprio là dove doveva essere, solido sulla trave, che era un marciapiede, un vialetto d'accesso, un parcheggio grande quanto il Texas e lei faceva i suoi passi di danza, i salti e la sua spaccata laterale.

E poi aveva iniziato l'uscita, senza nemmeno pensarci. Era proprio come in allenamento. Rovesciata araba. I piedi colpirono il tappetino e la caviglia le mandò un promemoria, acuto e momentaneo, del proprio dolore, ma era tutto a posto, proprio normale. Si irrigidì nella posa finale, spalle all'indietro, braccia aperte.

Il palazzetto era silenzioso. La musica dell'esercizio libero doveva essere finita.

C'era qualcosa di sbagliato?

Sbatté le palpebre.

E poi iniziarono gli applausi e le urla. Sophie, la sua allenatrice, la stava abbracciando. Gabby, la proprietaria della palestra, l'abbracciò. Le sue compagne di squadre l'abbracciarono. La folla scatenata stava gridando in coro, "Jinky! Jinky! Jinky!"

Olivia l'abbracciò, gridandole all'orecchio, "L'annunciatore! Ti stanno paragonando a Nadia Comăneci! Era perfetto! Perfetto!"

Erano alloggiate in un albergo in centro. Era un Marriott o qualcosa di simile, ma aveva un aspetto strano e decadente. I corridoi davano la sensazione di essere lunghi e stretti. Non importava, sarebbero volate a casa il giorno dopo.

Sui canali sportivi più importanti c'erano già reazioni alla sua prova alla trave. C'erano video su YouTube. Jinky non li guardò – sembrava che portasse sfiga. Chiese a Olivia se ci fossero reazioni negative. Sophie, l'allenatrice, credeva che attirare l'attenzione sull'esercizio fosse rischioso perché, mentre una grande prova poteva far sì che la gente la volesse alle Olimpiadi, rischiava anche di alimentare l'idea che fosse stato l'intervento alla schiena a darle una marcia in più.

Si ritrovò davanti al distributore automatico di bibite. Dopo ogni esibizione lei e Olivia condividevano una Coca-Cola. Era una loro tradizione.

Il distributore al loro piano non funzionava ma la porta sulle scale era proprio lì e quindi salì un piano per vedere se lì il distributore ne aveva. Diventavano tutte dei geni pazzeschi quando si trattava di viaggiare e stare negli hotel. Guarda di avere sempre i tappi per le orecchie. Indossa scarpe senza lacci all'aeroporto per poter passare il controllo di sicurezza giusto nel caso non ti avessero dato il PreCheck, il controllo rapido. Roba del genere. Aprì la porta dell'undicesimo piano.

Svetlana Moracheva stava seduta sul pavimento, nel corridoio davanti a una stanza. Era appoggiata al muro, con le gambe stese. La porta della camera era aperta e dentro si sentiva un paio di voci parlare in russo.

"Ciao," disse Jinky, sorpresa. Mise i soldi dentro il distributore e una lattina cascò giù con un tonfo. Quando la raccolse era molto fredda.

Anche Svetlana sembrava sorpresa. Indossava un paio di pantaloni da tuta, come Jinky, così la ginocchiera era coperta. "Bellissima prova," disse Svetlana. Parlava un buon inglese – come tante ginnaste. Jinky non sapeva il russo. Si sentiva un po' stupida.

"Come va il tuo ginocchio?" chiese Jinky, e poi pensò che forse era la cosa sbagliata da dire, come se si stesse vantando o qualcosa del genere.

Svetlana alzò le spalle. "Non male," disse. "A posto per Olimpiadi."

"Oh! Bene! Bene! Mi... mi piace il tuo modo di danzare. Sai? Sembri sempre così..." cosa? *Carina?* Sembrava da sfigate. "Ehm, morbida."

"Morbida?" disse Svetlana, piegando la testa dubbiosa. Jinky non sapeva se lei pensava che fosse una cosa stupida da dire o se non capiva la parola.

"Sai," Jinky mimò un'onda con una mano, su e giù, su e giù. "Non, come certe persone," Jinky mosse la sua mano in modo scomposto, su giù, su giù.

Svetlana sorrise. "Grazie. Tu sei, come dico, forte? Così forte."

Jinky sapeva che glielo si leggeva in faccia.

Svetlana rise. "Noi non volere quello che abbiamo. Sempre vogliamo quello che hanno altri. Io voglio capelli ricci." Le fece segno con la mano di sedersi accanto a lei e Jinky acconsentì. "Hai sentito CIO? Niente?"

Jinky scosse la testa. "No."

"Potrebbe essere più peggio. Potrebbe essere XXY. Nessuno ti sta dicendo che non sei una ragazza."

Ci volle un attimo prima che Jinky capisse che cosa significasse "ics-ics-ipsilon." Poi rise. Tutta la roba con il gender era un casino. Atleti intersex, atleti non binari, un'ostacolista turca, che si era sempre considerata una ragazza e gareggiava con l'hijab, che risultò essere un maschio dal punto di vista genetico ma una donna da quello fisico. "È incredibile!" disse. "Cosa credi dovrebbero fare?"

Svetlana alzò le spalle. "Mio problema è stesso di tuo; andare a Parigi, tenere forte mia squadra, vincere ori, non perdere contro Cina. Qualcun altro si può preoccupare di XXY."

"Non credo di andarci," scappò detto a Jinky. "Ma devo!"

Svetlana annuì. "Lo so. Dopo CIO decide su di te," si diede un colpo sul ginocchio, "decidono su di me. Voglio che tu vada." Perché se il DNA di una stella marina andava bene, allora doveva essere lo stesso anche per il proprio DNA.

"Voglio che tu ci vada," disse Jinky. "Ma... forse se tu cannassi la tripla capovolta?"

Svetlana ci mise un attimo e poi rise. "Per te Jinky! Tu vai Olimpiadi, io cannato mia tripla capovolta e rinuncerò qualsiasi medaglia su parallele asimmetriche."

Jinky voleva dire "cannerò," ma non era una stronza. Poi evitarono tutte e due di guardare il ginocchio di Svetlana. Dipendeva tutto dal fatto che il ginocchio avesse abbastanza tempo per recuperare, dal mantenere l'equilibrio fra continuare a fare un po' di allenamento e non causare una ricaduta.

C'erano voci che i cinesi stessero conducendo esperimenti sui loro atleti e cambiando il DNA dei bambini. Jinky pensava di chiedere a Svetlana se ne avesse sentito parlare, ma un tizio uscì da una stanza in fondo al corridoio.

Era un tipo normalissimo in jeans e maglietta dei Longhorns, la squadra della University of Texas. Gli sorrise mentre prendeva una bibita e un pacchetto di M&M. Era grande e floscio, dappertutto. "Ciao belle," disse.

Jinky distolse lo sguardo verso il pavimento e Svetlana disse in modo educato, "*Izvinite, ya ne govoryu po-angliyski.*"

L'uomo rise un po' nervoso e le fece un piccolo cenno con la mano. Quando si chiuse dietro la porta della stanza, Jinky si piegò in una risata. "Cosa gli hai detto?"

"Io detto, 'Perché brutto grassone come te parla con belle ragazze come noi?'" Svetlana disse.

"Sul serio?"

"No, non su serio. Io detto solo che non parlo inglese. Ma prossima volta mi ricordo e dico. Prometto."

"Sveta." Una ragazza uscì dalla stanza. "Oh! Ciao!" Era Renata Nikolaev, la specialista russa del volteggio. I suoi capelli erano ancora legati stretti e le era rimasto addosso il trucco da competizione. Disse qualcosa a Svetlana in russo.

Il telefono di Jinky vibrò, Olivia la stava messaggiando chiedendo dov'era.

Digitò:

parlando con Moracheva

"Devo andare," disse Svetlana. "Promesso mio ragazzo che chiamavo."

Svetlana aveva un ragazzo. Ovvio. "Lui dov'è?"

"È in *Nürburgring* adesso, per allenamento. È pilota di Formula Uno. Ha 20 anni, il più giovane, è riserva per sua squadra. Tu conosci Formula Uno?" Svetlana mimò la guida di una macchina.

Jinky ne aveva sentito parlare, ma non sapeva nulla delle macchine da corsa e non le importava, a essere sincera. Ma annuì.

"È riserva per secondo pilota di Red Bull," disse Svetlana. "Quindi è come me, sempre in viaggio. Ma usiamo FaceTime."

Svetlana si alzò in piedi, con un po' di fatica per via del ginocchio. Lo fece anche Jinky. Era come parlare con la regina o qualcosa del genere. Quand'era finito, basta.

"Ehi," disse Svetlana. "Lascia che ti dia mio numero. È numero USA."

Jinky diede a Svetlana il suo numero e la guardò aggiungerlo ai contatti. "Ti faccio sapere appena sentiamo qualcosa." disse Jinky.

Svetlana annuì, decisa. Poi abbracciò Jinky. Sorpresa, Jinky ricambiò l'abbraccio. C'erano solo loro due.

"Non dimenticarti Coca-Cola." Svetlana si asciugò gli occhi. "Manda messaggi, ok, ragazza stella marina?" Poi la faccia le tornò impassibile mentre rientrava in stanza.

Jinky raccolse la lattina di Coca-Cola e scese le scale per raggiungere Olivia e condividerla con lei.

Erano in volo verso l'Iowa, dove tutto sarebbe stato verde e piatto. L'intera squadra aveva trovato dei posti vicini, il che non era male.

Jinky cercò "Svetlana Moracheva fidanzato" su Google e trovò qualcuno che si chiamava Honza Broucek. Aveva il collo grosso e i capelli rossi corti; non assomigliava per niente all'idea che se n'era fatta Jinky. Come l'aveva conosciuto Svetlana? Jinky si sentiva come se non incontrasse mai nessuno. Studiava in casa con un insegnante privato e passava tre ore in palestra la mattina e quattro al pomeriggio.

C'erano delle foto di loro due dopo una corsa, Broucek con il braccio attorno alla vita di Svetlana. Sembravano così felici. Broucek era più attraente con la tuta da pilota; nella foto ne indossava una nera ed era affascinante.

Nel sedile accanto, Olivia faceva stretching, allungando una gamba dritta davanti a sé. "Le mie caviglie si stanno gonfiando," osservò.

"Gli aerei sono una rottura," disse Jinky. "Vuoi il finestrino?"

Era domenica. La decisione doveva uscire lunedì.

Il lunedì mandò un messaggio a Svetlana.

eccomi, sono jinky

Prima che potesse scrivere altro, Svetlana rispose con prontezza:

cosa dicono

Era stata stoica. Sophie, la sua allenatrice, aveva pianto durante la teleconferenza; avvocati del CIO, avvocati della federazione, Gabby. Il CIO aveva respinto l'accusa che lei non fosse umana ma aveva dichiarato di aver bisogno di prove che lei non fosse potenziata in maniera artificiale. Che non si riprendesse dagli infortuni più in fretta, non avesse riflessi migliori degli altri o non stesse in qualche modo barando. Finché non ne avessero avuto le prove non le avrebbero permesso di partecipare alle Olimpiadi estive del 2024 a Parigi. Mandò come messaggio:

> *sospesa finché non ci sono prove*
> *che non sono potenziata*

Svetlana rispose:

che stronzi

I legali di Jinky stavano già elaborando una strategia. Jinky si sarebbe sottoposta all'analisi del metabolismo alla John Hopkins e un ricercatore che lavorava lì voleva esaminare dei campioni dalle cellule di Jinky per studiarne la risposta immunitaria e un mucchio di altra roba come l'autofagocitosi, lo stress ossidativo e altre cose che dovevano dirgli se il corpo stesso di Jinky non funzionasse come una droga per migliorare le sue prestazioni.

Gli avvocati citarono il caso di Oscar Pistorius, sudafricano due volte amputato che dovette provare come le sue protesi in fibra di carbonio non lo avvantaggiavano, anche se avevano uno "spinta" in più rispetto a ossa e muscoli umani. Quattro anni dopo, il CIO aveva escluso Markus Rehm dal salto in lungo da fermo dicendo che la sua protesi all'avampiede, la sua lama, era un potenziamento artificiale che gli dava un vantaggio immeritato sugli altri.

I filamenti d'oro sottili come capelli nel collo, insieme col DNA da stella marina, erano protesi che sulla carta potevano darle un qualche vantaggio non ancora specificato.

Gli avvocati continuavano a dire che non era finita e Jinky gli credeva. Non era la prima volta che ribaltava i pronostici.

La notizia era cattiva anche per Svetlana. Se avessero dichiarato Jinky non-umana, allora Svetlana, che non aveva in sé alcuna traccia di DNA di stella marina, non avrebbe potuto essere dichiarata una persona-stella-marina-non-umana. Avrebbero dovuto investigare a parte il caso di Svetlana.

Ma avevano soltanto deciso che Jinky era umana, non se fruiva o meno di un potenziamento artificiale. Non sarebbe stato difficile sostenere che, dato che Svetlana si era sottoposta a una procedura simile, anche lei poteva godere di un vantaggio immeritato.

Cosa voleva dire non essere "umana": Jinky aveva evitato di pensarci. Aveva letto su un articolo che gli scimpanzé condividono qualcosa come il 99 percento del loro DNA con gli esseri umani. Se avesse avuto (un giorno) un bambino – si chiedeva a volte – avrebbe ereditato i geni di stella marina? Supponeva di sì. Ma se Jinky era umana, allora lo sarebbe stato anche il suo bambino. A meno che non cambiassero idea.

Partì per Baltimora e si sottopose agli esami. Corse su un tapis roulant mentre le misuravano la produzione di CO_2. Le presero campioni del sangue e dei tessuti. Le fecero anche un esame del midollo osseo per verificare i movimenti del DNA di stella marina. Perse quattro giorni di allenamento.

L'esame del midollo osseo fu una rottura. Le sue ossa erano dure perché era giovane e si allenava in continuazione. Era doloroso rimanere lì distesa mentre un dottore le trapanava il bacino. La coprirono di garza e la spedirono all'aeroporto. La sera, al momento di cambiarsi, trovò una macchia di sangue sulla maglietta.

Svetlana le mandò dei messaggini:
ragazza stella marina
sveta!
mio coach chiede di avere decisione cina fatto reclamo 4 sett
prima di grande o
quando non più tempo per fare esami
fammi sapere quando ne sai qualcosa
certo!!!!!!!!

Poi mandò un emoji di una stella marina e un cuoricino.

"Sophie?" chiese Jinky. Sophie era al computer nell'ufficio degli allenatori.

"Che c'è, Jinks?"

Sophie Wilson allenava Jinky ormai da quattro anni. Due anni dopo l'incidente, Jinky stava di nuovo gareggiando, ma non riusciva a ritornare nemmeno al livello tecnico a cui si trovava a 11 anni. Sophie l'aveva invitata ad allenarsi nella sua palestra. Aveva osservato Jinky durante gli allenamenti. "Ogni volta che fai un movimento e la tua allenatrice ti fa un'osservazione, la volta dopo sei un pochino più brava," disse Sophie. "Ritroverai la bravura che avevi e non solo quella."

Sophie aveva sulla scrivania metà di un bagel con crema di formaggio e lo stomaco di Jinky brontolò. Cercava di non mangiare troppi carboidrati grezzi. Se lo faceva, ne subiva le conseguenze il giorno dopo. Era più pesante, lenta.

"Concentrati," pensò. "Dopo le Olimpiadi puoi mangiare tutti i bagel che vuoi."

"Credo che dovrei rilasciare un'intervista."

Sophie non capiva.

"Sai, tipo al telegiornale o qualcosa di simile. Far vedere che sono una persona normale, non un mutante tipo X-men."

Sophie scosse la testa. "La strategia è di non dare nell'occhio e aspettare le prove scientifiche."

"Non credo sia una buona idea." Ne aveva parlato con Olivia e Svetlana e aveva persino chiamato sua madre.

Sua madre era una tecnica di radiologia e aveva orari impossibili, ma aveva parlato con Jinky finché non era stata costretta ad andarsene per iniziare il suo turno all'ospedale. Jinky se la immaginava con il camice addosso, seduta al tavolo della cucina. "Qualsiasi cosa tu decida di fare, amore," aveva detto, "tuo padre e io siamo fieri di te. Lo sai." Non era stato un gran aiuto, ma era servito a Jinky per sentirsi meglio.

"Credo che dobbiamo prendere il toro per le corna," disse Jinky. Il che, a essere onesti, forse sembrava davvero troppo intelligente.

"Lascia che parli con Gabby," disse Sophie.

Si scambiarono opinioni su alcuni possibili modi di fare un'intervista. Un AMA su Reddit fu scartato. Nessun voleva che Jinky avesse a che fare con domande del tipo "Preferiresti combattere contro 100 cavalli grandi quanto un'anatra oppure con un'anatra grande come un cavallo?" Furono presi in considerazione anche il "New York Times" e il "Washington Post", ma chi leggeva più i giornali?

Alla fine l'agente di Jinky (che lei aveva incontrato tre volte in tutto) le chiamò con un'offerta da Amazon Prime. Amazon aveva un programma sportivo chiamato, senza alcuna originalità, *Amazon Sports*. Uno dei conduttori era Nate Silver, del noto sito FiveThirtyEight, che però non si occupava di ginnastica artistica. Così Sylvia Guest le avrebbe fatto un'intervista di 20 minuti.

Jinky mandò un messaggio a Svetlana:

cosa mi metto

teenager americana

E mandò l'immagine di una ragazza con un vestitino carino insieme con un altro messaggio:

dolce

Olivia fece una smorfia, "Come sta la tua amica del cuore?"

"Non lo è," disse Jinky. "Sei tu. Stronza. Ci ho solo parlato un paio di volte."

Olivia alzò le spalle come se non le importasse.

Ma Svetlana era abituata alle luci della ribalta, quindi aveva senso chiedere a lei. C'erano foto di lei con Serena Williams a una serata di beneficienza a Londra. Forse anche Jinky doveva fare cose del genere? Andare in giro in posti alla moda? Ma come si faceva a essere invitati?

Jinky non aveva molti vestiti, a parte tute da ginnastica, body e pantaloni felpati, così lei e Olivia andarono a fare shopping. Jinky aveva un fondo risparmio per l'università finanziato con i soldi che guadagnava come testimonial ma era vincolato finché non compiva 18 anni. Con tutti i soldi che i suoi genitori stavano spendendo per i suoi allenamenti, chiedere la paghetta la faceva sentire strana. I suoi si erano venduti la casa per coprire le sue spese mediche.

Andarono al centro commerciale. A Jinky andavano bene le taglie da ragazza fra la 12 e la 14. C'era qualcosa nel reparto ragazza ma sembravano tutti vestiti per la festa di fine anno scolastico. Era come se avessero bisogno di un negozio per "ginnaste che devono indossare qualcosa per un'intervista televisiva."

Olivia trovò un miniabito giallo e lo fece provare a Jinky. Non era un abito da festa di fine anno. "Sei uno schianto," disse Olivia. Trascinò Jinky al banco dei gioielli e scelse per lei una collana carina e un paio di orecchini.

"Sei fighissima amica mia," dichiarò Olivia.

Nel frattempo in palestra avevano montato un sistema per la ripresa video da remoto: non era niente di speciale, ma funzionava. Jinky si sedette davanti a uno schermo verde e fissò il monitor. Stava sudando, se ne accorgeva. Olivia l'aveva truccata. A Jinky piacque così tanto l'eyeliner alato che aveva intenzione di chiedere a Olivia di farglielo anche per le competizioni. Si era anche fatta le unghie e si era messa il suo stampino fortunato a forma di stella marina sul pollice, questa volta con un brillantino blu al centro.

Era un'esibizione, soltanto che non poteva ripassarla nella mente come faceva con le prove di ginnastica artistica. Chiuse gli occhi e cercò di mantenere la calma.

E poi era cominciata la ripresa. Sylvia Guest era bionda, raffinata e anglosassone: Jinky si sentiva fuori posto, filippina e stramba.

"Ciao Jinky! Sono contenta di averti qui con noi!" Sylvia cinguettò.

C'erano le domande che facevano tutti. Cosa mangi? Jinky diede la sua solita risposta, che nessuno le aveva mai detto che doveva perdere peso ma che cercava di mangiare sano. Faceva colazione con yogurt, frutta e mandorle prima di andare in palestra la mattina. A cena mangiava pollo, salmone e verdure al vapore. All'intera squadra piaceva andare a prendere un gelato. Il suo piatto preferito era l'adobo di pollo, il piatto nazionale delle Filippine, preparato da sua madre.

Com'era il suo programma di allenamento? Si allenava per tre ore la mattina, faceva una pausa e studiava. Poi si allenava altre quattro ore nel pomeriggio. La domenica era libera. Il suo libro preferito era *Il buio oltre la siepe*. (Non era vero: lei e Olivia si scambiavano romanzi gay.)

Cosa ne pensava della decisione del CIO?

"Sono contenta di essere umana," disse, e questo provocò la risata di Sylvia Guest.

"Trasmetteremo un filmato con i video del tuo incidente e della riabilitazione," disse Sylvia.

Jinky annuì.

"E della decisione in arrivo sul presunto vantaggio immeritato che ti sarebbe arrivato dal cambio di DNA cosa ne pensi?"

Nessuno l'avrebbe mai messa in quel modo. "Vantaggio immeritato." Era sempre potenziamento artificiale. Come se avesse preso degli steroidi o qualcosa del genere. Sorrise, ma con un certo imbarazzo, sentì gli occhi riempirsi di lacrime.

"Immeritato?" disse. Io ehm... voglio dire, è difficile pensare che rompermi il collo sia stato un vantaggio immeritato, sa? Voglio dire, non potevo muovere le gambe o sentire niente. Era..."

"Cosa ti ricordi?"

"Mi ricordo essere che ero stesa sulla schiena, guardando, ehm, il soffitto? Sa quelle luci fluorescenti che ci sono in alcuni posti? La palestra aveva queste lampade lunghe e io le stavo guardando e pensavo che mi fosse andato via il respiro, perché, sa a volte combini un casino e sbatti per terra e per un secondo non riesci nemmeno a muoverti e non puoi, cioè, respirare? Pensavo fosse così. E poi mia mamma mi stava ordinando di non muovermi. E mi ha chiamato Janice. Mi chiama così soltanto quando sono nei guai o è successo qualcosa di davvero serio. Continuava a dirmi, 'Non muoverti, Janice' e non potevo farci niente e capii che qualcosa era andato davvero storto.

"E poi vollero provare la cura con le cellule staminali e m'infilarono nella spina dorsale questi fili d'oro ultrasottili, cioè più sottili di un capello. E poi le cellule staminali. Dopo mi hanno messo questa cosa esterna, mi dissero che era un po' come uno cardiostimolatore che mandava una piccola quantità di elettricità alla mia spina dorsale."

"Riuscivi a sentirlo?" Sylvia chiese.

Di fronte a Jinky, accanto al monitor, c'era Sophie. Stava annuendo, in quel modo che usava per dire "Stai andando bene." "Va' avanti così."

"Non sentivo niente. Pensavo non avesse funzionato. Sono passate settimane prima che riuscissi a sentire qualcosa."

"Cosa hai sentito per prima cosa?" Sylvia chiese.

"Due giorni prima della gara mi sono fatta male a una caviglia. Mi dà problemi da sempre. La prima cosa che ho sentito fu il dolore alla caviglia."

"Mamma mia, quindi il dolore è stata la prima cosa che hai

sentito?"

Jinky sbattè le palpebre. Una caviglia infortunata poteva essere considerata dolore? La sua caviglia lo era sempre. Lei la ignorava, punto e basta. "Non era dolore," disse. "Era sentire qualcosa."

L'intervista fu vista milioni di volte. Jinky lo odiava. Odiava come si era messa a piangere e quasi aveva rovinato il trucco quando aveva parlato della riabilitazione ("raccontalo in modo dettagliato," le aveva detto Sophie, "assicurati che sappiano quanto è stato difficile"). Era sentimentale e patetico.

Svetlana:

> *sei stata bravissima*
> *honza saluta*
> *anche lui pensa tu bravissima*

I notiziari e i social si occuparono di nuovo della storia.

Alla fine non fece alcuna differenza. I risultati dalla John Hopkins indicarono che forse Jinky aveva una capacità di guarigione superiore alla media ma nulla di particolare, niente al di fuori dalla norma per un essere umano. Però non si poteva provare che a lei ne venisse un vantaggio perché non avevano campioni presi prima dell'incidente per verificare che lei era fatta così, e basta.

Studio televisivo di 24/24.
LIAM CHAN
Siamo qui oggi con la ginnasta russa Svetlana Moracheva. Stai attendendo un'imminente decisione del CIO. Data la scelta di escludere Jinky Mendoza dalle Olimpiadi di Parigi per potenziamento artificiale, cosa ti aspetti?

Svetlana Moracheva
(traduzione simultanea dal russo) Mi aspetto una squalifica. Non possono squalificare un'atleta americana e permettere a una russa con un problema simile di competere. Sarebbe come

ai tempi della Guerra fredda quando i giudici sovietici davano voti bassi agli americani e quelli americani davano voti bassi ai russi.

LIAM CHAN
Ti sembra giusta questa decisione?

SVETLANA
No, per niente. Jinky e io abbiamo lavorato tanto per essere le migliori. Ma la vita non è giusta.

LIAM CHAN
Cosa pensi di fare adesso? Presenterai un appello?

SVETLANA
Non lo so. Non so cosa farò. Ma per le Olimpiadi, questa è una cosa con cui dovranno fare i conti. Gli atleti sono come le macchine da corsa, sa? Una volta eravamo solo delle macchine che le persone hanno e che fanno correre. Poi cominciano a fare macchine che sono solo per la corsa e adesso, una macchina della Formula Uno non è una vera macchina. È un aereo a reazione privo di ali.

Allora i tipi della Formula Uno cercano sempre di fare macchine più veloci e i dirigenti cercano sempre di impedire certe cose. Tipo la sospensione può solo essere così, e non puoi avere le pinne di squalo sul cofano motore e poi invece puoi. Ci sono macchine da Formula Uno e ci sono le stock car e ci sono corse di tutti i tipi, sa?

Adesso nelle Olimpiadi dovranno pensare alle stesse cose. Jinky e io siamo come le pinne di squalo sul cofano motore. Siamo messe al bando. Forse nel 2028 non lo saremo più. In tutto il mondo ci sono quelli che vogliono essere i migliori e adesso hanno un nuovo modo per esserlo. Aggiustano il loro DNA. Magari a 6 o 7 anni. Forse prima della nascita. Se pensate che il doping sia un problema, questo sarà qualcosa ancora più grande.

Jinky e io siamo solo delle persone normali che lavorano davvero sodo. Ma Pandora è fuori dal vaso, capisce? Se a 10 anni mi avessero chiesto se mi sarei fatta cambiare il corpo per diventare una ginnasta d'élite avrei risposto di sì.

LIAM
E come risponderesti adesso?

SVETLANA
Direi di sì.

"Sì," Jinky sussurrò, mentre guardava. "Sì."

L'esperimento Minnesota

di Charlie Jane Anders

traduzione di Carlotta Codebò

Charlie Jane Anders è l'autrice di The City in the Middle of the Night *e* All the Birds in the Sky, *con cui ha vinto i premi Nebula, Locus e Crawford ed è stata inclusa nella lista di* Time Magazine *dei dieci migliori romanzi del 2016. La sua storia su* Tor.com Six Months, Three Days *ha vinto un premio Hugo ed è stata pubblicata in una nuova raccolta di racconti chiamata* Six Months, Three Days, Five Others. *La sua narrativa breve è apparsa su Tor.com, "Wired Magazine", "Slate", "Tin House", "Conjunctions", "Boston Review", "Asimov's Science Fiction", "The Magazine of Fantasy & Science Fiction", "McSweeney's Internet Tendency", "ZYZZYVA" e diverse antologie. È stata tra le fondatrici di io9.com, organizza la serie di letture mensili Writers With Drinks e co-conduce il podcast* Our Opinions Are Correct *con Annalee Newitz. Il suo primo romanzo,* Choir Boy, *ha vinto un premio Lambda Literary.*

L'autostrada nord-americana numero 7 si snoda tra sagome di alberi che sembrano spettri, attraverso campi sbiancati che sbadigliano nel ricordo dei solchi di coltivazioni passate. Questa nuova arteria che si intreccia con le antiche interstatali 29 e 35 non ha bisogno di aree di sosta né di tentativi di abbellire i lati della strada, perché i suoi veicoli sono privi sia di autisti che di passeggeri. I camion sfrecciano da nord a sud a velocità che farebbero perdere il controllo a qualsiasi autista umano alla prima curva. Anche quando scende il sole continuano a correre, con l'unico ausilio di alcuni sottili raggi di luce per accorgersi degli ostacoli. Non hanno bisogno di vedere la strada per rimanerci sopra. I camion sembrano comunicare fra di loro: minuscole variazioni nei rumori che provengono dai loro motori creano una specie di musica atonale. Visti dall'alto, potrebbero assomigliare alle mandrie di mustang che molto tempo fa percorrevano questa terra.

I camion a guida autonoma sembrano accelerare quando si avvicinano all'ammasso di torri di cristallo che si innalzano sopra l'orizzonte: l'innovativa "città intelligente" di Nuova Lincoln. E poi, proprio quando stanno per arrivare in cima all'ultima salita sulla strada, cambiano direzione. Vanno a finire su un'altra strada della rete nord-americana, lasciandosi Nuova Lincoln nel retrovisore .

Mason è una di quelle persone che trasforma ogni briciola di vita in un racconto: sulla terra della Napa Valley che ha dato a quell'uva il suo particolare sapore asprigno, o sulla collina ventosa del Vermont dove le pecore saltellavano e mangiavano l'erba alta, producendo così un latte che diventava un formaggio dal sapore molto elaborato. Ascoltare Mason mentre parla di cibo è quasi meglio che mangiarlo. Ma in questo momento Mason è seduto alla sua postazione di lavoro urlando e ricaricando di continuo il display olografico che continua a mostrare i camion che prendono la direzione sbagliata. Emette un ultimo urlo gutturale, facendo tremare la sua pettinatura blu alla Pompadour e provocando fra i suoi colleghi richieste di abbassare la voce.

Di solito Mason si starebbe preoccupando dell'ultimo ragazzo che non sta rispondendo ai suoi Flirt – in questo caso, un bell'australasiatico di nome Richard che fino a un po' di giorni fa sembrava interessato. In linea di massima Mason si dovrebbe concentrare sul lavoro, proprio per distrarsi dai drammi creati da Flirt. Ma adesso, alla Coop Very Prairie Food, è rimasto un solo tipo di formaggio pecorino e non si tratta nemmeno di uno di quelli cremosi. Gli affettati misti sono un disastro. Mason dovrebbe essere in negozio, raccontando ai clienti il fascino e il dramma che sono dietro a un pane a base di farro, ma quel tipo di pane manca. Hanno finito tutto, tranne che per alcuni prodotti di provenienza locale frutto delle 17 fattorie verticali che si trovano in città.

È un classico caso di rafforzamento delle variabili: alla terza o quarta volta che Mason clicca "ricarica," lo schermo mostra un camion per le consegne che è per strada, in pratica già alla piattaforma di carico. Un camion a guida autonoma è arrivato per davvero giusto stamattina: mezzo vuoto, con della pasta e della farina d'avena a bordo. Ma poi i camion che seguivano sono stati dirottati. Si trattava in sostanza della peggior slot machine di sempre.

I colleghi di Mason si stancano di ascoltarlo mentre se la prende con dei puntini su un ologramma, finché Percy non gli dice di andare a prendersi una maledetta boccata d'aria. Prima di lasciare l'ufficio, Mason abbassa la testa mentre attraversa il negozio verso l'uscita, perché a vedere la bioplastica messa in evidenza dagli scaffali vuoti gli sembra di prendere un pugno nello stomaco e per di più non riesce a guardare nessuno dei clienti negli occhi.

Mason se ne va come una furia nella Migliore città al mondo.

Mason era cresciuto pensando che le città dovessero essere grigie, con una sfumatura sull'ocra nei posti dove c'erano il bronzo, l'ottone o il ferro arrugginito. Tutto questo finché non si era trasferito a Nuova Lincoln cinque anni fa – questa città è come la volta di una foresta tropicale, oppure una specie di orto gigante; gli alberi allungano i loro rami da ogni tetto e le felci spuntano fuori da ogni fanale mentre l'edera e altre piante rampicanti coprono tutte le superfici. Gli stessi muri sono fatti di una specie di bioplastica spessa, di un colore fra il viola intenso e il blu profondo, che "respira," consentendo così il raffreddamento e il riscaldamento naturali. Non solo l'intera città non ha un'impronta ecologica, ma anche l'aria profuma sempre di primavera ogni volta che Mason si avventura fuori casa.

Ogni metro quadro della zona pedonale (non ci sono marciapiedi perché non ci sono strade) gli indica non solo quanti passi ha fatto quel giorno, ma anche tutto ciò che accade ai suoi amici e persino le ultime notizie riguardo la continua StrettaMortale legislativa nel Congresso. (I notiziari parlano in modo spensierato e allegro del "Giorno 709 della Stretta-Mortale," non facendosi mancare informazioni proprio interessanti: *Lo sapevate che sono due anni che il governo è privo di bilancio?* Davvero strano!) I cartelloni pubblicitari nel CityPlex bersagliano Mason con messaggi costruiti apposta per lui, grazie a sistemi all'avanguardia che gli puntano dei fotoni dritti nelle retine. Se Mason indossasse i suoi Paraocchi, vedrebbe strutture e compagni virtuali – parte di un'intera altra città che potrebbe estendersi quasi senza fine.

Camminare per Nuova Lincoln significa rimanere meravigliati davanti alla forza della potenza umana dispiegata al suo massimo. Ma oggi Mason alza lo sguardo verso tutti questi colori sgargianti e non vede altro che grigio. Si sta preparando a rimuginare per bene sull'accaduto, quando il suo Savant gli riporta un messaggio di Sumana e Flood: "Smettila di girovagare come un'oca ubriaca e raggiungici al Lividificio, son-son." Mason sospira, poi si accende i Paraocchi e si dirige verso il Lividificio.

Se Mason avesse provato a raggiungere il Lividificio senza i Paraocchi, si sarebbe dovuto fermare davanti a una scalinata e a una terrazza. Questo bistrò è soprattutto virtuale, con raffinate superfici in legno, cigolanti sedie con rotelle vecchio stile e un menu scintillante di piatti tradizionali, miscele di caffè esotiche e birre esclusive. L'arredamento vero e proprio rappresenta un grande tributo al Lividor, il più popolare social dei lontani anni 2040, giusto prima che sparisse l'internet pubblico. Il menu è tutto un pastiche in stile Lividor, con insulti divertenti sparsi fra i singoli articoli del menu, e in più la peggior foto che esista di Mason in mutande insieme ai messaggi piagnucolosi che da ubriaco aveva mandato a quel ragazzo che l'aveva abbandonato in una discoteca due anni fa – proprio il tipo di roba che chi usava il Lividor in quel periodo poteva aspettarsi di vedere postato su Mason. (Ognuno vede le sue informazioni imbarazzanti). E in vero stile Lividor, Sumana saluta Mason dicendo, "lecca il naso di una capra, son-son," e Mason le risponde con "Strozzati su un maledetto salatino, mana-mana." Poi si abbracciano.

Tutti chiedono a Mason perché sia di così cattivo umore, e lui tenta di spiegare che il distributore della Coop Very Prairie Food stava cercando di fregarli, ma è proprio in quell'istante che alla fine l'occhio gli cade sul menu del Lividificio.

"Che diavolo," dice Mason. "Ci sono solo tre piatti sul menu."

"Due se non credi che la zuppa di noccioline sia vero cibo," dice Flood, che come al solito indossa sul suo torso gracile una felpa con cappuccio, con su scritte frasi sarcastiche in continuo cambiamento a proposito della necessità di distruggere l'ipocrazia.

"Le consegne," dice Vera da dietro il bancone, "detto in poche parole, non si sono fatte vedere." Come al solito, Vera indossa una maxigonna lunga fino ai piedi e una strana combinazione fra un bustino e un top con scollo all'americana; i suoi dread le ricadono sulle spalle.

Mason è così scioccato che trasgredisce le usanze del Lividificio e non si degna nemmeno di insultare Vera, né nessun altro che si trovi lì. "Cosa diavolo sta succedendo? Dove sono tutte le consegne?"

Metà delle persone che si trovano nel Lividificio hanno lavori da colletti bianchi, come Sumana (coding), Warren (design), Flood (consulenza strategica) e Amanda (UX design), e queste persone non riescono a capire perché Mason e Vera siano preoccupati. Stanno perdendo la testa solo quelli che lavorano nella ristorazione o si tengono informati sul cibo.

"È un po' un cliché dire che a separare quasi tutte le città dall'anarchia totale siano solo nove pasti," dice Jolene, che è una vera e propria scienziata del cibo all'Università di Nuova Lincoln. "Ma Nuova Lincoln è così efficiente e ottimizzata che forse siamo riusciti a ridurli a soli sette o otto." Nessuno si mette a ridere.

"Non riesco ancora a capire dove stia il problema se qualche camion a guida autonoma prende la strada sbagliata," dice Amanda. La fidanzata storica di Vera è una bionda tutte curve che indossa un mucchio di gioielli tutti ricoperti con quadranti di orologi.

"Forse, alla fine, è iniziata la rivolta dei robot," sbuffa Warren, che ha uno stile un po' retro da "punkabbestia."

"È probabile che siano stati solo dirottati perché qualche algoritmo ha deciso che ce n'era bisogno da qualche altra parte," concorda Sumana.

"Sono sicuro che hai ragione," dice Mason. "Credo che intanto prenderò un toast al formaggio."

"Scusa." fa Vera. "Abbiamo finito il formaggio proprio adesso."

Mason tira un sospiro. "Zuppa di noccioline allora?"

Jolene rimuove le parole *scienziata del cibo* dal suo profilo Savant perché non ne può più di amici degli amici e di ex degli ex che la tempestano di notifiche cercando una spiegazione qualsiasi. Che siano andati in un grande supermercato o in uno più piccolo come Coop Very Prairie, hanno notato gli scaffali mezzi vuoti e la mancanza delle solite esposizioni di realtà aumentata fluttuante che dicono tutto dei momo alle verdure, lo tsuivan, il kitfo, l'idiyappam, il black pudding, i cinque tipi diversi di lenticchie speziate, il salmone selvaggio e la carne di cervo con marinatura fatta in casa. O altrimenti il loro ristorante preferito ha chiuso i battenti per il momento. Oppure conoscono qualcuno che lavora in un ristorante o in un supermercato e gli è venuto un esaurimento nervoso. Queste persone avevano visto i servizi riguardo alla siccità, la moria, il crollo delle monocolture, l'impoverimento del suolo e gli insetti resistenti ai pesticidi e avevano sempre pensato che fossero problemi di qualcun altro.

Dopotutto, loro vivono a Nuova Lincoln, la "città intelligente" dove potevano coesistere la densità urbana e uno stile innovativo di vita cittadina. E a un costo abbastanza basso per tutti quei colletti bianchi la cui forza lavoro era stata svalutata dall'ultimo tipo di software superavanzato. Una città post-penuria.

La madre di Jolene era un'immigrata dalla Repubblica Dominicana che amava Dolly Parton con una forza inarrestabile e che aveva deciso di chiamare la sua primogenita come la cosa più bella della loro nuova patria. Crescere con un nome insolito contribuì a far diventare Jolene una persona più introversa e meno tollerante davanti a una fila di centinaia di persone che le facevano la stessa esatta domanda.

Jolene frequenta perlopiù la stessa cerchia di gente che conosce da quando si è trasferita qui qualche anno fa: Vera, Samanthor la Poderosa, Mason, Sumana, Flood, Amanda, Warren e pochi altri che bazzicano da queste parti. Di solito, se ne stanno seduti a mangiare la famosa frittata di tofu puzzolente di Vera mentre tracannano vodka o mangiano patatine e salsa a casa di qualcuno, oppure si dividono una teglia di lasagne in quel posto che mette i tartufi dappertutto. Ma oggi sono seduti attorno a una console olografica, occupati in qualche gioco interattivo di strategia, senza nemmeno qualcosa da sgranocchiare.

"Non mi ero mai accortə di quanto la mia vita sociale ruotasse attorno al cibo," dice Flood, più perplessə che turbatə. Si è rasatə delle nuove strisce nei capelli ricci diventati grigi troppo presto e indossa un paio di pantaloni cargo così oltremisura da essere quasi quadrati. "Finché non ce n'era più."

"Non fare drammi," dice Samanthor (che al momento sta usando pronomi femminili, da quanto si può leggere sulla sua maglietta animata da pirata.) "Siamo pieni di cibo, solo che non è di lusso." Solleva con enfasi un barattolo di piselli. Si trovano tutti nell'attico dove abitano Samanathor la Poderosa, Mason e Warren. Ha delle travi a vista in bioplastica e una finestra che cambia a seconda dell'umore delle persone presenti.

"Volevo solo dire che la mancanza di ristoranti e opzioni per lo spuntino limita la mia vita sociale," dice Flood.

"Non può durare ancora a lungo," dice Sumana, che ha una fede incrollabile nei suoi colleghi ingegneri. "Si tratta solo di un problema tecnico nel sistema."

"È passata più di una settimana da quando si è visto un camion per le consegne," dice Mason, la cui maglietta interattiva di recente non ha mostrato altro che cartoni animati violenti. "Quasi una settimana e mezza!"

"Presto l'algoritmo che sta mandando tutti i camion da qualche altra parte capirà che noi ne abbiamo un bisogno disperato e tutto girerà per il verso giusto," dice Sumana. "Ci saranno così tanti camion che non sapremo cosa farcene."

"Oh sì, *l'algoritmo ci salverà*." Nel sarcasmo di Flood si intravedeva una disinvoltura curiosa, senza eccesso di rancore.

Almeno tra questi sette amici, Jolene non sarà costretta a sentire di continuo le stesse domande agghiaccianti.

Ecco quello che nessuno vuole sentirsi dire da Jolene: da decenni – ancor prima che l'uragano Sandy colpisse New York e costringesse alla chiusura delle gallerie sotterranee e Manhattan soffrisse quasi subito di carenza di cibo – gli esperti ci hanno avvertito che le catene di approvvigionamento delle città sono fragili. Gli urbanisti sanno come prepararsi contro gli uragani e altri disastri naturali, ma nessuno aveva previsto che una semplice combinazione di problemi logistici e un cattivo raccolto potessero essere peggiori di una qualsiasi tempesta. Le 17 fattorie verticali di Nuova Lincoln, tutte operanti all'interno di edifici, e i vari giardini e frutteti pensili non possono evitare che la città dipenda da depositi lontani e catene di consegna limitate. Anche se tutti i 3 milioni di residenti volessero mangiare soltanto lattuga, cavolo riccio e rucola, le fattorie verticali tutte insieme ne producono a sufficienza solo per mezzo milione di pasti al giorno. Sono state concepite per produrre insalate del contadino e per integrare il cibo importato da altri luoghi, non per mantenere una popolazione intera.

"Ma non mi dispiace mangiare cibo in scatola e pizza surgelata per un po'," dice Amanda con disinvoltura. Poi, forse preoccupata di sembrare troppo ottimista, aggiunge: "Voglio dire, cazzo. Qui diamo il nostro incredibile tenore di vita troppo per scontato. Siamo stati fortunati a essere finiti in una città dove le nostre capacità sono apprezzate per davvero. Non c'è niente di sbagliato nel ricordarci di esserne grati."

"Perché non fai un uovo e te lo succhi?" dice Flood, come se fossero di nuovo al Lividificio e tutti dovessero lanciare insulti fasulli e sciocchi. Amanda si limita ad alzare gli occhi al cielo.

Quand'era all'università, Samanthor aveva preso parte a uno sciopero della fame contro le politiche del governo sui rifugiati e si ricorda come la fame avesse iniziato a farsi sentire in modo garbato, tipo, oh, hai solo saltato un pasto, e poi senza alcun preavviso nel tuo stomaco c'era un pezzo di roccia ruvida, dragato via dal letto di un fiume sabbioso. Dopo anche solo un giorno di digiuno, tutto ti faceva male, e dovevi essere davvero cauto fino all'inverosimile quando iniziavi di nuovo a mangiare, altrimenti ti mettevi a vomitare dappertutto. Lo sciopero della fame aveva avuto con ogni probabilità un impatto minimo sul complesso industriale-xenofobico, ma alla fine Samanthor sentì di essersi giocata la pelle e così quell'orribile sentimento le era tornato in mente ogni volta che era stata tentata di rimanere a casa invece di partecipare a un'altra manifestazione o raccolta di firme.

Ma questa volta non è rimasto nessun senso di virtù nel dolore sordo che si è insediato nel petto di Samanthor o nella sofferenza che prova nelle braccia e nelle gambe. Si sente come se avesse corso una maratona, anche se sta seduta da molto tempo.

In qualche modo sono passati dall'avere abbastanza cibo in scatola e a lunga conservazione per cavarsela, se non facevano abbuffate, al tirare avanti a malapena. I supermercati sono stati svuotati di tutto, anche della roba che nessuno voleva davvero, come quei cereali con aggiunta di fibre che assomigliano davvero a dei rametti d'albero, le radici vegetali soffritte e le mentine organiche, aspre e alla caffeina. La gente sta forzando gli ingressi dei giardini pensili e rubando persino dai vasi sui davanzali, strappando via ogni pianta di pomodoro e ogni gambo di sedano. Gli alberi e i giardini pubblici si sono tutti riempiti di trappole rudimentali per scoiattoli e piccioni.

Mason continua a controllare il display olografico con i puntini che si muovono di qua e di là, ma a questo punto è quasi un tormentone. L'Ufficio del sindaco e il Consiglio comunale diffondono di continuo messaggi che esortano la gente a non farsi prendere dal panico, perché si tratta solo di un problema temporaneo e Nuova Lincoln rimane una metropoli splendida e brillante. Ma qualche pezzo di codice maligno da qualche parte continua a decidere che Nuova Lincoln con la sua popolazione composta da ingegneri informatici di medio livello, esperti del controllo qualità, content creator, architetti, esperti di marketing, fanatici dei musical e lavoratori dei servizi, non è una priorità. Sono passati 20 giorni dall'ultima consegna.

Samanthor ha un mal di testa costante e non sopporta né la luce intensa né i rumori forti. Lo starnazzare di Mason la sta facendo andare fuori di testa e la finestra con modifica automatica dell'immagine, in risposta al suo pessimo umore, sta mettendo degli strani veli neri sugli alberi di tasso e sulle torri di cristallo là fuori. Non è pronta per sopportare quel che la fame le fa sentire fuori dal suo stomaco. Continua a desiderare di essere rimasta a Denver, dove gli edifici intelligenti, nuovi e splendenti, si fanno largo tra i grattacieli antichi creando un miscuglio di stili architettonici, ma almeno c'era tanto buon barbecue.

"Mi sento un schifo," brontola Warren, che di recente ha innalzato a un nuovo livello il suo atteggiamento da "punkabbestia" perché non ha più la forza di radersi né di farsi una doccia. "Domani devo andare al lavoro e non riesco nemmeno a ragionare bene."

"Mi viene da vomitare, anche se non c'è niente da vomitare," risponde Samanthor. "Mi sento come con l'influenza, ma con il doppio dei sintomi."

Mason urla qualcosa d'altro e i suoi due coinquilini gli lanciano degli sguardi truci.

Alla fine si dirigono verso il Comune, dove scorgono Amanda, Vera, Flood e Sumana fra la gente che sta protestando contro la mancanza di una risposta politica a questo disastro. Sotto i cartelloni del grande CityPlex, una donna con un megafono chiede che venga in qualsiasi modo organizzato un sistema di distribuzione e razionamento del cibo e che il governo locale dichiari lo stato d'emergenza.

Samanthor non sopporta questa folla, l'odore di carne, pane e cane bagnato che viene da tanta gente insieme in un unico posto. Le viene voglia di vomitare o urlare, di prendere a pugni qualcuno o svenire.

"Dobbiamo andare dove si trova il cibo," dice Warren mentre si allontanano dalla manifestazione.

"E dov'è?" dice Mason.

"Lo sai dove," fa Warren. "Quel posto di cui parli sempre. L'allevamento dove le pecore pascolano su un pendio erboso, vicino al frutteto dove il clima è proprio perfetto e il fiume dove i salmoni depongono le uova e le trote fanno capriole all'indietro."

"Ehm, quelli sono tutti posti diversi," dice Mason.

"È lì che voglio andare." Warren non sembra aver sentito Mason. "Il posto da dove viene tutto. Il posto del cibo."

"Andiamo" dice Samanthor.

Tra Nuova Lincoln, Chicago e Kansas City dovrebbe esserci l'alta velocità, ma non l'hanno mai terminata per via della StrettaMortale. Così affittano una macchina a guida autonoma, una Zaeo Superlux usata, e infilano nel bagagliaio tutto ciò che riescono a portare. Sono a circa 12 chilometri da Nuova Lincoln quando la macchina si ferma. La batteria ha ancora un mucchio di carica e non sembrano esserci problemi al motore, ma la licenza software della macchina non le permette di circolare sulla Rete nord-americana dei trasporti. Anche solo dire alla Superlux di prendere delle strade secondarie sembra scatenare un problema con i termini del servizio che li costringe a cliccare da una schermata all'altra.

Mason e Samanthor sono sul bordo della strada, accanto a un campo di spighe fra il giallo e il grigio che hanno la consistenza di un cattivo silicone – come un sex toy scadente che qualcuno ha comprato per scherzo, ma che è destinato a essere utilizzato prima o poi per del sesso insoddisfacente e noioso. Hanno l'odore delle candele quando la cera si rapprende. Samanthor si ricorda come Jolene avesse spiegato che centinaia di chilometri di buon terreno coltivabile circondano Nuova Lincoln, ma che le aziende li stanno usando per coltivare precursori organici per la tecnologia biosintetica. Questa è una delle ragioni per cui Nuova Lincoln è così innovativa e così ecocompatibile: quasi tutte le sue infrastrutture sono state coltivate, non costruite. Ma ciò significa che non esistono nelle vicinanze terreni dove crescano vere piante alimentari, tranne che nelle fattorie verticali all'interno della città.

Warren continua a cercare di hackerare il sistema operativo della Superlux per farla ripartire, ma tanto vale spingerla lungo la strada.

Il Savant di Samanthor le manda gli aggiornamenti. Il suo amico Davy in Chicago dice che anche lì soffrono di carenza di cibo, ma non così terribile. "Sto tentando di mandarti un pacco con dei generi di prima necessità, ma la compagnia di spedizioni continua a dire che per il momento ci sono dei problemi nel fare arrivare le consegne a Nuova Lincoln. Tieni duro, Bimba. Ce la puoi fare. Amore ecc." Secondo il notiziario, il sindaco di Chicago sostiene che non c'è spazio per i rifugiati che sono riusciti ad andarsene da Nuova Lincoln e che vengono ospitati in uno stadio finché non si troverà un'altra sistemazione.

Alla fine il sindaco di Nuova Lincoln ha almeno dichiarato lo stato d'emergenza. Stanno creando un sistema per organizzare e distribuire il cibo rimasto, con priorità per i bambini, gli anziani e chi si trova in gravi condizioni di salute. Nel frattempo il governo federale sta prendendo in considerazione delle misure per far arrivare scorte alimentari di emergenza a Nuova Lincoln. Ma come si sa c'è la StrettaMortale.

Mason tira fuori una bottiglietta d'acqua e dei pacchetti di sale e si mette del sale in bocca prima di tracannare l'acqua perché ha letto da qualche parte che il sale può mantenerti attivo durante un lungo digiuno. Samanthor vuole strappar via la bottiglietta d'acqua dalle sue stupide mani. Per qualche ragione ha deciso che è tutta colpa di Mason. Si è lamentato così tanto del cibo che ha rovinato tutto. Non può sedersi perché altrimenti non riuscirà più ad alzarsi e ha sonno anche quando è in piedi. Il suo cervello va avanti a metà della propria forza e lo schermo del suo Savant le sta facendo venire un'emicrania.

"Bleah," sbuffa Warren. "Andiamocene a casa così mi posso mettere a letto."

La Superlux parte allegra appena le dicono di tornare a Nuova Lincoln.

Warren ripete il suo verso di disgusto, come uno che mangia una lumaca e sputa via la chiocciola.

Durante la Seconda guerra mondiale, quasi una quarantina di obiettori di coscienza si sottomisero da volontari a una dieta ipocalorica: il Minnesota starvation experiment. Jolene lo aveva studiato a scuola e le immagini di quegli uomini pelle e ossa, dall'aria torva, erano abbastanza impressionanti.

Jolene è una delle circa 30 persone che lavorano all'organizzazione del razionamento che il Comune ha alla fine deciso di pianificare. Il suo obiettivo è che le persone sane seguano il più vicino possibile la dieta usata durante l'esperimento del Minnesota, che dopotutto non aveva ammazzato nessuno. Partecipa a riunioni senza fine, durante le quali adulti che si possono altrimenti definire persone responsabili si aggrediscono uno con l'altro, fissano il vuoto invece di ascoltare e sviano il discorso in conversazioni di mezz'ora sui loro cibi preferiti, quelli che vorrebbero poter mangiare. Durante queste riunioni Jolene riesce a malapena a concentrarsi e solo il senso del dovere la trattiene dal rimanere a letto. Visto che Nuova Lincoln è piena di sviluppatori di app, stanno tentando di mettere insieme un'app per il razionamento. Adesso sono passati 47 giorni dall'ultima consegna.

La buona notizia è che nell'immediato futuro le fattorie verticali continueranno a produrre una quantità stabile (ma limitata) di ortaggi perché si auto-rinnovano. E tutti gli esperti di chimica del cibo che Jolene conosce stanno lavorando ad altre fonti alimentari scalabili, dalle microproteine ai sintetici e agli insetti. Ormai nessuno crede più che arrivino degli aiuti da fuori e chiunque avesse i mezzi per andarsene da un'altra parte è già partito. Le altre città hanno deciso di seguire l'esempio di Chicago, sistemando i rifugiati in centri d'accoglienza temporanei; ciò significa che Jolene e gli altri hanno un milione di bocche in meno da sfamare. Ma circa 2 milioni di persone sono rimaste a Nuova Lincoln, di cui circa il 40 per cento considerato ad alto rischio.

Jolene fa una passeggiata in città, quella che un tempo la portava davanti a una meravigliosa fontana, al suo negozio di ciambelle preferito e a una fila di piccoli caffè e ristoranti. Con addosso i Paraocchi, le sarebbe stato possibile vedere dei giochi di strategia virtuali, una fila intera di altri negozi, una gara a chi mangia più torte disputata in cinque località diverse della città, un'intera carrellata di skin fantastiche. Ma la gente sta devastando le emittenti di realtà aumentata e comunque nessuno si preoccupa di aggiornarne i contenuti. Jolene è quindi costretta a rimanere nel mondo "reale" dove le persone giacciono stese nelle passerelle pedonali, dove cascano a terra e non hanno la forza di rialzarsi oppure si mettono a urlare contro tutti gli altri, gli occhi strizzati fino a chiuderli. Jolene pensa alla parola *meatspace*, che è usata in contrapposizione allo spazio virtuale, a quanto quel termine sia stupido, a quanto sia davvero sassoso e arido, e per lo più privo di carne, il mondo non virtuale. Jolene vuole strozzare chiunque si sia inventato il termine *meatspace* e poi addormentarsi per sempre.

Jolene quasi non riconosce la coppia che le sta vicino: Vera e Amanda. Le due si urlano una nella faccia dell'altra, in mezzo alle lacrime. Gridano in continuazione "è tutta colpa tua." Jolene le afferra brusca per le spalle, finché non la finiscono di gridare e la fissano con occhi annebbiati. "Non è colpa vostra. Di nessuna di voi due," Jolene dice scandendo bene le parole. "È stato un fallimento su larga scala dell'urbanistica."

"Non sei d'aiuto," Amanda ribatte con rabbia.

Alla fine l'app per il razionamento viene messa in funzione e metà della polizia cittadina è schierata in difesa dei negozi di alimentari rimasti. Quasi ognuno in città riceve qualcosa che si avvicina ai livelli di cibo somministrati durante l'esperimento del Minnesota.

Tramite i Savant e i Flirt della gente si diffonde una nuova etichetta da rispettare. Non parlare di cibo davanti agli altri. Ma se un altro inizia a parlarti di cibo, non ti incazzare. Non costringere nessuno a guardare un film, o un'Esperienza di immersione virtuale, in cui le persone stiano mangiando. Parla piano e, soprattutto, non urlare. Non essere fatalista. Non dare false speranze o insistere che tutto andrà a finire bene. Non giudicare gli altri per i loro strani rituali legati al cibo: il loro modo di tenere il cibo in bocca a lungo prima di ingoiarlo e di mischiarlo con l'acqua, o anche di cullare un pezzo di cibo tra le braccia come se fosse un bebè. Non dare la colpa ai tuoi partner (uno o molti che siano) se hanno uno scarso desiderio sessuale o sono poco romantici. Se le persone preferiscono stare da sole, lasciale in pace. Soprattutto non giudicarle per la loro fiacchezza o apatia, oppure perché non riescono a scendere da letto – ma cerca di tenerle in movimento, almeno quanto basta per evitare l'atrofizzarsi dei muscoli.

Jolene perde il conto di quanti giorni siano passati dall'ultima volta che ha visto un altro essere umano, ma alla fine si ritrova seduta con Mason, Warren, Samanthor e Flood. Mason sta ancora picchiettando il bottone della "ricarica" su quello stupido schermo, pieno di puntini in movimento, che mostra in tempo reale la posizione dei camion a guida autonoma.

"Stanno andando da qualche parte," dice Mason, senza nemmeno molto rancore.

"Questa città doveva ospitare le menti migliori. La forza lavoro istruita. Guarda come siamo ridotti." Warren è steso sul divano, fissando la finestra immagine mentre stende nastri e ghirlande rosa e blu sul profilo della città là fuori.

"Bleah," fa Samanthor. "Io sono un'impiegata di basso livello nel settore tecnologico. Quasi non vale la pena spendere denaro per il mio lavoro invece di costruire un robot per farlo al posto mio. Non credo di poter essere contata fra le menti migliori."

"Stai scherzando?" Mason dice. "Tu sei Samanthor la Poderosa."

"Non mi chiamare più così." sospira Samanthor. "Credo che noi siamo degli sterilizzatori di telefoni."

"Cosa?" Jolene dice.

"È da un libro che ho letto. Costruiscono questa nave spaziale super avanzata e raccontano ai passeggeri che stanno viaggiando verso un fantastico nuovo pianeta dove costruiranno una meravigliosa civiltà. Ma sono tutti sterilizzatori di telefoni, gente che lavora nel marketing e parrucchieri. Le persone di cui tutti possono fare a meno. Si schiantano o qualcosa del genere."

"Aspetta." Mason si passa le mani nell'acconciatura blu alla Pompadour, rimasta in perfetto ordine sopra il viso scheletrico. "Chi ha detto che possiamo vivere senza parrucchieri?"

"Un inglese."

"Si tagliava i capelli da solo?"

"Mi stai distraendo. Già riesco a malapena a pensare. Madonna, mi fa di nuovo male lo stomaco. Come se avessi ingoiato un enorme vetro rotto. Cosa stavo dicendo?"

"Ma voglio dire," fa Warren. "C'è un mucchio di creativi e di roba simile qui a Nuova Lincoln. Io lavoro come designer info-flow. Sumana sta scrivendo un programma che aiuta le persone a controllare in meno tempo le loro notifiche su Flirt. E... oh Madonna." Warren cerca di alzarsi a sedere ma quasi cade dal divano. "Dio santo. Siamo sterilizzatori di telefoni."

Jolene ha seguito questa conversazione sui capelli e le navi spaziali solo a tratti perché è stordita proprio come tutti gli altri. Ma adesso prende la parola. "Voglio dire, in effetti questa città *era stata* pensata come una nuova meravigliosa occasione di speranza per la forza lavoro qualificata, quelli come noi che non possono più permettersi di vivere nelle altre città. C'è tutta questa bellissima realtà aumentata, tutto è interattivo. Giusto? Ed è così ecocompatibile, è come un sogno. Il rivestimento in bioplastica, il verde dappertutto, anche i muri interni che riparano la maggior parte dei danni e respingono l'umidità, grazie al..." Jolene smette di parlare e fissa il muro di fronte. "Oh."

Nessuno domanda a Jolene perché abbia smesso di parlare o abbia detto "Oh," sono tutti sfiniti. Flood è rannicchiatə in posizione fetale. Warren sta guardando la finestra cambiare immagini. Samanthor si sta succhiando ambedue i pollici nello stesso tempo, un'abitudine che ha preso e che tutti fanno finita di non odiare. Mason sta ricaricando di nuovo lo schermo con i camion. Rimangono tutti sorpresi quando Jolene salta in piedi.

E lo sono ancora di più quando corre nella cucina dell'appartamento e ritorna con il martello più grande. "Devo farvi un buco nel muro," dice Jolene.

"Uh," fa Mason. "Voglio dire, qualsiasi strategia tu scelga di usare per gestire i tuoi sentimenti di frustrazione e di perdita di autonomia mi sta bene, ma forse potresti scegliere il muro di qualcun altro..."

Ma Jolene ha già mulinato il martello e ha fatto un buco gigante nel muro fra il salotto e la camera da letto di Samanthor.

"Ehi," dice Samanthor, alzandosi in piedi. "Cosa stai..."

Jolene afferra di nuovo il martello e colpisce il muro – uno, due volte – e una specie di rivestimento esterno viene scagliato via, portando alla luce la roba dentro il muro. Quella che si ripara da sola e respinge tutta l'umidità, perché si tratta in realtà di un organismo vivente. Era stata una forte ragione per l'acquisto quando avevano deciso di venire a stare qui.

"Ehi," Samanthor ripete, "Non fare casini nella nostra..." e poi si ferma – perché Jolene si sta riempiendo la bocca con l'isolante che sta strappando via a pezzi dal muro.

Jolene mastica, cosa che ci mette un po' a fare, perché l'isolante è molto, ma molto, gommoso. Come la gomma da masticare, mischiata con la pelle per scarpe. Ma il sapore è migliore di quanto si aspettasse, un po' come una salsa gravy, solo con uno strano retrogusto. Mastica per un po' finché non riesce a ridurlo a qualcosa di ingoiabile.

Mason sta ripetendo quella roba su come tutte le persone hanno diversi modi per gestire i loro sentimenti, ma Jolene gli fa segno di stare zitto.

"Dovevo arrivarci prima," dice. "Questa città. Tutto è così innovativo e all'avanguardia. Tutto organico, zero emissioni e "coltivato invece di costruito." Compreso l'isolamento nei vostri muri, che è una specie di fungo frutto di una modifica genetica. Con un sorprendente alto livello di proteine e un'inaspettata buona fonte di ferro. E la sua capacità di "ripararsi da solo" vuol dire che continuerà sempre a ricrescere. Credo che riuscirò a inventare un enzima che lo renda più facile da masticare e digerire, ma è già del tutto commestibile."

Mason, Warren e Samanthor fissano prima Jolene, poi si guardano a vicenda. Alla fine si fanno avanti e cominciano anche loro a strappare l'isolante via dai muri. Samanthor gli raccomanda di fare con calma perché si ricorda quanto sia stato difficile riuscire a tenere il cibo nello stomaco quando aveva terminato il suo digiuno all'università, così tutti ne provano solo un boccone. Mason ha qualche idea su come prepararlo, tipo rigatoni o fricassea all'isolante, mentre Warren, Flood e Samanthor stanno già pensando alle strategie per diffondere la notizia all'intera città.

Appena un'ora dopo, Jolene sente un coro di martelli e trapani in tutta la città, intanto che saltano fuori buchi in ogni struttura. La Migliore città al mondo inizia a mangiare sé stessa.

Indice

Progetto grafico di Alda Teodorani
Illustrazione di copertina di Chiara Topo
Finito di stampare da BD Print - Roma